童の神

今村翔吾

時代小説文庫

角川春樹事務所

目次

童《わらべ》の神

主な登場人物

童の仲間

桜暁丸《おうぎまる》……………… 越後蒲原《かんばら》郡の豪族の出

袴垂《はかまだれ》……………… 正体不明の大盗賊

花天狗《はなてんぐ》……………… 検非違使や武官しか狙わない兇賊

畝火《うねび》(土蜘蛛《つちぐも》)……… 大和葛城山の民

粛慎《みしはせ》(鬼)……………… 丹波大江山の民

滝夜叉《たきやしゃ》……………… 摂津竜王山の民、元愛宕山の盗賊

源　高明《みなもとのたかあきら》………… 左大臣

——部下　藤原千晴《ふじわらのちはる》

VS

朝廷側の人物

源　満仲《みなもとのみつなか》………… 洛中随一の武官

——嫡男　源頼光《よりみつ》

——配下　渡辺綱《わたなべのつな》、卜部季武《うらべのすえたけ》、碓井貞光《うすいさだみつ》

安倍晴明《あべのせいめい》………… 陰陽師、天文博士

坂田金時《さかたのきんとき》………… 相模足柄山出身の民

——息子　金太郎《きんたろう》のちに蔵人《くらんど》

犬神《いぬがみ》、夜雀《よすずめ》…… 元土佐の民

平安時代年表

政治
文化・おもなできごと

800 900 1000 1100 1200

794 平安京に遷都
最澄「天台宗」、空海「真言宗」を開く
858 藤原良房が摂政に
894 遣唐使廃止
935 承平《じょうへい》・天慶《てんぎょう》の乱（平将門の乱）
紀貫之「土佐日記」
969 安和《あんな》の変
973 安倍晴明、天文博士に任ぜられる
975 皆既日食起こる
清少納言「枕草子」
紫式部「源氏物語」
1017 藤原道長が太政大臣に
1086 白河上皇による院政開始
1156 保元の乱
1159 平治の乱
1167 平清盛が太政大臣に
1185 壇ノ浦の戦いで平氏滅ぶ

地図 コンポーズ 山﨑かおる

序章

陽が欠けていく。蒼天《そうてん》に突如現れた何ものかに喰われている。凄まじい速さで影が地を進み、砂埃《すなぼこり》の立つ往来も壮麗な寝殿造りも、分け隔てなく呑《の》み込んでいく。

「天帝がお怒りじゃ」

牛車の物見が開き、公家が戦慄声《わななきごえ》を上げた。従者も天を指差し顎《あご》を小刻みに震わせる。

「京を離れるぞ」

大きな荷を馬に背負わせた行商人は、一刻を争うように轡《くつわ》取りに命じて来た道を引き返す。陽が消えていくのは京だけという保証もないのに。

奇怪な現象に怯《おび》えているのは、例外なく何かを「持つ者」であった。地位、領地、銭、物、その多寡こそあれ、それら全てをまとめ、栄華という言葉に置き換えてもよかろう。

飢えに堪えかねて蹲《うずくま》る男がいる。朝から春を売らんと男に媚《こ》びる女がいる。京の外から連れて来られ、放逐された。しかし帰るにも路銀がない、あるいは帰るところすらない。多くがそうした者たちである。

「お迎えが来た……」

男は己《おのれ》の膝《ひざ》に顔を埋《うず》めていたが、ようやく異変に気付き、ゆっくりと頭を擡《もた》げた。

「どうか、私をお助け下さい」

女はただ祈った。その表情からは先刻までの退廃的な色は消え、巫女《みこ》のように澄み切った目をしている。この変事に希望を見出そうとしたのは、「持たざる者」である。

鳥は群れで空を旋回し、野犬は遠吠《とおぼ》えを始める。喧噪の中、持つ者は激しく逃げ回り、持たざる者は動きを止めた。

この世の終わりか、はたまた新たな世の始まりか。

人々の錯綜《さくそう》する想いなど意に介さぬように、陽はみるみる欠けていき、やがてその姿を消し去った。辺りは薄闇に包まれ、京に一時の静寂が訪れる。

絶望と希望、どちらも極まった時、人は声を失うものらしい。

第一章　黎明《れいめい》を呼ぶ者

溺《おぼ》れてしまいそうなくらい見事な星空であった。息を吐くことを忘れるほど爽やかな風が吹き抜ける。美しい夜であるはずなのに、心には不安と焦燥感が渦巻いていた。

男は中庭に降り立つと、天を見上げて下唇を強く噛《か》みしめた。初老である。その証左に鬢《びん》には白いものが混じっている。しかし相貌は妖艶《ようえん》で、切れ長の眼に、たっぷりと睫毛《まつげ》が乗っている。肌が透き通るように白いことも相まって、その姿は妖狐《ようこ》を彷彿《ほうふつ》とさせた。

手に一通の書状を握りしめたまま、一つ一つの星を凝視した。吉のようにも見えるし、或いは凶かもしれない。そもそも占星《せんせい》などに意味があるのかとさえ思えてくる。

――このことを皐月《さつき》殿に伝えねばならん。

文机に向かうと、紙に筆を走らせて封をした。柏手《かしわで》を打ち、従者を呼ぶ。

「愛宕山《あたごやま》へ急げ」

従者は頷《うなず》くと、身を翻《ひるがえ》して屋敷から飛び出していった。再び新しい紙を取り出すと今宵の天の様子を写した。陰陽寮《おんみょうりょう》始まって以来の英才と持て囃《はや》されてきたが、この期《ご》に及んでも答えを出せずにいる。皐月と関わり続けることを迷った時期もある。露見すれば出世の妨げになるどころか、流罪や死罪になってもおかしくない。しかし今《こん》日《にち》ではもう迷いはない。

――天の下では人に違いはない。

ようやくその境地に達したのは、九年ほど前の天徳《てんとく》四年（九六〇年）頃であったか。皐月との間に子が生まれたことがきっかけであった。その時ほど己を疎《うと》ましく思ったこともない。最初は素性を知らぬとはいえ情を交わし、知った後も愛欲のままに抱いた。懐妊したと知れば恐れ慄《おのの》き、無事出産したと聞けば一転して嬉し涙を零《こぼ》す。己の身勝手さに辟易《へきえき》した。

生まれてきた赤子が、愚かな父の指を握ってくれた瞬間、心に巣食っていた闇は一気に氷解した。

子が生まれたとはいえ、京に住まわせることは叶わない。正妻がいるからなどという理由ではない。複数の妻を持つのは当たり前のこと、正妻しかいない己は奇人扱いされている。

皐月の素性に問題があった。皐月は洛中で恐れられている群盗「滝夜叉《たきやしゃ》」の女頭目なのである。京の西にある愛宕山に居を構え、その配下は優に百を超える。

皐月に出逢ったのは、天暦《てんりゃく》二年（九四八年）、二十一年前の夏のこと。

夜半、大怪我を負った皐月が屋敷の塀を乗り越えて来た。皐月は洛外の鍛冶師の娘で、品を納めに来て遅くなったところ暴漢に襲われたと言った。躊躇《ためら》いなく皐月を介抱した。

その時の己は二十八歳。ようやく陰陽寮に俊才ありと名が知られ始めていた頃であった。一方の皐月は齢《よわい》十九。汗も弾くほどに艶のある深黄《ふかきき》の肌、背は五尺三寸（一五九センチ）と並よりも随分高い。京人《みやこびと》のいう美女の規格には収まるまいが、凜《りん》とした中に独特の色香を感じて一目で惚れた。

三月《みつき》ほどして皐月の傷も癒え、屋敷から出ることになったが、それからも度々二人は逢瀬《おうせ》を重ねた。皐月は白粉《おしろい》臭い貴族の娘とは何もかもが違っていた。己を蔑《さげす》むことは勿論、不要に敬うこともなかった。ただありのままに接してくれていることが心地良かった。

三年ほど経って、皐月は自身が洛中を騒がす盗賊であることを打ち明けた。薄々おかしいとは思っていたが、まさかあの滝夜叉の頭目だとは思いもよらなかった。年に数度、配下を率いて貴族の屋敷から財を盗み出し、それで生計を立てているというのだ。

「何故そのようなことをするのだ！」

皐月の肩を揺すり、問い詰めた。想う女に悪事から足を洗って欲しい。その一念である。返ってきた答えはさらに衝撃的で愕然とした。皐月は平将門《たいらのまさかど》の子だというのだ。将門は東《あずま》で挙兵して、朝廷に盾ついた大謀反人である。さらに不遜なことに新皇《しんのう》と称した。明らかに帝《みかど》への挑戦であり、このようなことを為した者、空前絶後に違いない。

「東夷《あずまえびす》よ。気でも狂《ふ》れたか」

京人たちは口を揃えてそう罵《ののし》り、嘲《あざけ》った。その口ぶりには一抹の不安が含まれていたこともよく覚えている。

天慶《てんぎょう》三年（九四〇年）、朝廷は軍勢を東国へ送った。二十歳であった己もその軍勢を見物していた。将門は朝廷軍を相手取り一歩も退かずに各地で奮戦し、最後など三千二百の朝廷軍に対し、僅《わず》か四百で敵本陣まで迫る戦いであった。しかし将門はそこで力尽き、旗印を失った反乱軍は、それまでの勢いが嘘のように一気に瓦解《がかい》した。

将門は何のために反乱を起こしたのか。

いっときは皆が口々に噂《うわさ》し、様々な憶測をめぐらせたが、乱が終息すると熱が冷めたのか話題にも上らなくなった。将門の真意はついに解らぬまま忘れ去られたのである。

「同じ赤い血が流れているのに、なぜ我々だけが蔑まれ、虐《しいた》げられねばならないのですか」

子が生まれて間もなく、皐月は哀しげな眼差《まなざ》しを向け、訊《き》いてきた。その言葉で男は、将門がなぜ朝廷に弓を引いたのか解ったような気がした。答えに窮していると皐月は続けた。

「奪われたものを奪い返しているだけです」

愛宕山の盗賊、滝夜叉の者たちは将門の遺臣やその子らだ。皐月と同じ考えのもと、京に出《い》でて略奪を繰り返している。彼らを見下してはいない。皐月と出逢い、話し、触れ、己と何ら変わりないということを知ったからである。そうでなければ他の京人と同じ考えを持ち続けたに違いない。

皐月たちを救う術《すべ》はないかとずっと思案し、模索し続けていた己のもとに吉報が持ち込まれたのは三月前のことである。話を持ち込んだ主は藤原千晴《ふじわらのちはる》。左大臣源高明《みなもとのたかあきら》の従者を務めていた男だ。

「滝夜叉に伝手《つて》があるとか」

そう切り出された時には心の臓が止まるかと思うほど驚いた。脅《おど》されるのかと思ったが、千晴は熱い視線を向けつつ、その類《たぐい》でないことを力説した。

「もしそうならば、如何なる話でしょうか」

「左府《さふ》様は民の一統をお考えです」

「左大臣様が……一統とは？」

鸚鵡《おうむ》返しに尋ねると、千晴はごくりと唾《つば》を呑み込んだ。

「童《わらわ》を御存知ですか？」

「うむ……当家にはおらんが」

童とは大陸から入ってきた言葉で、「雑役者」や「僕《しもべ》」を意味する。家で身の回りの世話をする奴《やっこ》をそう呼称すると同時に、本来は朝廷に屈するべきという意味合いを込めて、化外《けがい》の民をそのように呼ぶこともある。

「土蜘蛛《つちぐも》、鬼、夷《えびす》……童と呼ばれる者たちを臣下に迎え、天下和同《てんかわどう》を目指します」

「何ですと――」

信じ難い話に思わず身を乗り出してしまった。

「左府様は英邁《えいまい》であらせられます」

千晴はそう前置きした上で滔々《とうとう》と語り始めた。源高明は醍醐《だいご》天皇の第十子。学問に長《た》け、朝儀、有職故実にも通ずる者である。また京で有名な人相見に、これほどの貴相は見たことがないと言わしめるほど長者の風格を備えていた。

「他者を圧すれば、恨《うら》みを買う。恨みを買えば乱が起きる。乱が起きれば国は亡《ほろ》ぶ。その悪い流れを断つには、排することなく受け入れることが肝要だと仰《おっしゃ》いました」

目が眩《くら》むような思いがした。己は皐月によってようやく思い上がりの心を捨て得た。しかし高明は自《みずか》ら真髄を見出したのだ。そこでふと気に掛かったことがあった。

「千晴殿の御父上は……」

「はい。平将門征伐の将、藤原秀郷《ひでさと》でございます。私も若年ながら従軍しました」

混乱しているのを見てとったか、千晴は言葉を重ねた。

「父は下野《しもつけ》の住人。在地で朝廷に召し抱えられました。東国の民の多くは、将門を支持していました。朝廷に従わせることが最良だといえるのか。父は困惑したまま戦い、京に移り住んでからも果たして己は正しかったのかと自問されていた。それは死の床に就いた後にも続いたようです」

秀郷、千晴親子も同じ疑問を抱えていたことに胸を撫《な》で下ろし、腹を括って尋ねた。

「私は何をすればよろしいので？」

「左府様の考えを妨げる一族がおります」

「右大臣師尹《もろただ》様か」

藤原師尹。高明の政敵である。親疎《しんそ》や好悪で人を色分けする者の代名詞のような男だ。

「官位の斡旋などで派閥を成し、左衛門府《さえもんふ》、右衛門府《うえもんふ》、右兵衛府《うひょうえふ》などは奴の私兵といっても過言ではございません。動かせる兵の数、千は下らぬかと。和同を掲げる左府様なれど、此度のみは武で制さなければなりません」

「千以上ですか……こちらの兵力は？」

「私の他に中務少輔《なかつかさしょうゆう》橘繁延《たちばなしげのぶ》、左兵衛大尉《たいじょう》源連《みなもとのつらぬ》含めて二百足らず」

「分が悪いですな」

皐月を虐げられる立場から救えるのではと淡い期待を持っていただけに、肩を落とした。

「しかし希《のぞ》みもあります。昨日、源満仲《みつなか》様が同心して下さいました」

「あの勇将の満仲様が⁉」

色《な》を作してにじり寄った。源満仲といえば洛中随一の武官である。五十八を迎え、その采配は神掛かっている。

「手勢は百程なれど、どの者も一騎当千。嫡男の源頼光《よりみつ》様の聡明さは夙《つと》に知られており、その頼光様の配下には渡辺綱《わたなべのつな》、卜部季武《うらべのすえたけ》、碓井貞光《うすいさだみつ》といった剛の者が名を連ねております」

　頼光が並ならぬ智謀の人という噂は知れ渡っている。また名を挙げられた者たちは、若年だが、当節名を馳せている武人ばかりであった。希望に身が震えた。

「能《あた》うやもしれませんな」

「それでも数の差はまだ大きい。故に滝夜叉にこの義挙に加わって頂きたい。さらに滝夜叉と交流のあるという大和葛城山《やまとかつらぎさん》の土蜘蛛、丹波《たんば》大江山《おおえやま》の鬼にも参陣を請うて下さらぬか」

　全ての合点がいった。土蜘蛛にしても鬼にしても、滝夜叉を上回る、畿内有数の反朝廷勢力である。これら三勢力を併せれば四、五百の兵数となろう。高明は彼らを軍勢に迎えて決戦を目論《もくろ》んでいるのだ。迫害を受けてきた彼らが合力することは、通常ならばあり得ぬだろうが、今回ばかりは話が違う。高明が改革を成せば、世に蔓延《はびこ》る分け隔てはなくなり、彼らの暮らしにも安寧《あんねい》が訪れる。高明のような真《まこと》の貴人はきっとこの先二度と現れることはなく、最初で最後の機会になるに違いない。

「やってみましょう」

「安倍《あべ》様、ありがとうございます」

　千晴は手を握らんばかりに喜んだ。

安倍晴明《せいめい》。それこそ己《おの》が名である。だがこの時ばかりは、人世にふわりと漂った符号のように思えてしかたなかった。事の壮大さに呑まれているのかもしれない。兵数は互角、こちらには天下に名高き源満仲、頼光親子がいる。それでも晴明は一抹の不安を拭いされず、自らの膝を叩いて弱き心を鼓舞した。

皐月に文《ふみ》をしたためてから五日後の夜半、晴明はひっそりと屋敷を抜け出した。従者一人のみ連れての微行《びこう》である。皐月との逢瀬は、すでに慣れたもので、落ち合う場所は決まって京の北西の外れ、上品蓮台寺《じょうぼんれんだいじ》近くの茅舎《ぼうしゃ》である。そのために晴明が買い上げた。

茅舎に行くまでの間、伸び放題になった母子草《ははこぐさ》の間に襤褸《ぼろ》が落ちていた。月明かりは目にしたくないものまで露わにする。襤褸の脇には細く白いものも見えた。大きさから察するに子どもであろう。飢えて冬を越せなかったか、はたまた野犬に襲われたか、両方かもしれない。

なぜこのような何もない荒野で死んだのか。その答えに容易く行き着くこの世はやはり壊れていると思う。貧農の子が農村から売られたか、もしくは遠くの民が朝廷に屈して童に落とされたに違いない。故郷を、父母を求めて逃げ出し、力尽きたのであろう。

「ここまででよい。埋葬してやってくれ」

晴明は小さな骸《むくろ》を拝むと従者に命じた。従者は怪訝《けげん》そうに頷いた。見慣れた光景であり、一々弔《とむら》ってやっていてはきりがない。そう顔に書いてあった。従者が特別冷酷なのではない。壊れた世は、人の心を蝕《むしば》む。いや、人が憐憫《れんびん》を失ったからこそ、このような世になったのかもしれない。自問しながら、晴明は一人約束の場所へと向かった。

辿《たど》り着いて戸に手を掛けようとした時、背後から声が聞こえた。

「安倍様。お久しゅうございます」

月下に皐月が立っていた。背後には恥ずかしげに身を捩《よじ》っている娘の姿もあった。

「おお。如月《きさらぎ》も連れてきてくれたか」

二人の間に生まれた十歳になる娘だ。生まれ月から名を付けられたという皐月に倣《なら》い、如月に生まれた娘にもその名を付けた。

「次はいつお会い出来るか分かりませぬから」

「そうだな。中で語ろうか」

「いえ、今宵はここで。幸い見事な十五夜でございます」

「そうだな。如月こちらへ来い」

晴明は諸手を広げて招いた。年に一度ほどしか会えぬため、最初、如月はいつも恥ずかしげにしている。しかし今宵はそれほどの時を要せず、こちらに駆けてきた。娘を胸で受け止めて抱きしめると、艶やかな黒髪を何度も撫でた。

「大きくなったな。母に似て美しゅうなった」

「母者は父者《てておや》に似ていると申されます」

「そうか。それは嬉しいことだ」

晴明は喜んだが、皐月はむすっとして歩み寄った。

「性格もそっくり。剣の修行を嫌って学問を好み、書物を盗ってこいとせがみます」

「くくく……そうか。今度、父の書物をたくさん送ってやろう」

晴明は相好を崩してもう一度頭を撫でた。

「ちと躰《からだ》が弱いことが気がかりですが……」

「余計なところまで父に似てしまったか」

晴明は眉間《みけん》に皺《しわ》を寄せた。己は月に一度は発熱するほど躰が弱い。それでも京には各地から入る多くの薬草があり、その助けも受けてここまで健やかに過ごしてきた。

如月をそっと離すと、さらに険しい表情で皐月を見つめた。

「決起は二十四日後に決まった。そちらはどうだ」

「文でも伝えたように土蜘蛛の頭領国栖《くにす》殿、鬼の頭領虎節《こせつ》殿も賛同して下さいました。我ら滝夜叉と併せて総勢五百。変装した彼《か》の者らが、すでに京の近隣に少しずつ送り込まれています」

「上首尾だな。千晴殿が伝えてくれた手筈《てはず》はこうだ」

今宵皐月に伝えられた目論見は、さらに滝夜叉から土蜘蛛、鬼へと伝令が走ることになっている。

二十四日後の未《ひつじ》の刻（午後二時）、左大臣源高明は参内《さんだい》して緊急朝議を開く。ここで右大臣藤原師尹を釘づけにして、堂々と天下和同という自説を展開する。同時に千晴が狼煙《のろし》を上げ、それを合図として、東からは藤原千晴、橘繁延、源連などが率いる二百。南からは国栖率いる土蜘蛛勢二百。北からは虎節率いる鬼、皐月の滝夜叉併せて三百。西からは源満仲の精兵百二十が一斉に雪崩《なだ》れ込む段取りである。

「千晴殿が仰るには、京の守りは三方が限界。四方から攻められることを想定してはおらぬと。誰かは無人の野を進むが如く御所まで到達出来る。達した兵を突きつけて右大臣師尹に致仕《ちし》を迫り、その後帝に和同を上奏するのだ」

「分かりました。仮に邪魔が入ろうとも必ず突破してみせます。ところで、安倍様にお会いしたいという者を連れてきています」

「何……」

皐月は爛漫《らんまん》と咲き誇っている一本の桜へと視線を送った。それを合図に幹の陰から一人の男が姿を現した。男のいでたちは京人のものとは大きく異なっている。藍色の麻地の直垂《ひたたれ》には見慣れぬ紋様が描かれ、腰には猪の尻皮が巻かれていた。身丈は六尺（一八〇センチ）を優に超え、口回りには猛々しい髭《ひげ》を蓄えていた。

「大江山から来た虎節と申します」

「そなたが虎節殿……いつの間に」

先ほどまでは全く気配を感じなかったのに、姿を現してからは異様な存在感を放っている。

「初めから。狩りを得意とすれば自《おの》ずと気配を操れるものでございます」

虎節は見た目とは反対に、慇懃《いんぎん》に頭を下げた。皐月が二人の傍に近づき口を開いた。

「虎節殿は決起の前にどうしても京人である安倍様と話しておきたいと仰いました」

「お疑いということですな」

晴明は何を意図しているものか即座に理解した。

「試すような真似をしたこと、お許し下さい。しかし先ほどの安倍様のご様子を見て、疑念は霧散致しました。我らへの侮蔑の心など微塵《みじん》も持ち合わせておられぬ」

「ありがたい」

晴明が頭《こうべ》を垂れたことで、虎節も慌てて再び頭を下げた。

「多くの京人は己らこそ全ての土地の主《あるじ》だと思い違いをしておる。しかしいずこの地にも彼らが来る遥か以前から、先に住まっている者がいた。それを虐げ、化物に仕立てて己を正しいとする……我らには我らの暮らしがあるのです」

虎節の口調は至極穏やかなものだが、確固たる意志のようなものが感じられた。

「どのような暮らしをされているのですか？」

晴明はただただ好奇心から訊いてみたくなった。

「皆様とそう変わるものではございません。狩りもしますが田畑を耕しもする。昔は穴蔵に住んでいましたが、昨今では家も建てております。昨年、鉄の門もこさえました」

「鉄の門……」

馬鹿にしている訳ではないが、未だに竪穴《たてあな》の伏屋《ふせや》に住んでいるものと思っていた。しかも鉄の門などは聞いたことがない。非常に高価な鉄を大量に有していることに他ならぬ。

「我らにはあなた方のような厳格な上下がありませぬ。私も皆に推されたからこそ頭《かしら》を務めているだけ。皆が力を合わせ、国を成り立たせているのです」

「ふむ……なるほど。興味深い話だ」

血縁でなく、皆に推された者を頭に頂くなどという考えは京人にはない。

「決起には必ず参じましょう。京人が鬼と呼び恐れる我らの力をとくと御覧《ごろう》じ下され」

虎節は不敵に笑うと顎髭をざらりと撫でた。確かに京人と異なる点はあろうが、些細なことに思える。自信に満ちた顔で胸を張る虎節は、京人よりも遥かに純粋に思えた。

決起当日を迎えた。晴明も十名に満たぬとはいえ手勢を繰り出そうとしたが、千晴によって押し止《とど》められた。

「安倍様には今日の生き証人となって頂きたい。それが左府様のお考えです」

千晴はそう言って白い歯を覗《のぞ》かせた。もちろん彼とて成功を疑っていない。それでも世に確実なことなどなく、当然失敗することもあり得る。誰か一人は生き残らなければ、義挙があった事実さえ葬り去られてしまう。左大臣源高明はそのことを危惧《きぐ》しているという。晴明は渋々ながら承諾しなければならなかった。そもそも小さな文官の家である安倍家が加わったところで、足手まといになろう。

胸の高鳴りを抑えつつ時を待ち、遂に未の刻となった。高明らは参内《さんだい》、狼煙が上げられ、これをもって皆一斉に御所を目指した。

十二時辰《じゅうにじしん》の精度を高めたのは何を隠そう晴明である。そういう意味では間接的に戦《いくさ》の支援をしていると自らを慰めた。

洛中がにわかに騒がしくなってきた。すでに四方から兵が御所に近づいているのだろう。

「手分けして四方の様子を見てきてくれ」

居ても立ってもいられず家人に命じた。四半刻（三十分）もせずに一人が報告に戻って来た。

「南方、土蜘蛛を遮る者はございません」

「南が手薄か……意外よな」

素人目には北の守りが薄くなるものと思っていた。南が手薄ならば北方の皐月たちは苦戦を強《し》いられているだろう。それから時をあけずに別の報告が入ってきた。

「東方より藤原様、橘様の兵、洛中を猛進中」

「何⁉」

東側にも守備兵が配されていないと言うのだ。それほど虚を衝《つ》いたということなのかと考えたが、次の報告を受けていよいよ訝《いぶか》しんだ。

「滝夜叉、鬼は御所近くまで南下。北方に遮るものなし！」

「何かがおかしい……出るぞ」

自身の目で確かめねばなるまいと思った。晴明がこの挙に加担していることは外には知られていない。仮に見に行ったとしても物見高いことだと思われるだけだろう。

「西方はいかに。まだ戻らぬか」

晴明は屋敷を飛び出しながら尋ねた。家人たちは顔を見合わせて首を横に振った。

駆ける晴明を追うのは二人の従者のみである。甲高い悲鳴、野太い絶叫、方々から恐怖の声が上がっている。人だけではない。鳥の群れは水面に砂を撒いたような羽音を立て、木々を激しく揺らす。犬も見えざる敵に抗《あらが》うように吼え続けている。

御所に近づくにつれ、喧騒は大きくなってきた。太刀を打ち合う音まで聞こえる気がする。晴明は顔を引き攣《つ》らせながら黙々と足を動かした。

*

「いくぞ！　我らの子の行く末がかかっている」

狼煙を確かめると、馬上の皐月は高らかに宣言した。

「長年の無念を晴らせ！」

吼える虎節の姿は獣を彷彿とさせる。三百の軍勢が突如として出現し、南進している。何事かと目を凝らす京人は、青天の霹靂《へきれき》に遭ったかのように戦慄していた。

「皐月殿、何やらおかしくはないか」

道半ばまで来た時に虎節は馬を寄せてきた。

「北方から来るとは想定していなかったのだろう」

「それにしても張り合いがなさ過ぎる」

虎節は見た目の豪快さに反して用心深い。皐月のほうが大雑把でどこか男性的であった。

「さすがに内裏《だいり》まで近づけば兵はいよう。その時は頼む」

さらに兵を進めて御所が目の前というところまで来た時、前方から土埃を舞い上げてこちらに向かってくる一団が目に入った。

「いよいよ来たぞ。虎節殿！」

「よし。蹴散らすぞ」

虎節は身を捻り、配下の者どもを鼓舞した。右手には重さ十四大斤(二十五・二キロ)と言われる金棒が握られている。皐月も手綱を放すと、両手を交差して腰の剣を抜き払った。皐月が最も得意とするのは二振りの短剣を用いた武術であった。亡き父、将門が非力な女子《おなご》でも身を守れるようにと仕込んでくれた短剣術を、独自に工夫したものである。

前の一団は騎馬、徒歩《かち》問わずに縄のようなものを頭上で弧を描くように回している。その先には鉄の分銅や鉤爪《かぎづめ》のようなものが付いていた。

「待て、虎節殿。やはりおかしい!」

「どういうことだ⁉」

皐月はそれには答えずに、短剣を左右に振って正面に呼びかけた。

「我らは愛宕山、大江山の者。そなたらは葛城山の者ではないか」

一団にまたたく間に動揺が走り、距離を空けたまま止まった。集団を掻《か》き分けるように、騎馬の者が先頭に現れた。齢五十は超えているであろう。長い白髪を無造作に縛って腰まで垂らしており、馬の尾のようにも見える。皐月は男と面識があった。

「国栖殿。なぜここに……」

「国栖……葛城山の土蜘蛛かい」

虎節は鼻を鳴らした。すでにこちらの軍勢も静止している。儂《わし》らも京人と同じように呼んで
「我らは京人より遥か昔からこの国に住まっていた。

やろうか。みすぼらしい鬼め」

国栖が嘲笑《あざわら》うかのように言い返したので、虎節は顔を赤くして気色ばんだ。

「御二方とも止《や》められよ。それよりもおかしいではないか」

「確かに。我らが一番乗りと見て内裏の周りを索敵しておったが、無傷のお主らと鉢合わせするとはな」

この場で一番の年長者だけあって、国栖の言うことには無駄がない。虎節の猜疑心《さいぎ》から来る慎重さとはまた違う、知恵の重みのようなものが感じられた。

事の次第を呑みこめないでいると、東方より軍勢がこちらに突き進んできた。今度こそ敵の来襲かと、皆が武器に手を掛けたが、杞憂であると気付くのにそう時は掛からなかった。

「我は藤原千晴。そこにおられるのは愛宕、大江、葛城三山のいずれの御方か！」

「千晴殿……ならば東方も兵はおらんということですか」

皐月が左右の虎節、国栖の顔を見比べる。虎節は眉間に皺を寄せて唸《うな》り、国栖は指を顎《あご》に添えて目を細めている。皐月が状況を手早く初対面の千晴に説明する。千晴は

真剣な眼差しで聞いているが、配下の者たちの目には怯えの色が浮かんでいた。

　それに気づいたのは虎節、国栖も同様のようで舌打ちの音が重なった。

「三方ともなぜ抵抗がないのだ」

「謀《はか》った訳ではないということか」

　狼狽《うろた》える千晴を見ながら、国栖は静かに言った。千晴のことを疑っていたようである。

「どうすればよい……」

　千晴は目を泳がせて呟いた。武官とはいえ、貴族の千晴と、明日をも知れぬ山の民では土壇場での肝の据わり方が違う。咄嗟《とっさ》に方策を立てられずにいる千晴を尻目に虎節が口を開いた。

「予定通り事を進めるしかなかろう」

「そうですね。国栖殿はいかが？」

「ここで呆けているほうが危うい。虎節殿、諍《いさか》いは止め、力を合わせることにするか」

　即座に皐月が応じ、国栖は口元を綻《ほころ》ばせながら言った。

「恐らく西の満仲殿が先んじて動き、守兵が集中しているのだろう。我らで計画を続行する」

ようやく千晴が宣言し、御所を遠巻きに囲むために各々兵を動かし始めたその時である。四方八方から鬨《とき》の声が上がった。

「何事だ⁉」

「嵌《は》まったな。謀られたのよ」

これから絶望が訪れるであろうにもかかわらず、国栖が笑みを絶やさないことが不気味に見えた。

「安倍が寝返ったか」

「そのようなはずはございません！」

虎節が唾を飛ばして怒鳴り散らし、それに皐月が血相を変えて食い下がったが、己でも自信がなくなるほど事態は切迫していた。

「とにかく、やるほか道はないわえ。声から察するに敵の数、二千は下るまい」

国栖は土蜘蛛特有の長い袖《そで》をはたはたと靡《なび》かせ、不敵に笑った。ここに結集している兵は七百ほどである。つまり三倍ほどの敵を相手取って戦わなければならない。一《いち》縷《る》の望みと言えば、未だ到着していない源満仲勢が包囲の外から攻撃を加えることのみである。

朱雀門《すざく》を背に追い詰められ、滝夜叉は東、鬼と土蜘蛛は南、千晴らは西と、自然と三方から迫る敵に備えた。

——安倍様……。

皐月は目を閉じると胸に手を当てて、心の内で名を呼んだ。脳裏に浮かんだのは、優しく微笑《ほほえ》みながら如月を抱きしめる姿である。皐月は目を見開くと、無数にある辻々から湧き出してくる敵の姿を睨《にら》み据えた。

「諦《あきら》めるな。天下和同は目の前だ。行くぞ!」

その鼓舞に滝夜叉の小頭目が続き、配下の者まですぐさま伝播《でんぱ》する。敵の先陣を切ってきたのは、豪奢な甲冑に身を固めた馬上の武士。皐月も自ら先陣を駆けた。

「我こそは源《みなもとの》——」

武士がそこまで言いかけた時に、頸《くび》から血を噴き出して落馬した。すれ違いざまに皐月の短剣が喉を掻き切っている。次に迫る武士は無言のうちに太刀を繰り出したが、皐月はひらりと身を舞わせ、馬上の敵へと組みつくと腹部に剣を捻じ込んで馬を奪い取った。

「滝夜叉姫。やりおるわ」

国栖は錆《さ》びた声で笑うと、配下の者に指示を飛ばした。南からは騎馬武者が群れをなして肉薄してくる。土蜘蛛の先鋒は一つの塊《かたまり》となってそれに向かっていく。が、双方が衝突する間際、左右にぱっと分かれて中央から消え去った。馬の嘶《いなな》きがこだまし、先頭の騎馬武者たちが一斉に落馬する。両端に開いた兵の手には荒縄が握られており、それに脚を掬《すく》われた馬たちが倒れこんだのである。逃れた騎馬武者を鉤縄が襲い、左右前後から搦《から》めて引きずり落とす。

徒歩の者たちも首や顔を押さえて絶叫している。土蜘蛛の中には鋲《びょう》と呼ばれる親指ほどの楔形のものを投げている一隊もいる。

「落とせ、落とせ。打て、打て」

呪文の如く繰り返す国栖は、衣服の何処《いずこ》から取り出すのか、次々に鋲を撃ち込んでいく。

「葛城の者に遅れるな！」

虎節の常人離れした咆哮《ほうこう》に空気が震える。鬼と呼ばれる者どもには、土蜘蛛のような巧妙な戦術は何もなかった。ただ個々が恐ろしく強い。身丈が京人よりも大きく、筋骨隆々の兵は正面から敵を崩していく。それが戦術といえば戦術であろう。使えば刃《は》が毀《こぼ》れ、切れ味が鈍る太刀とは違い、鋲を打った鈍器は次々と敵を屠《ほふ》っていく。

中でも虎節の暴れ方は尋常ではない。金棒で薙ぎ払い、叩き潰し、素手で顔を鷲掴《わしづか》みにして投げる。鬼が化物の代名詞になるのも頷ける奮戦ぶりであった。

「……勝てるのではないか。これほど勇猛な者たちを見たことがない」

自らも太刀を振るい督戦している千晴は、傍に付き従っている一人の僧に呼びかけた。名を蓮茂《れんも》と謂《い》い、此度《こたび》の理念に賛同して加わった。交渉などに奔走していたが、蜂起にあたり、僧体でありながら軍師として加わった変わり種である。

「しかし無尽蔵に湧いてきますぞ」

「満仲殿が来られるまでの辛抱だ」

よほど勇気を得たのか、千晴には若干の余裕すら見られた。その見通しは間違っていない。愛宕、大江、葛城の三山同盟の力は朝廷軍を圧倒していた。

「蓮茂殿、ついに来た！」

攻め寄せる敵の背後の辻から、漆黒の馬群が折れてきている。跨《また》るは絢爛《けんらん》な甲冑を纏い、太刀を構えた武士団、源満仲の手勢である。

「道を空けよ‼」

「あれは頼光殿。援軍が来たぞ！」

千晴が叫んだものだから敵味方の視線が一斉にそちらに注がれた。満仲の嫡男、頼光は豪勇の士を多数抱えている。頼光に寄り添うように走る者どもがそれであろう。

武威を恐れたのか、朝廷軍は言われるがまま道を空けてしまっている。しかし朝廷軍が一切抵抗を示さないことは奇妙とも言える。いち早くその異変に気付いたのは蓮茂である。

「様子がおかしいぞ……」

「何がおかしいのだ。よし、反撃に移るぞ」

しかし、そう言った千晴の表情は瞬く間に歓喜から絶望へと変化した。大太刀に一刀両断にされる者、騎射によって喉を射貫かれる者、千晴ら味方の兵が満仲軍に攻撃を受けているのだ。

「違う……それは味方ぞ！」

千晴は大音声で制止したが、満仲軍は黙々と殺戮《さつりく》を行ってゆく。

「寝返りでございます」

「馬鹿な……」

蓮茂は明言したが、千晴は信じられぬ様子で呻《うめ》いた。

対応が遅れたために西側の味方はあっと言う間に粉砕された。もはやこれまでと思った千晴であったが、満仲軍は目前を素通りして大路の中央へ進んでいく。脆弱《ぜいじゃく》な西側は後回しにして、獰猛《どうもう》な三山の軍を先に撃破するつもりなのだ。

南と東双方の軍が背後を取られ、形勢逆転となった。じりじりと包囲の輪は狭《せば》まり、中央に押し込まれていく。それを洛中で最強ともいうべき満仲軍が待ち受けて狩っていく。戦闘から殺戮へ変容した。そんな中、三頭目も自然と中央に集まった。

「これでも安倍が裏切っておらぬと言えるのか！」

虎節は皐月を激しく責め立てた。

「何か事情があるのです」

「ならばなぜあそこにおるのだ」

満仲軍が現れたあたりに、晴明の姿があった。こちらに向かって何やら叫んでいる。山の者は遠目が利《き》く。虎節だけでなく、皐月、国栖にもはきと見えた。

「あれは……何かの間違いでございます！」

「我らを誘《おび》き出し、満仲軍を手引きしたと見ないで何と見る」

言い争いをしている二人の間に国栖が割って入った。

「もうよいではないか。負けよ」

兵は三頭目を取り囲むように守るが、前後左右からの攻撃を受け、どんどん数を減らしている。それほど長くはもたないであろう。

「虎節殿、おぬしに子はおるかえ？」

国栖の突然の問いに、虎節は首を捻って答えた。

「二つになる男子が一人」

「まさかここに連れてきた訳ではあるまいな」

「当然残してきた。弟も出陣を望んだが、万が一を思い、大江山に置いてきた。我が子を輔《たす》けてくれるだろう」

「かかか。それでよい。儂は子を早《はよ》うに亡くした故な。……妻《めと》を娶ったばかりの孫を置いてきた」

国栖が乾いた声で笑い、虎節は目尻を下げて頷いた。

「皐月殿、我らに任せて落ちられよ」

そう言う虎節の顔を、皐月は眉間に皺を寄せて覗き込んだ。

「私が巻き込んだのだ。あなた方こそ落ちて下さい」

「葛城、大江は共に兵の半数以上を残してきている。子も連れてきてはいない。それに対して愛宕は全ての兵をここに投入した。何が言いたいか解るな？」

国栖はそう言いながら、遠くの騎馬武者目掛けて鋲を打ち込んだ。

「皐月殿。我らの本拠は持ち堪えようが、愛宕は落ちる。お子を迎えにいった後は葛城山を頼られよ。助けになってくれるはずじゃ。これが証《あかし》となる」

国栖はそう言うと、珠のついた首飾りを引き千切り、皐月に手渡した。

「なぜにそこまで……」

「お主が将門公の娘だからこそよ」

そう言い放った虎節の肩に流れ矢が突き刺さったが、顔色は一切変わらない。

「三十年前に夢を見た。その夢に今一度賭けたまで。こうなる危険は孕《はら》んでいても、機会とあらばやらぬ訳にはいかぬ。子の代までお預けになったようだがな」

「くく……孫の代かもしれぬよ」

虎節と国栖のやり取りをみて、皐月は決心した。

「道を開く。行くぞ、皐月殿」

虎節は血の滴る金棒を左手でしごくと東へ向かって猛進し、大江山軍もそれに続いた。

「背後は儂らが守る。時を稼ぐゆえ虎節殿についてゆけ」

「すみませぬ」

国栖は追撃に入ろうとする満仲軍の前に立ちはだかった。

*

「奥の手といこうかえ」

国栖は自身の周りに付き従う者たちに目配せをした。赤子がすっぽり入ろうかという麻袋を皆背負っている。それを下ろすと、袋の口を開いて身構えた。

「搦《から》め捕れ！」

国栖の合図と共に袋から網が飛び出した。網は天を覆うように広がり、味方をなぎ倒してくる満仲軍の頭上に降り注いだ。網裾に石のおもりが付けられているから高く舞い上がり、釣鐘のように落ちるのだ。とはいえ、網を操るには相当な技術が必要である。それを駆使する様から土蜘蛛と呼ばれているのだ。精兵である満仲軍も、意外な攻撃には堪らず落馬する者が続出した。

「あの間抜け面が満仲か」

国栖はにたりと笑い、地に唾を吐いた。後方で指揮を執る満仲の口辺に浮かぶ泡までしかと見える。被《かぶ》さる投網を太刀で斬り、こちらに猛進してくる数騎の武者がいた。

「我こそは源満仲が嫡男、頼光なり！」

「御曹司。儂と遊びたいか」

近づいてくる頼光に目掛けて鋭く鉤縄を投げた。驚いた頼光は危うく落馬しそうになっている。豪勇の者を抱えてはいても、当人の武芸の腕はそれ程でもないようだ。

直撃するかに見えた鉤縄であったが、その間に太刀が滑り込んだ。鉤縄は太刀に巻き付き、届かない。

「頼光様が郎党、碓井貞光だ‼」

「小僧、手癖が悪いぞ」

すぐさま縄から手を放すと、鋲を諸手で袖から取り出して投げつけた。貞光は身を挺して頼光を庇った。一つは太刀で打ち落とされ、残る一つは貞光の手の甲に突き刺さった。

もはや頼光らは目前である。国栖が腰の剣を抜くと同時、すれ違いざまに貞光の雷光のような一撃が撃ち込まれた。何とか受けたものの、上体が仰《の》け反る。身を起こしたその時、目に映ったのは銀の煌《きら》めきであった。

「碓井貞光、土蜘蛛の首領を討ち取ったぞ！」

遠のく意識の中で国栖はそう聞いた。浮かび上がるのは故郷で川遊びに興じる子どもたちの姿。岩魚《いわな》や鮎を狙い、網を投げるも下手でするりと躱《かわ》される。こつを教えてやりたいが、喉が渇いて声が出ない。諦めずに次の網が投じられ、岩魚が一匹掛かった。興奮して肩を叩きあう子どもたちを見て、国栖はくすりと微笑んだ。

＊

包囲を突破した皐月らは、暮れなずむ陽を背負いながら東へとひた走った。すでに藤原千晴らの軍はいない。彼らが武器を捨てて投降するのを、国栖との別れ際に見ていた。京人である彼らは、捕らえられても死刑になることは滅多になく、遠国《おんごく》への流罪がよいところであろう。それに比べて皐月らは違う。京人から見れば畜生とそう違いはなく、何の躊躇《ちゅうちょ》もなく命を奪ってくる。追い縋る朝廷軍を食い止めるために、少しずつ兵が残ってゆく。滝夜叉、鬼はすっかり目減りし、その数は併せて百にも満たない。

「虎節殿、このまま振り切れそうです」

「そうもいかぬようだぞ」

虎節は親指で後ろを指した。振り返ると砂塵を上げて、追い上げてきている一団が目に入った。距離を縮められており、良馬の群れだということが解る。

「国栖殿は……」

「京人に降るような愚かな男ではない」

虎節の声には畏敬の念が込められていた。

「このままでは追い付かれます。ここで討ち果たしましょう」

「息子はどのような男に育つのか」

「息子?」

話の行き先が読めずに皐月は訊き返した。

「飯を喰らって眠り、女を抱くだけでは生きるとは言わぬ。生きるとはもっと別のものよ」

虎節は手綱を引いて速度を緩めた。鬼たちもそれに倣い、次々と勢いを落としてゆく。

「何をなさる」

「今の言葉、息子が齢十五になった折、威厳を持って言ってやるつもりだったのだが……」

虎節は少し照れくさそうに微笑んだ。皐月も手綱を引こうとしたが、虎節は馬首を返しながら、伸ばした手で皐月の馬の尻をぴしゃりと叩いた。驚いた馬は止まるどころか、速度を上げていく。

「虎節殿‼」

二人の間にみるみる距離が生まれた。後ろを見続ける皐月に対し、虎節は一度だけ振り返った。その時、頼むと微かに頷いたように見えた。

「食い止めるなどとは言わぬ。皆殺しじゃ！」

虎節が気炎を吐いたと同時に、配下の者たちも気勢を上げ、その場の空気は一変した。鬼たちの目が爛々《らんらん》と輝き出したのだ。突然、何者かが憑依したかのようである。

心の箍《たが》を外すことで恐怖心を取り、高揚させる方法があることは知っている。しかし人の心の構造は複雑で、そうすぐに切り替えることは出来ない。大抵の場合、音曲、舞踏などをもってそれなりの時を掛けて行う。虎節のたった一言でそうなるということは、鬼たちが頭によほどの信頼を置いていることに加え、自ら心を操る訓練もしていると見た。

先ほどまでの優しさが嘘のように思えるほど、天に向かって雄叫びを上げる虎節は誰よりも猛々しく、皐月は小さく身震いをして頭を下げた。

＊

――なぜ我らが蔑みを受けねばならぬ。

虎節の心は哭《な》いていた。己を奮い立たせる時にいつも湧き上がってくる感情であった。

同じように人の生を喜び、人の死を嘆く。そして同じように人を想うのだ。武者震いするこの体軀《たいく》には、京人と何ら変わらない赤い血が流れている。それなのに鬼と呼ばれて、謂《いわ》れのない辱《はずかし》めを受けてきた。

そもそも鬼とは何なのか。京人が最初に「隠《おぬ》」と名付け、それが訛《なま》ったものだと聞いたことがある。山に隠れ、穴に隠れ、闇に隠れる汚らわしい者だということらしい。昔、土窟《どくつ》に住んでいたからか。同じような土窟に住まっていた土蜘蛛も「土籠《ごもり》」が呼び名の由来だという。ただそれだけで蔑むというのか。今では暮らしも変わったではないか。それでも京人は別の理由を挙げて見下してくる。話し合っても、媚びても、願っても、祈っても決して変わることのない迫害。いつまで耐えればよいのか。

配下の者は奮戦しているが、一人につき三人、四人と取り囲まれて討ち取られていく。虎節は金棒を天に振りかざして突撃した。己らを騙《だま》した奸物、大将の満仲と刺し違える覚悟である。

「詫びよ、詫びよ！」

口をついて出た言葉は、死ね、消えろ、などの怨嗟《えんさ》の声ではなく、己でも意外なものだった。虎節は泣くように連呼して満仲を目指した。虎節の前に若武者たちが立ちはだかる。

「碓井――」

「退《の》け！」

名乗ることさえ許さなかった。薙ぎ払った金棒が脾腹《ひばら》を直撃し、若武者は馬から落ちた。

「季武、こやつを討て」

「かしこまった」

指示した武士は嫡男頼光であろう。言葉少なく応じた季武と呼ばれた男は、先ほど落馬した者よりは些か年長に見えた。

「綱、滝夜叉を追え！」

「御意」

「行かせはせん！」

虎節は身を乗り出して、綱と呼ばれた男に手を伸ばしたが、間一髪で躱された。その刹那《せつな》、季武の刀が豪速で向かってきた。避けられぬと見定めると、金棒を左手に向けて放り、右手を差し出した。虎節の腕が宙に舞う。驚きの表情を浮かべる季武目掛け、金棒を力一杯打ち込んだ。

「ぐえっ……」

季武は蟾蜍《ひきがえる》のような呻き声を発して、ずるりと馬から滑り落ちた。

「頼光《らいこう》‼」

避諱《ひき》の名だと知っているが、虎節にとってはこちらのほうがしっくりきた。流れ落ちる血もそのままに、残る左手を車のように回して追いつめた。

「何故、天子に刃向かう」

「見よ！　血の色に違いがあるか！　刃向かうのではない、お前らが奪うのだ！」

多数の配下が頼光の盾となるが、虎節の剛力の前に薙ぎ倒されていく。何度も斬りつけられ、傷を負ったが虎節は怯まなかった。間もなく役目を終える躰を労《いたわ》る必要はないのだ。

「詫びよ‼」

再びその言葉を発した時、虎節は脇腹に熱いものを感じた。視線をやると、地べたに転がっていた季武が腕を伸ばし、その刀が腹を深く貫いている。上目遣いの季武の目にはどこか怯えのようなものが見え、虎節はその時に初めて、己がなぜ詫びろと繰り返したのか悟った。

——俺はこやつらのことも諦めてはおらんのだ。

知り得る限り、京人は残忍で冷酷な者ばかりである。しかしどこかにきっと、自分たちを理解してくれる者がいると信じていた。

「鬼の頭目、虎節を討ったは卜部季武なり！」

季武が叫ぶと同時に、頼光の太刀が肩から腹まで切り裂いた。虎節の意識が薄れ、鞍上《あんじょう》の躰が傾ぐ。地に落ちながらもかっと目を見開き、脇腹の太刀を自ら捻じ込んだ。自然と季武との距離が縮まり、抱き寄せる格好になった。季武はこのまま絞殺されぬかと震えている。

「鬼ではない……」

「離せ！」

「みしは…せ……と、呼べ……」

虎節はそう呟いて、もう二度と目を覚ますことはなかった。

*

皐月は一度も振り返らず夢中で逃げた。馬蹄の音から察するに追いついて来ている者は一騎。敵は無暗に声を発さない。だからこそ相手が達者だということが解り、動悸が激しくなった。

——このままでは追いつかれる。

皐月は流れ過ぎる藪《やぶ》を横目で確認すると、意を決し、馬から飛び立った。草の臭いが鼻を衝く。疎《まば》らな藪だが身を隠すには十分である。山中に逃れていけば、泥に塗れることを嫌う京武者に追いつかれることはなかろう。

その予測に反して武者は躊躇《ためら》いもなく下馬すると、藪に分け入り追ってくる。しかもなかなかの健脚である。雑木林を駆けに駆けた。追いつかれることこそなかったが、かといって離すことも出来ない。林を抜けると短い草の生えた平坦な荒野に出た。慣れぬ足場の地ですら、追ってきた相手である。平地ならば距離を縮められてしまう。そう判断した皐月は歩を緩めて振り返った。胸が張り裂けんばかりに痛む。躰は疲弊しきっていた。

男は華美さよりも戦うことを重視した甲冑に身を固めている。月明かりに照らされて男の顔がはきと見えた。歳は十七、八であろうか。水際立った美男子であった。

「滝夜叉姫だな」

「私にも、しかと名がある」

今の会話のどこに驚くべきことがあったというのか、男はきょとんと眼を丸くした。

「滝夜叉姫……それが名ではないのか」

「それはお前らが勝手に付けたもの」

「ならば名をなんという」

「名乗る謂《いわ》れはない」

ここならば敵の増援は来ないだろう。少しでも躰を休めるために時を稼ぎたかった。

「失敬した。私は摂津西成《せっつにしなり》の住人、渡辺綱と申す」

「皐月」

「良い名だ。では皐月殿、覚悟はよろしいか」

綱と名乗った美青年は、そろりと太刀を抜くと腰を落として上段に構えた。刃が月明かりを受けて妖《あや》しく光っている。一分の隙もなく、若さに似合わず相当な腕であることが見て取れた。

「裏切り者め。我らが憎いならば下手な小細工など弄せず向かって来い」

「私がいつ裏切った？」

「満仲だ。やつは我らと共に高明殿に助力すると約束した。それがどうだ」

「何……まことか」

「知らぬとは言わせぬぞ！」

綱の呼吸が僅かに乱れたのを勝機と見て皐月は躍りかかった。二本の短剣が舞い散る桜の如く優美に、綱を襲っていく。それを綱は大振りの太刀で受ける。綱の鋭い突きを下がって躱すと、一振りを投げつけた。驚いて撥《は》ね除《の》けた綱に、素早く足払いをかけて倒すと、馬乗りになって喉元に剣を突き付けた。

「死ね」

皐月が冷たく言い放つと、綱は観念したのか目を瞑《つぶ》って穏やかな顔になった。

「無念。母上様……さらば」

皐月の肩がぴくりと動く。

「母は達者か」

綱はゆっくりと瞼《まぶた》を開き、まだ生きていることが不思議であるかのように円な目を瞬《しばた》いた。

「卑しいと言われる身分であった。私の出世の邪魔にならぬようにと、摂津で息を潜めて暮らしておられる」

皐月は大袈裟《おおげさ》な舌打ちを残し、ぱっと後ろに飛んだ。綱は上体を起こして見つめた。

「私にも娘がいる。子を想う母に救われたな」

剣は納めてはいない。まだ警戒を解いてはいないが、綱から戦意が消えていることが解った。

「生き恥を晒すわけには――」

「解ったようなことを申すな！」

多分に漏れず綱も武士が言いそうなことを口走ったが、皐月は怒声でもってそれを制した。叱られた子どものように項垂《うなだ》れる綱に、皐月はさらに続けた。

「生き恥などない。生きようとしている者は美しい。それを邪魔するお前らを我らは憎む」

「そなたらが京を脅かすのではないか」

「京で起こる人殺しや盗みの中には、確かに我らの仲間の仕業もあるかもしれぬ。しかしほんの一部。京人は都合が悪くなれば我らに罪を着せる。満仲もそうだ」

「信じられぬ……満仲様がそのような奸計を用いられるとは……」

綱は満仲、京人の正義を信じ切っていたのだろう。皐月は剣を納めて去ろうとした。

「信じずともよい。真実はその通り」

「待て！」

呼ばれたが、皐月は振り返らなかった。皓々《こうこう》と輝く月を見上げると、急に胸が締め付けられた。皐月は綱の視線を背に受けながら、荒野の先に広がる雑木林に身を溶かしていった。

夜半、晴明は眠りから覚めた。あの日から度々見るようになった悪夢は、四年の月日が流れても収まることはなかった。内容は決まっていつも同じである。目を覆いたくなるほどの虐殺。瞼の裏に焼き付いている光景が夢にまで現れる。

一連の事件は後に安和《あんな》の変と呼ばれるようになった。首謀者である藤原千晴、橘繁延、蓮茂は捕らえられて投獄され、それぞれ遠流に処された。また、左大臣高明も謀反に加担していたことが判り、大宰権帥《だざいごんのそち》に左遷されることが決定した。それでも抵抗を示した高明であったが、最後は検非違使《けびいし》に屋敷を囲まれ、強制的に九州へと送られた。

*

密告して討伐に功のあった満仲は正五位下に昇進し、双璧をなしていた千晴の失脚もあり、洛中一の武人の称号をほしいままにした。

晴明には何の嫌疑もかからなかった。千晴と皐月らを繋いだに過ぎず、文さえ焼けば証は残らない。晴明はあの日屋敷に帰ると、すぐに文を焼き捨てた。

——ここで天下和同の火を消してはならん。

心で何度もそう唱えながら火に焼《く》べた。言い訳だということは己が一番知っている。

ただただ恐ろしかったのである。保身に走った己を呪った。だからこそ四年経っても色褪《いろあ》せることなく、悪夢が襲ってくるのであろう。晴明は水差しを取ろうと臥所《ふしど》から滑り出た。その時である。几帳《きちょう》の向こう側に人の気配を感じた。

「誰だ」

呼びかけると僅かな空気の動きを感じた。誰かがいる。

「誰だ……」

もう一度呼んだ。応答がないならば曲者と決め、人を呼べばよい。そうしなかったのは懐かしい香りがしたからに他ならない。香臭い京女のものではなく、生物としての女そのものの匂いである。

「お久しゅうございます」

「皐月か！」

「そのまま。お静かに……」

立ち上がって几帳に駆け寄ろうとしたが、皐月は威厳のある声でそれを制した。風で雲間が出来たのか、月の明かりが皐月の影を帳《とばり》に浮き上がらせた。

「なぜ裏切られた」

「それは……」

思わず言葉に詰まった。満仲の寝返りは与《あずか》り知らぬことであった。しかし自らを守るために、皐月との繋がりの証を焼いたのも事実。違うと言い切るには己は醜すぎる。

「どこにいる。捜したのだ。如月は――」

「さる御方の世話になっております。如月も無事でございますれば御懸念無用」

皐月の言葉は氷のように冷たかった。その冷たさが言い訳はすまいと決めていた心のどこかを刺激したのか、晴明は慌てて口を開いた。

「満仲殿の寝返りは知らなかった！　今からでも遅くない。お主がいるところへ行こう」

「満仲……殿」

皐月の声の奥に怒りを感じて、晴明は眉を垂らした。向こう側で皐月は呼吸を整えているのだろう。深い吐息の音が聞こえ、落ち着いた声になった。

「虚言を弄する御方でないこと、私はよく存じ上げております。しかし我が同胞、我が親子の仇敵である満仲に『殿』と申されますか。それが京人の消し去れぬ横の繋がり。京人は懼《おそ》れから正しき道を枉《ま》げる……。今生の別れでございます」

待てという言葉が喉を駆け上がるより早く、皐月の影は消え失せた。追いかけたところで晴明には姿さえ捉えられないだろう。

「懼れ……」

晴明はそう呟くと寝所で呆然と立ち尽くした。

その晩、源満仲が襲撃を受けた。屋敷に凶徒が忍び込んだのである。いや忍び込んだというにはあまりに堂々とした振る舞いだった。賊はたった一人。寝所に入るまでは身を隠していたが、満仲が殺気に気付き、目を覚まして身構えると、賊は満仲の胸を短剣で切り裂き、蔀戸《しとみど》を破って寝所から転がり出た。そこからは戦といっても最早過言ではなかった。精強な武人の首を刺し、腹を斬り、腕を飛ばし、足を断った。卜部、碓井などの強者が駆け付けると、賊は屋根に上った。梯子を掛けて追いつめた時、対屋《たいのや》から鉤縄が投げられ、賊はそれを伝って逃走したという。

賊は何者だったのか、様々な憶測を呼んだ。いずれにせよ満仲の権勢を妬んだ者であったのだろうと結論付けられたが、晴明だけにはそれが誰なのかはっきりと解《わか》った。

安和の変より六年後の天延《てんえん》三年（九七五年）、晴明は齢五十五を迎え、位も上がり天文博士に任じられていた。天体を観測し、暦《こよみ》を編む責任者である。

日中は会話さえも遮られるほど喧《かしま》しく蜩《ひぐらし》が鳴く夏であった。

茹《う》だるような暑さに堪えかねて晴明はいつもよりも早く目が覚めた。東の空はようやく白み始めている。庭に出て行水をし、簡単な朝餉を摂り、出仕の支度を整えた。日の出から正午までが役人の勤めということになっているが、実の所は辰《たつ》の正刻（午前八時）から午《うま》の上刻（午前十一時）には皆帰り始める。それどころか二日、三日に一度しか出仕しない者もいる。役人の怠惰もそこまで極まっていた。

晴明は辰の上刻（午前七時）から正午までは役所に詰めると決めていた。家に帰っても複雑な天文の計算は行うし、時によっては一晩中空を睨み続けなければならぬこともある。

晴明が家を出たのは、日の出である卯《う》の正刻（午前六時）を見届けて少し経った頃である。ゆるゆると歩を進めながら、まだ人気の少ない大路を行く。

「今日も暑くなりそうだ」

何気なく陽を見上げた。立ち止まって目を凝らし、次に己の眼《まなこ》を手で擦った。

「何ということだ……」

晴明は愕然とした。目の前の光景を何と表現してよいのか解らない。陽が欠けているとでも言うべきか。眩しさに耐えながらじっと見続けた。欠けた部分は尚も大きくなってきている。

――大変なことになる。

晴明は役所に急いだ。この天変地異に気付けば、京は混乱の坩堝《るつぼ》と化すであろう。祟《たた》り、呪詛《じゅそ》、凶事の前触れなどと論じられ、混乱した人々により強盗、強姦、殺人が起こりかねない。

――天の理《ことわり》であることは確かだ。

晴明は度々空を確認しながら駆けた。何故このような現象が起こっているのか、明確には解らない。だが最近の晴明は、天体は吉凶を占うものという認識でなく、動かせぬ理であると考えていた。星や月、陽の動きの中にある程度の規則性があると発見していた。

――私の推測が確かならば、陽を隠しているものの正体は……。

晴明は足が絡まって前のめりに転んだ。唇に付いた砂が口にも入り、舌の上で踊った。

「月だ」

舞い上がる砂埃の中、立ち上がると沓《くつ》を脱ぎ捨て再び駆け出した。役所には夜番の者が一人、他にはまだ誰も来ていない。すでに異常を観測していた下役は、晴明の登場を殊の外喜んだ。

「吉凶の類ではないが皆信じぬ。直にここに多くの使者が押し寄せて来るぞ。上奏文の支度を」

晴明は指示を出すと、再び屋外に飛び出した。陽は輝きの半分を失い、なおも欠けつづけている。己の見立てでは、あと四半刻もすれば完全に隠れる。すでにあちらこちらから悲鳴が上がっており、この変事に気付いた者も出てきたとみえる。

――何と上奏すべきか。

占いの信憑性はともかく、何かしらを上奏せねば落ち着かぬことを晴明は熟知している。ましてや此度は有史以来未曾有《みぞう》の天変である。見逃す訳にはいかない。

いよいよ陽は光を奪われ、辰の正刻になろうかという時には、完全に光は消え、墨色の輪郭を残すのみとなった。辺りは夜のように暗く、恐れをなしたのか烏が群を成して乱れ飛び、星々まではっきりと見えた。この不気味な現象を吉事と上奏するのは些か無理があろう。晴明の推察通りならばこの現象は間もなく収束するはずであった。夜の住人である月が、昼の王である陽に抗《あらが》っているかのように思え、晴明の脳裏にふと皐月のことが過《よぎ》った。

「懼れ……か」

陽から目を逸らさぬままに上奏文を代筆させる。

「天延三年、七月一日。此度のこと、劫初《ごうしょ》以来の凶事。詔《みことのり》を発し、常ならば赦されぬ者も悉く《ことごと》大赦すべし。その温情あればこそ凶事を防ぐこと能う……」
下役は一言一句逃さずに紙に書いていく。
──皐月……これが私に出来る唯一のことだ。
僅かに光を取り戻し、陽の輪郭が輝く。それはまるで光輪のように神々しかった。
晴明は間もなく昼の主に返り咲こうとする陽を睨み据えながら、心の内で呟いた。

第二章　禍《わざわい》の子

桜暁丸《おうぎまる》は東の空を一心に眺めていた。「やき山」と呼ばれる山の稜線を、薄雲が覆《おお》っている。京人《みやこびと》は「菅名岳《すがなだけ》」という体裁の良い名を付けたが、地の者はやはり、やき山と呼び続けていた。夕暮れ時、大抵の者は西の空を仰ぎ茜《あかね》の神々しさに酔う。しかし桜暁丸はこの時刻の東の空を好んだ。訳を訊かれても困る。人と同じことをするのを嫌う己《おのれ》の気質が、知らぬうちにそうさせているのかもしれない。では何故そのような気質なのかと訊かれれば、己の出生が奇異なものだったからと吐き捨ててしまうだろう。

天延三年夏の桜暁丸が生まれた日、陽がすでに昇っているにもかかわらず、世は突如として闇に覆われた。日輪がみるみる欠けて、墨を撒き散らしたかのように黒く染まった。やがてまた輝きを取り戻した時、母の躰《からだ》から桜暁丸は生まれ落ちたという。京ではこの出来事を有史以来最悪の凶事と定め、遠く離れた越後《えちご》にもその風聞が伝わってくると、桜暁丸は禍の子と呼ばれるようになったらしい。

らしい、というのには訳がある。誰一人として表だっていう者はいないのである。父が郡司《ぐんじ》の大領《たいりょう》であるから、陰口に止《とど》まっている。

父は山家重房《やまがしげふさ》と謂《い》う。父曰く、代々ここ蒲原《かんばら》郡の豪族であった。元は姓などなかったが、朝廷の勢力が越後に及ぶにあたり、先祖は従順に服属した功を認められ郡司に任命された。その時に真人《まひと》、朝臣《あそん》、宿禰《すくね》、忌寸《いみき》、道師《みちのし》、臣《おみ》に次ぐ第七位の姓、連《むらじ》を与えられた。同族が増えるにあたり、便宜上土地の名を取って「山家」と名乗った。

そのような有力者の子であったが、桜暁丸は人々の冷たい視線をひしひしと感じて育った。面と向かって罵《ののし》られるほうがまだよい。人々の愛想笑いの下に垣間《かいま》見える、侮蔑と恐怖に身震いするほどの嫌悪を感じた。父はどう思っているのか気になり、一度尋ねたことがある。

「天帝様がお主一人にかまっていられるか。あの日に生まれた者が何人いる。大陸も含め三国併せれば百は下るまい。すべて禍の子ならば、この世はすでに闇に覆われておる」

重房はそう言ってからからと笑った。その論理立てた説明に桜暁丸は感心させられた。しかし、己が不吉と言われる訳がもう一つあることを桜暁丸は知っている。母は桜暁丸が生まれる前からすでに、黄泉《よみ》から来た女と敬遠されていたのだ。重房は早く

に妻を亡くして、子もなかった。子がなければ当然血は途絶える。家臣が後妻を、せめて妾をと勧めたが、

「あれに悪いからな」

と、恥ずかしげに頭を掻《か》いて、亡くなった妻に義理立てした。この一点から見ても父の変わり者ぶりが解るというものである。

重房が三十歳を超えた頃、山口《やまぐち》という浜に一艘《そう》の小舟が流れ着いた。中には男が二人、女が一人。男たちはすでに息絶えており、女も虫の息であった。三人の容姿が変わっていたことで、漁師たちは郡司である重房に届け出た。初めて見た時は重房も驚愕したらしい。女の髪は褐色を超えてほとんど黄金色《こがね》、肌は雪のように透き通るほど白く、鼻梁は作りものかと目を疑うほど高い。さらに驚いたことにその瞳は岩に生《む》した苔《こけ》の如く緑がかっていた。多くの者が気味悪がる中、重房だけは美しいと思ったという。

「すまぬ。好いてしもうた。許してくれ」

重房は天に向かって拝み倒した後、周囲の猛反対を押し切って女を妻にした。そして生まれたのが桜暁丸である。母は己を産んですぐに流行《はや》り病で死んだため、顔も覚えていない。父に言わせれば桜暁丸は髪色こそ黄金とは遠い土色だが、瞳も光の加減

によっては海松色《みる》に見え、母によく似ているらしい。父も身丈五尺八寸（一七四センチ）の偉丈夫だが、母も女でありながら五尺七寸（一七一センチ）と背が高かったそうで、齢《よわい》十一となった桜暁丸の身丈はすでに五尺四寸（一六二センチ）を超え、まだまだ伸びる勢いであった。

母はどこから来て、どこへ行ったのか。己はどこから来て、どこへ行くのか。そのようなことをぼんやりと考えながら、紅雲を背負いつつ、桜暁丸は今日も東の山々を眺めている。

日が没するのを見届け、桜暁丸は屋敷へと戻った。屋敷といっても国衙《こくが》のような寝殿造りではなく、規模こそ大きいが板壁のささくれも荒々しい質素なものである。

「今日も剣や学問を放り出してどこかへ行っていたらしいな」

重房が声を掛けてきた。一応は厳しい語調を作っているが、喉《のど》の奥で笑っていることが解る。

「つまらなかったのです」

「おぬしが健児《こんでい》になりたいと申したのだろう。そのために文武の師を付けたのだ」

律令制の改革により、負担の大きい百姓の軍役は取り止められた。代わりに設けられたのが、名士の子弟から優秀な者を選抜した地方の精鋭軍であった。この精兵のことを健児と呼ぶ。小さな国では三十名、ここ越後のような大きな国でもたった百名しか選ばれない難関であった。

桜暁丸はこれになりたかった。理由はただ一つ。より広い世に出れば多種多様な者たちと巡り合う。そうすれば己への好奇の目も薄らぐのではないかと思ったのである。

「はい……しかし実はもう学ぶことは何もないのです。剣も学問も」

「ほう。そうは聞いておらんが」

「僅《わず》か二年で超されたと言えば、師匠たちも……」

「食えなくなるか」

重房は学問を修めていないが頭脳明晰である。途中から話の終着点が見えていたようだ。

「お師匠様たちには、家臣の調練をしてもらおう。良い師が見つかるまでは独りでやっておけ」

重房は呵々《かか》と大笑してその場を後にした。

「良い師が見つかったぞ」

重房が自慢げに肩を叩いたのは、それから一月《ひとつき》ほど後のことであった。桜暁丸は師になるという人物に引き合わされた。

「桜暁丸です。ご教授よろしくお願いします」

「蓮茂《れんも》と申します」

齢六十は超えていよう。眇《びょう》とした老僧である。襤褸《ぼろ》のような僧衣を纏《まと》い、丸めていただろう頭も、真っ白な毛が伸び放題で枯れた毬栗《いがぐり》のように見えた。

――こんなやつに負けるか。

桜暁丸は心の内で舌打ちした。父は人を見抜く確かな眼力を持っていたはずなのに、いつの間に衰えたのかとまで思った。

しかしそれが誤りであったと、初めての教練で早くも思い知らされた。木剣で何度打ち込んでも、蓮茂は柳のように躱《かわ》し、蚊を払うが如くいなして、素早く脳天に打ち返してきた。

「参った……」

「まだまだ。早《はよ》うお立ち下され」

何度も打ち倒しては立たせ、また打ちのめしては見下ろす蓮茂の顔が、ひどく恐ろしげなものに見え、桜暁丸は身を震わせた。

学問に関しても蓮茂は卓越していた。いったいどれだけの書籍を諳《そら》んじているのか。

それだけでも驚きなのだが、蓮茂は、

「これらはあくまで真に学ぶべきことへの素地にしかなり得ません」

と、静かに語り微笑《ほほえ》み、さらなる奥行きを匂わせてくる。僧であるから学問が出来ることは当然としても、剣まで使えることは奇異に思えた。修行を開始して三月ほど経った頃、桜暁丸は蓮茂の前半生について尋ねた。

「はて、生まれた時からこの姿であったような気がしますぞ」

などと、蓮茂は軽口を叩きながら戯《おど》けてみせるのだが、この怪僧ならばあり得ると思えてしまう。

蓮茂が来て半年が過ぎた。己で実感できるほど剣の腕は上がったが、それでも蓮茂の足下にも及ばなかった。学問においてはさらに開きがある。蓮茂が諳んじる夥《おびただ》しい書も頭の中に入ったが、百学ばなければならぬうちの一にも満たないと言う。このままでは一生を費やしても蓮茂を追い越すことは出来ないだろう。それと同時に蓮茂のことを深く尊敬するようにもなった。桜暁丸が抱いたのは、いわば心地よい絶望感であった。

*

ある日、重房は二人きりで食事を摂ろうと、自室に蓮茂を招き入れた。

「倅《せがれ》はどうですかな?」

濁り酒を注ぎながらの第一声だった。目を伏せた蓮茂は無言で酌を受けている。もし見込みがないならば言いにくかろうと、重房はにこやかな笑顔を作り、重ねて尋ねた。

「駄目ならば駄目と。そうならば他の才を伸ばせばよいだけのこと。如何?」

「傑物……他に言葉が見つからず、それでも足りぬかと」

蓮茂は言うと、杯の酒を一気に飲み干した。

「我には剣など蓮茂殿に全く歯が立たぬように見えますが」

「後一、二年もすれば抜かれます。当人は気付いておらぬが、相当の武人となりましよう。が……」

「が?」

重房は含みを持たせた言葉尻に食いついた。

「学問はそうはいきませんな」

「必要な書があればお申し付け下さい。八方手を尽くしてみます」

「そうではございません。書は足りておりますし、読み解く力は拙僧よりも勝る」

頭の回転が速い重房であるが、この時ばかりは蓮茂が何を言いたいのかが解らなかった。暫《しば》しの間をあけて蓮茂は続けた。

「書を読み解くことは終点ではない。人世にどう活かすかということこそ肝要なのです。そして活かそうとすれば不思議と新たな知識、経験が躰に流れ込む。そのためには幾分……」

「越後の片田舎では狭いというわけですか。ならば頃合いを見て外に出しましょう」

重房は可愛いわが子が褒められていることを素直に嬉しく思った。と同時にいずれ巣立っていくことを想像して切なくもなる。

「しかし桜暁丸を出すには不安があります」

その一言で何を言わんとしているかを悟った。蓮茂は続けた。

「偽りなく申します。私は桜暁丸ほど美しい顔をついぞ見たことはございません。吉祥天様のご尊顔はきっとこのようなものだろうと思いました。しかし拙僧のような者ばかりではございますまい。百人おれば百通りの見方がございます。その中の大勢を占める悪意に、優しい桜暁丸が耐えられるかどうか……」

「あれの母は正しく吉祥天のようであった」

重房はぽつぽつと語りだし、蓮茂は一転して口を噤《つぐ》んだ。

「妻を亡くし、二度と誰とも添わぬと誓った我だったが、一目で惚れてしまった。見目だけではないぞ。当初は言葉を理解せなんだが、一年もすれば不自由なく話すようになるほど賢く、桜の花を見て涙するほど心優しい女であった」

「桜暁丸によう似てございますな。故に夏生まれにもかかわらず、名に桜の一字を入れられたという訳ですか」

「夏は桜の終わりの季節ではない。次の桜の暁よ」

重房は片笑《かたえ》んで杯を空にした。そして一言付け加えた。

「御坊、いずれ桜暁丸は広い世に漕ぎ出すであろう。そんな気がしてならぬのだ」

蓮茂は小さく何度も頷《うなず》いた。突出した才を持つこの倫は、きっと桜暁丸に世を渡る櫂《かい》を授けてくれるだろう。


蓮茂を迎えて一年、十二歳となった桜暁丸は身丈五尺六寸（一六八センチ）となり、目の高さは父とそう変わらない。剣の腕はさらに上達し、蓮茂が肩で息をして応戦するほどである。

寛和《かんな》二年（九八六年）、蒲原郡ににわかに暗雲が立ち込めた。夏になっても一向に暑くならないのだ。これにより米はもちろん、稗《ひえ》や粟《あわ》にまで影響が出ることが予想された。

米は大半が税として国衙を経て京に納められる。庶民は口にすることなど滅多になく、もっぱら稗や粟を食していた。通常、郡司は米を食すが、山家重房は庶民の暮らしを思い、自重していたため、子である桜暁丸もほとんど口にしたことはない。

庶民はそれでもまだ物を口に出来るほうで、越後にはもっと食えぬ者たちが存在する。山家の地より北東、北西に住んでいる「夷《えびす》」と呼ばれる者たちである。他にも西北西に「渡夷《わたりえびす》」、東北東に「荒夷《あらえびす》」という者たちもいたが、これらの多くの村々を総称してやはり夷と呼んだ。彼らは稗や粟までも中央に強奪されていく。魚や獣を獲って日々の暮らしを立てていた。

蒲原郡にもこの夷の村があった。郡司は厳しく取り立てねばならないが、重房はそれをよしとせず、国衙には奪ったと報告しておいて、各村から少しずつ多く集めて補っていた。

当初、他の村人たちは不満を漏らしていたが、郡司自ら鍬《くわ》を取り、新たな耕地を増やしていく姿を見るうちに、その声は信頼の声へと変わっていった。だが今年ばかりはどう見積もっても越えられそうにない。それなのに国衙からは例年以上の税を納めるようにとの通達があったのだ。

「どうされるおつもりですか？」

重房と共に夕餉を摂っている最中、桜暁丸は尋ねた。二人の他に、給仕の下女、十日に一度ほど相伴する蓮茂がいる。このような窮迫した状況でも、重房はいつも笑みを絶やさなかった。

「何も変わりはせん」

「しかし……このままでは皆が飢えてしまいます。いっそ他の郡に倣い……」

桜暁丸が言いかけた時、重房は憤然と立ち上がると、頰桁《ほおげた》を思い切り殴った。突然のことに下女は部屋の隅に退いて畏まっている。

「取り消せ。お主は間違っておる」

このように激昂した父を見たのは初めてであった。桜暁丸は呆然として頰に手を添え、蓮茂は目を閉じて箸《はし》をそっと置いた。

「では如何になさるとおっしゃいますか！」

感情のままに叫んだ桜暁丸を、重房は憤怒の形相で睨《にら》みつけた。

「誰かが生きるために、誰かが死んでよいなどという道理があろうか」

重房は屈むと桜暁丸をひしと抱いた。

「それがまかり通るのは親子の間柄のみ。俺はお主のためならば死んでもよい」

にこりと笑う重房を見て、桜暁丸の目から大粒の泪《なみだ》が零れ落ちた。

気を取り直して夕餉を済ませた。自室に引き上げる桜暁丸の顔には笑みも戻っている。ややあって、桜暁丸とともに出たはずの蓮茂が戻ってきた。

「御坊、いかがされた」

「先程のこと、よほど逼迫《ひっぱく》しているのでしょう。世捨て人の儂《わし》でよければ話を聞きます」

重房は眉間《みけん》に皺《しわ》を寄せた。

「全てが露見しました。国衙からお達しがありました」

「いかがされる」

「奴らは気が狂《ふ》れておるとしか思えぬ。あの喰い方は何だ」

重房は眦《まなじり》をつり上げて強く板床を叩いた。貴族の食事には飯の他に十ほどの副菜がつく。まず一椀に沢山盛りつければ盛りつけるほど美しいとされている。白米に至っては碗に抑え込んで、一尺（三十センチ）ほどの高さに盛り上げるのだ。全て食うならまだ良いが、どの碗も皿も一口、二口箸をつけてその大半を残す。これが貴族の美徳とされており、毎食行う。

「意地汚くない。そう見せるための作法です」

「飢えている者がいるのに、そのような喰い方をするなど、そちらのほうがよほど意地汚い」

「申していても始まりますまい。やはり上手くやり過ごすしかございませぬ」

「国守の満仲は鋭い上に強欲……己の勢力を伸ばそうと、五年ほど前から取り立てを厳しくしております」

「満仲……」

　蓮茂の肩が僅かに動いたのを重房は見逃さなかった。

「御存知か？」

「腐れ縁でございます。数年前、上国《じょうこく》の国司に任ぜられたと聞いたが、まさかここ越後とは」

「奴は己の裁量で税を重くしておる」

「それで自身の誇る武士団をより精強にするのが目的でしょうな。藤原秀郷殿が成し得なかった武の貴族たらんとしておるのでしょう。器が違うとも知らずに……」

　蓮茂は視線を外して天井を見上げていた。

＊

秋が来た。案じた通り夏に冷え込んだため、稔《みの》りはすこぶる悪い。それでも重房は奔走した。夷村の税は国衙の者に徴収させ、取り終えた頃を見計らって私財を擲《なげう》って買った稗粟を村に運び込んだのである。自らの手で確実に取ったのだ。これならば文句のつけようもあるまい。重房はそう言って笑い、村人たちは泣いて感謝した。切詰めれば冬を越せようと考えていたが、間もなく驚愕の一報が郡衙に飛び込んで来た。

「村から再び徴収しただと……」

重房の握った拳は怒りで震えていた。それを見て桜暁丸も身を震わせた。先日怒った重房の言葉の中には情が感じられたが、今の語調には純然たる怒りが籠もっていた。

「目代《もくだい》を問い質《ただ》す」

急ぎ文をしたためて国衙へ使者をやり、その日の晩には早くも返答があった。

――夷は朝廷に刃向かった者の末裔《まつえい》であり、財を築かせると再び乱を起こすであろう。国の安寧を思ってのこと、それを理解せよ。

「何百年昔のことを言っている！」

重房は返書を読むとその場で破り捨てた。

「家財、衣服、売れるものは何でも売れ。一杯の稗、一口の粟でも届ける」

重房がそう宣言したので、さすがに皆が止めた。人望に篤い重房が没落することは、他の者にとっても望むところではない。

「ならば最後の手だ」

打った手は、誰もが考え付かぬ奇抜なものであった。夷村の百余名を全員郡衙に迎え入れたのである。自然蛻《もぬけ》の殻となった村は消滅し、郡都の人口が増加した。これならばいかに救済してもよいだろうという訳だ。それで終わりではなく、移った村人を食わせていかねばならぬ。重房は郡の民に頭を下げて合力を請い、自らの生活もぎりぎりまで切り詰めた。

青林に分け入り、木の実を集め、土を掘り起こして蛙も獲った。食えるものは何でも食う。重房のその覚悟が伝わり、元からいた民も協力するようになった。重房は俸禄を払えなくなった蓮茂にも他の地へ移ることを勧めたが、この一風変わった僧は、

「この歳ではもう大して食えません」

と、蒲原を去らなかった。

冬が近づいた霜月《しもつき》（十一月）、山家の地は初雪に包まれた。冬が深くなれば、雪にも苦しむ。それでも桜暁丸のような若者や子どもにとっては、初雪は心躍るものであった。桜暁丸はそのような過酷な状況でも修行を止めなかった。蓮茂も付き合ってく

れるが、さすがに寒さは老軀にはこたえるのか珍しく辛そうである。

「お師匠、今ならば勝てそうですな」

「そう申すと思った。さて帰るとするか」

「逃げるのですか？」

「こんな日に勝って嬉しいとは、逃げておるのはどちらかの」

少なくとも口ではまだまだ蓮茂には勝てそうになかった。桜暁丸は白い息を吐いて笑い、並んで家路についた。屋敷までもうすぐというところで、蓮茂が手を挙げた。

「何事――」

「しっ」

左右を見回し、手を添えて耳を欹《そばだ》てている。

「こちらに向かっている……」

「誰が？」

声を低くして訊いた。耳を澄ませば確かに虫のすだきにも似た音が近づいてきている。

「一騎や二騎ではない。音が消える雪の日を狙ってきたな」

「国衙の……」

「であろうな。桜暁丸、離れるなよ」

蓮茂は先ほどまで背中を丸めて手を擦っていたのが擬態であったかのように猛然と駆け出し、桜暁丸もその背にぴたりと付いて後を追った。鬱蒼とした雑木林から郡衙のほうを窺《うかが》うと、白布を敷いたかのような大地を走り、こちらに向かってくる一軍が見て取れた。

「重房殿はお気づきではない。儂が伝える故、お主はここに隠れておけ」

郡衙と父の危機を何もせず手をこまねいているつもりはなかったが、ここで師と言い争っている時すら惜しいと思い、桜暁丸はこくりと頷いた。それを見届けると蓮茂は郡衙に向けて駆け出した。一切の跫音《あしおと》がしない。

——奴らの横腹をつく。

桜暁丸は腰の木剣を握りしめ唾《つば》を呑《の》んだ。奇襲はたった一人でも、機を捉えれば効果を得られることを蓮茂から学んだ。飛び出したい衝動をぐっと抑えてその時を待つ。

暫《しば》くすると蓮茂が間に合ったのか、屋敷がにわかに騒々しくなった。

「ここを郡衙と知っての狼藉《ろうぜき》か！」

郡衙には小さな櫓《やぐら》があり、その上から家臣が叫んだ。敵は無言で矢をつがえると櫓に目掛けて放ち、家臣が悶絶して倒れるのが見えた。この問答無用の攻撃に、ようやく郡衙側からも矢が射掛けられる。敵は飛来する矢を躱し、応射しながら進んだ。

——健児か！

戦闘を職務とする健児と、田畑を耕しながら役につく郡衙の兵では動きからして違う。ようやく敵を一人射止めたと思えば、こちらは十人はやられている。射撃では敵わぬと見て、郡衙側も門を開け放ち、討って出た。先頭は馬上で甲冑に身を固めた重房である。

「何故、我らを攻める！」

「夷を匿《かくま》うことは万死に値《あたい》する」

そのような会話が桜暁丸のもとにも届いた。敵中に乗り入れ、太刀を振るう重房に、健児どもが群がってきた。郎等も懸命に戦うが個々の力量に大きな差がある。

——父上！

桜暁丸は繁みから飛び出し、猛然と敵に向かって行った。突如現れた桜暁丸に健児たちは慌てふためいた。桜暁丸の木剣が脳天に炸裂した健児は、ぐるんと白目を剝《む》いて膝《ひざ》から頽《くずお》れた。桜暁丸は手を緩めない。奇声を上げながら、次々に打った。骨の軋《きし》む音、倒れ込む音が続く。精兵と言われる健児を同時に二、三人相手取って桜暁丸は奮戦した。

「桜暁丸！」

重房も突然の乱入者が桜暁丸だと気付いた。その瞬間、一本の矢が重房の肩を射貫き、どっと馬から落ちた。

「父上、今行きます！」

桜暁丸を手強いと見て、健児らは五人でもって取り囲んだ。三人相手に戦えたのも虚をついたからに他ならない。敵が態勢を整えた今、到底勝てる見込みはなかった。郎等に肩を借り、後退する重房に敵はじわりと迫り、桜暁丸を囲む輪も同様に狭まってきた。その時、後ろから健児の肩に手を置く者があった。

「少し待たれよ」

錆《さ》びた声が響くと同時に、一人の健児が血泡を吹いてその場に倒れ込んだ。その向こう側に立っているのは、短剣を手にした蓮茂である。腰帯には見慣れぬ太刀が捻じ込まれており、短剣から滴る赤い雫が白雪を汚《けが》した。

「何者――」

そう言いかけた別の健児は呻《うめ》き声を上げて倒れ込んだ。蓮茂の手から放たれた短剣が喉に刺さっていた。走り寄る蓮茂の手には、先ほどとは形状の異なる鉄具が握られている。それは小さな鎌のように見えた。蓮茂は軽やかに舞うように、次々と首を掻いてまわり、同時に身を捻らせて何かを投げていく。重房を追いつめていた健児は目を押さえ、耳を押さえて悶絶した。鉄で出来た円錐状の鋲が刺さっているのだ。

「お師匠！」

桜暁丸は近づきながら一人殴り倒した。

「油断するな、桜暁丸。これは先兵ぞ。すぐに二波、三波が来る」

蓮茂の言うように、向こうから新手が向かってくるのが見えた。馬の嘶《いなな》きも聞こえてくる。力攻めに転じた模様である。桜暁丸は重房に駆け寄った。

「父上、お退き下さい」

「愚か者。お主こそ逃げよ」

重房は苦悶の表情を浮かべた。鏃《やじり》が肩の骨を砕いたのかもしれない。

「私も戦います。父上を頼む」

桜暁丸は家人に託した。蓮茂は卓越した技を見せ、辺りを一人で鎮圧する勢いであった。

「重房殿は逃げよと仰らなかったか？」

「そのように。しかし我らが逃げる必要が何故ありましょうや。私は戦います」

「頑固者めが」

「お師匠譲りでございます」

二人の視線が交わり、共に口元が緩んだ。

「来るぞ。あの甲冑……京人だ」

先頭は二十騎ほどの武者団。その背後に五十名ほどの健児が続いている。桜暁丸は雄叫びを上げてそれに向かう。狙うは中でも煌びやかな甲冑を身にまとった、大将と思しき武者である。桜暁丸は体《たい》を開いて馬蹄を躱し、馬上目掛けて打ち込まんとするが、大将に並走していた武者が分け入ってきた。その者の振るった刀は、木剣の半ばまで食い込み、桜暁丸の手から得物をかっ攫ってゆく。

「後ろへ跳べ。桜暁丸」

蓮茂の合図に雪を蹴って、後方へ飛び退いた。蓮茂は左手で鋲を投げながら近づくと、足から滑り込み、手鎌で次の馬の脚を薙ぎ払った。悲痛な嘶きを発し馬が倒れ込むと、蓮茂は自身の襟《えり》から大振りの針のような短刀を取り出し、落ちた者の脇に刺し入れた。

「その顔……歳は取ったが見覚えがある。満仲の小倅だな」

「源満仲が嫡男、頼光を見知ったるか」

「随分歳を取ったな。二十年近く経ったゆえ当然か。今は三十九になるか」

蓮茂はそう言いながら屈み込むと、脛《すね》の辺りをまさぐった。次の瞬間、脛当てと思われたものが紐状に姿を変え、風切り音を撒き散らした。騎馬武者が数名、悲鳴を上げて落馬した。蓮茂が振り回しているものは、先端に分銅の付いた鎖である。愕然とする桜暁丸をよそに、蓮茂は次々に馬上の敵を叩き落としていく。

「お主の技は土蜘蛛の……」

「彼の者の技もある」

「もしや……百足《むかで》か!!」

頼光の顔がさっと蒼ざめた。

「貞光、手を貸せ！　こやつはあの百足だ」

「百足……まだ生き残りがいやがったか」

貞光と呼ばれた痩身の武者は吐き捨てると、太刀を振りかぶって突撃してきた。馬上から鋭い突きが繰り出される。蓮茂は鎖を手放し、腰の太刀を抜き放って受け止め、すれ違った形となった。

「季武も来い、仕留めろ！」

「御意」

今度は逞しい体躯の武者が加わり、二対一となった。蓮茂は雪の上を転がって巧みに躱しながら太刀を振るい、鋲を撃ち、手鎌を投げて獅子奮迅の戦いぶりを見せた。

桜暁丸も飛ばされた木剣を拾って、休みなく襲ってくる健児を相手に応戦する。

「こんな化物を相手にすると知っておれば、綱《つな》や金時《きんとき》も連れてきたものを……」

「貞光、無駄口を叩くな」

悔しげな貞光を、季武が窘《たしな》める。

「お主が無口なだけよ！」

吐き捨てた貞光の声を合図に二人がかりの猛攻が再開された。流石の蓮茂も肩で息をしており、明らかに苦戦している。見かねた桜暁丸は健児たちを振りきり、貞光の背後に回ると、木剣でもって馬の尻を強《したた》かに打った。驚いた馬が後ろ脚を跳ねさせ、仰け反った桜暁丸は雪に尻餅をついたが、馬上の貞光も振り落とされる。

「ぐ……小僧、小賢しい真似を。背後からとは卑怯だぞ！」

「お主らに言われたくはない！」

貞光は雪に向かって唾を吐いた。口内を傷つけたのか雪が薄紅色に染まる。

「一兵卒にしてはいきがいいな」

「山家重房が嫡男、山家桜暁丸だ」

「ほう、近郷で噂《うわさ》になっている鬼若《おにわか》か」

桜暁丸は初めて陰で己が何と呼ばれているかを知った。その呼び名は想像の範疇《はんちゅう》であり、特段哀しくもない。だが中には優しく接してくれている村人もいた。その者たちもそう呼んでいたのかと思うと虚しさが込み上げてくる。

「その鬼若だ。しかしそう呼んで良いのはこの蒲原郡に生きる者だけよ」

「くくく……御屋形様。こいつ重房の子らしい。こいつを捕らえれば観念して税を吐き出すのではないか？　抵抗するならば殺して首にしてもよいが」

「一理あります」

口数の多い貞光に比して、季武は蓮茂との交戦を続けながら短く言った。頼光が頷くのを合図に季武が馬を駆る。

桜暁丸は肌が粟立つのを感じた。震える木剣の先に季武が迫り、それを背で待つ貞光は、嫌らしく笑っている。その口は柘榴《ざくろ》を割ったかのように不気味に見えた。季武が着く間にこの男を屠《ほふ》らねば、万が一にも勝機はない。踏み込み、打ち込むが、足場の悪い中、貞光は木の葉が舞うように躱す。蓮茂はこれほどの強者を二人も相手取っていたのだ。その季武はもう目前に迫っている。

——死ぬ。

その語が頭の中で繰り返された。季武の強烈な一撃を受けたが、そのまま仰向けに倒された。次に落ちてきたのは貞光の突きである。こちらを覗き込む貞光は、嬉々《きき》として逆手に持った刀を振りかぶった。その腕に飛来した鎖が絡みつく。

「爺……小癪な」

貞光の咆哮《ほうこう》よりも速く詰め寄り、蓮茂は見事な足払いをかけた。

「立て！」

蓮茂が叫ぶや否や、再び季武が肉薄し、雪を鮮血が染め上げた。桜暁丸に覆いかぶさった蓮茂の背が切り裂かれている。

「桜暁丸、退くぞ！」

蓮茂はそう言いながら立ち上がると、太刀を口に咥《くわ》え、懐《ふところ》から一本の竹筒を取り出した。

「百足爺、一体幾つ仕込んでいやがる」

「貞光、嫌な予感がする。下がれ！」

頼光の指示にはっとした貞光は飛び下がった。桜暁丸は蓮茂の脇にぴたりと続く。

蓮茂は竹筒の栓を抜くと、周囲に水のようなものを撒き散らしながら屋敷に向けて走り出した。竹筒を捨てると、その水に火打石で手際よく火を付ける。その刹那《せつな》、まるで火が意思を持ったかのように敵に向かって走り出し、辺りは瞬く間に火の海となった。

「何だ、これは！」

頼光らは吃驚《びっくり》し、馬たちも暴れ狂っていた。

「お師匠、奴らは臭水《くそうず》を知らないのですか」

「臭水は佐渡《さど》や越後などでしかとれぬ――。噂で聞いたことはあろうが、目の当たりにしたことはなかろうよ」

屋敷に逃げ込み、蓮茂の傷を見て息を呑んだ。

「この傷は……」

「死ぬるな」

季武の刀はよほどの名刀だったのか、傷は血を拭《ぬぐ》うと背骨が見えるほど深かった。

そこに重房が駆けつける。

「門は閉じた。射手が防戦を続けている。暫しの時は稼げよう」

「父上、お師匠が……」

重房は眉間に皺を寄せて頷き、蓮茂は薄く微笑んで頷く。

「蓮茂殿。巻き込んで相すまぬ」

「儂の好きでやったこと。お気に召されるな。それでどうされる？」

「共に死ぬ覚悟の者のみ戦っております。それ以外の者を退去させた上で火をかけます」

「左様か。最後にもう一つだけ桜暁丸への伝授が残っております」

「それはありがたきこと。では先に父子の別れを済ませます」

二人があまりにも淡々と話しているので、桜暁丸はついていけずに茫然とした。

「皆で逃げましょう……」

やっと絞り出すものの、重房は首を振った。

「父はここで始末をつける。お主は落ちよ。僅かだがいざという時のために蓄えていた」

重房が握らせてくれた革袋には幾ばくかの金が入っていた。

「私も父上とともに……」

「子が父の始末に殉ずる必要などない。お主の命は、お主の一生のために燃やすのだ」

「郷を出た私に良き一生など訪れるはずがありません。ならばいっそここで」

「きっと喜びもある。例えばお主の母のような良き女に巡り合えるかも知れぬぞ」

重房は豪快に笑いつつ頭を撫でた。目から止めどなく涙が零れ落ち、桜暁丸はもう何も言葉に出来なかった。

「苦しくとも生き抜け。お主にしか見えぬこともあるはず。蓮茂殿……後はお頼み申す」

重房はそう言い残すと手を離し、屋敷の奥へゆっくりと消えていった。

「桜暁丸、しかとせい！」

蓮茂は泣き止まぬ桜暁丸を一喝した。

「儂が百足と呼ばれたのを聞いたか？」

こくりと頷く桜暁丸に蓮茂は滔々《とうとう》と語った。

蓮茂が語ることは桜暁丸の想像を遥かに超えていた。京人が百足と呼ぶ民は、近江《おうみ》国三上山《みかみやま》に住まう土着の民であった。彼らは「技」そのものを神と崇《あが》めていた。習得すれば己に神が宿ると考えられ、故に多くの技を身に付けるほど敬われた。

「儂が身に付けたのは、血腥《ちなまぐさ》い技ばかりであったがな」

蓮茂は残った鋲を掌《てのひら》で転がして見せた。中でも百足は土木の技術が突出しており、自衛のために本拠である三上山に七回り半に及ぶ土坑と柵を巡らせていたという。京の目と鼻の先の近江にそのような者がいることを京人は快く思わず、討伐を試みた。

「大将は藤原秀郷《ふじわらのひでさと》という御方。儂はお主と変わらぬ年頃であったか」

蓮茂は遠い眼差しで宙を眺めた。朝廷軍千に対し、百足は三百余と数で劣っていたが、百足の兵たちは華々しい働きを見せた。初戦は百足の完勝であった。追撃に出た百足だが、武器を捨てる者には一切危害を加えずに引き上げていく。残忍で卑怯な化外《けがい》の民だと聞かされていた秀郷であったが、その正々堂々たる戦いぶりに驚嘆したらしく、百足の首領に会談を申し入れた。

「それが我が父であった」

「となると、お師匠は世継ぎであったと？」

「いいや。我が一族は血で首領を選ぶことはせぬ。一族を食わせられる者、守る技に優れている者を皆で決めるのだ。大江山なぞもそのように頭を決めておる」

血脈を重んじるこの国に、そのような民がいたとは、にわかに信じられない。

秀郷は共存の道を模索した。百足の数々の技術は必ずや庶民を豊かにすると思ったのだ。秀郷は自身の太刀を差し出し、蓮茂の父も佩刀《はいとう》を預けた。太刀を交換することで信義の証《あかし》としたのである。秀郷は京に戻り廷臣を相手に、百足が決して蛮族でないこと、和議の重要性を説いた。

説得を始めて一月が経った頃、絶望の知らせが秀郷の耳に入った。朝廷は秀郷が敵に籠絡《ろうらく》されたとみて、密《ひそ》かに別の大将を派遣して三上山を急襲したというのだ。不意を衝かれた百足は総崩れとなり、京人の不義を呪いつつ皆殺しの憂き目にあった。秀郷は早馬を飛ばして三上山に向かった。

「儂は山中の隠し穴に潜んで生き延びた。そこで一人でも生き残りはおらぬかと山に分け入った秀郷公に会ったのだ。公は慟哭《どうこく》して詫びられた……」

その哀れな姿を見て、蓮茂は秀郷の策謀でないことを悟った。秀郷はそなたが持つべきであると太刀を蓮茂に返した。蓮茂は他の僅かな生き残りと共に比叡山《ひえいざん》に入り、身を隠した。

「故に僧でありながらあのような技を……」

「百足という名も、百の技を駆使するところから来ておるのであろう。さて……もう時はないな。安和の変を知っておるか?」

桜暁丸は慌てて頷く。鼓膜が一際大きくなった喚声を捉えている。敵が肉薄していることが屋内からでも察知出来た。

「首謀者の一人、藤原千晴殿は秀郷公の御子。京人と土着の民の和同を目指して起たれ、それは満仲の裏切りにより潰《つい》えた。そして加わった儂も佐渡に流されたのよ」

「島流し……お師匠は逃げ出したので?」

「陽が喰われた日にお主は生まれた。故に禍の子だと己でも引け目を感じておろう」

桜暁丸の問いには答えずに、蓮茂は語り続けた。

「その日、儂は大赦を受けた。あれが仮にお主が起こしたものならば、お主が救ったことになる。いかなる物事にも表裏があるものよ」

蓮茂はにこりと笑って、太刀を差し出した。

「これをやる。父の太刀だ。名を神息《しんそく》と謂う」

死闘の後だというのに、太刀は刃毀《はこぼ》れ一つなく青光りしている。

「お師匠……」

「重房殿は火をかけられたようだ。儂が中央を開く。儂の脇を抜けてどこまでも駆けよ」

先刻より燻《いぶ》された臭いが立ち込めている。生まれてからの思い出の地は、まもなく白煙と瓦礫《がれき》に変わってゆくのだ。

「分かりました」

死を覚悟している男を止めることは出来ぬと悟った。同時に己はまだ何も見ず、何も為していないことを痛感する。生きてそれを見極めるつもりになっていた。

二人は屋敷を飛び出した。すでに大半の射手は討たれていた。血を失い過ぎた蓮茂の顔は土色に変じている。その躰のどこに力が残っていたのかというほど、蓮茂の足は速かった。

「出てきたぞ！」

敵の叫ぶ声が聞こえ、すぐさま伝播《でんぱ》していく。

「一つ言い忘れた。比叡山を頼れ。儂の弟子だと申せば力になってくれる」

蓮茂は両袖をばさりとはためかせた。左手には通常の短剣、右手には鋲が現れる。

どのようにして出現させているのか、やはり桜暁丸には皆目《かいもく》解らなかった。

「残るはこれだけよ」

背中越しでも蓮茂が笑っていることはすぐに解った。

「お師匠。……十年後、いや数十年後また会いましょう。それまでお達者で」

「かかか。言うようになったわ。待っておる故、ゆるりと来い」

桜暁丸は身を翻《ひるがえ》すと、直角に曲がって生い茂った森へと進路を変えた。

「一人逃げるぞ！」

敵は口々に喚く。桜暁丸は脇目もふらずに駆け抜けた。

「お主らの相手は儂じゃ」

蓮茂の声を桜暁丸の耳朶は確かに捉えた。複数の悲鳴が沸き起こる。森へ飛び込む
直前、桜暁丸はちらりと背後を振り返った。群がる敵を翻弄し、舞い上がる影が一つ。

曇天《どんてん》の下、雪上を飛ぶそれは、自然の理不尽さに抗う大きな化鳥のように見えた。

＊

一月後、比叡山山麓《さんろく》の坂本《さかもと》に桜暁丸の姿があった。冬が深まるまでに畿内に近づかねばならぬ。そのため昼夜かまわず駆けるだけ駆けて、疲れ果てれば眠り、むくっと起きては走り出す。そのような毎日であった。坂本に着いて比叡山延暦寺《えんりやくじ》に文を出し、すぐに返答があった。蓮茂の弟子だというならばまずは逢おうという。

翌日、山に案内され荘厳な延暦寺の一室に通された。応対してくれたのは宋恵《そうえ》という四十がらみの僧であった。

「そうですか。蓮茂様は……」

事の成り行きを聞き終えると、宋恵は静かに口を開いた。

「お師匠は叡山に行けと言い残されました」

「なるほど。大きな声では申せませぬが、この寺には蓮茂様の他にも三上山の生き残りが何名かいました。何を隠そう私も……」

「合点がいきました。しかし宋恵様はお若いように見えますが？」

「私の父は一度越前《えちぜん》に逃れ、そこで私が生まれました。しかし正体が露見し、そこも追われたところを蓮茂様にお呼び寄せ頂いたのです。蓮茂様は命の恩人」

宋恵の穏やかな笑みに、ここまで張り詰めていた緊張の糸が解れていくようであった。


「お父上はご健在でしょうか。出来ればお師匠、いや蓮茂様のことをお聞きしたいのです」


「昨年病で……。最後まで蓮茂様のことを語っておられました」

桜暁丸は残念がったが、これればかりはどうしようもない。


「それで、桜暁丸殿はこれからどうされるおつもりで？」

そう言われて気がついたのだが、取り敢えず言われたままに比叡山を目指しただけであって、桜暁丸の中には、まだその先の考えはなかった。それを汲《く》み取ったのか宋恵は続けた。


「もしよろしければ私の宿坊に滞在し、ゆるりとこれからのことを考えてはいかが？」

渡りに船である。桜暁丸は慇懃《いんぎん》に頭を下げた。桜暁丸は宋恵の古い恩人の子と紹介され、暫しの間、逗留させてもらうことになった。

数日過ぎて気がついたことがある。宿坊に住まう僧の瞳の奥に怯えが見えるのだ。

――僧でも同じなのか。

桜暁丸は軽く落胆した。己の容姿が人と異なることは熟知している。ここに来るまでの村々で、冷ややかな目を感じたことは一度や二度ではない。化物呼ばわりされて石を投げつけられたこともある。有数の学僧たちが住まう比叡山に行けば、見た目でなく、器の中を見てくれるのではないかと考えていた。しかしその淡い期待は見事に裏切られた。

——宋恵様にご迷惑をお掛けする訳にはいかない。

下山を申し入れたが、宋恵は懸命に引き止め、そなたを邪険に扱う者がいれば私がきつく叱るとまで言ってくれた。事実その後、そのような目で見る者は減ったように思われた。

一月ほど経った頃、夜半に桜暁丸は目を覚ました。外に人の気配を感じたのだ。火事かとも思ったが、その割には囁《ささや》き声一つ聞こえない。桜暁丸は嫌な予感がして衣服を整えた。

——神息はどこだ。

ここに来るまで寝る時も抱きかかえ、肌身離さずにいた蓮茂の形見の太刀だが、御仏のもとで殺生の道具を携えるのはよろしくないと言われ、初日に宋恵に預けていた。

寝所を抜け出して蔀戸を少し開けて外を見た。

——松明《たいまつ》、薙刀、弓……追手か！

事態は逼迫している。殺生を忌む浄域に、兵がいるとはただ事ではない。おそらく桜暁丸が匿われていることを誰かが密告し、追手が差し向けられたのであろう。まだ囲まれてはいない。桜暁丸は裏口からそっと抜け出した。

隣の建物にある宋恵の居室に忍び込むと、果たして太刀はそこにあった。持ち出せばまた迷惑を掛ける。心の中で詫びて太刀を腰に捩じ込んだ。ふと文机に目をやると一通の文が置いたままになっており、風で折り目が開いている。桜暁丸は狼狽しながらも貪《むさぼ》るように読んだ。そして声にならぬ声を上げてその場にへなへなと座り込んでしまった。

——軍を招き入れたのは宋恵様……捕らえるために逗留を引き延ばすよう勧めたのだ。

名宛人は源満仲。父と師の仇である。絶望も束の間、沸々と怒りが込み上げてくる。それはやがて自身でも抑えの利《き》かぬほど大きなものとなった。桜暁丸はゆらりと立ち上がると外に出た。宿坊は取り囲まれ、まさに追手らが踏み込まんとするところである。注意がそちらに向いている間に逃げるべきだと、頭では十分解っていたが、感情は桜暁丸に別の行動を取らせた。

「おい」

凄みのある声が発せられ、松明の灯りは一斉に声の元に集まる。桜暁丸は廻り縁に立ち、兵たちを睨《ね》め回した。中には宋恵の姿も認められた。

「なぜ邪魔をする」

突然あらぬ方向から現れた桜暁丸に、皆、呆気に取られ、中には恐れから震えだす者もいた。季武、貞光は包囲の中にいない。それならば何とか切り抜けられると見た。頭の奥は妙に冴え渡っている。

「と、と、捕らえろ」

「答えよ！」

物頭と思しき男が声を上げたが、桜暁丸は大音声でかき消した。

「何を申しておる……」

物頭は訳が解らぬと目を泳がせた。皆、桜暁丸の発する気に呑み込まれたのか動かない。

「なぜお主ら京人は、人の営みを邪魔する。お主らに迷惑をかけたというのか。宋恵様、あなたならばお分かりではないのか……」

呼ばれた宋恵は酷く動揺して言い返した。

「何を申しておるのか皆目解らぬ。蒲原郡大領の子と言うが、元は越《こし》の者ではないか。何よりその異相を見れば我々とは違うということが解ろう」

桜暁丸は泣きそうになり、歯を食いしばった。宋恵は自身の出自を隠そうとしている。

「化物を捕らえよ」

正気を取り戻した物頭の一言で、一斉に追手が向かってきた。桜暁丸はゆっくりと太刀を抜いた。今までただの一人も殺めたことはない。いくら狡猾《こうかつ》な京人相手でも殺めることは躊躇《ためら》われた。だが奴らは己を獣以下の化物だと思っているのだ。

桜暁丸にもう迷いはなかった。振るうは技の神、百足仕込みの殺戮術。絶叫と悲鳴が巻き起こった。向かって来る者を斬り伏せながら、逃げようとする宋恵の元に迫ると僧衣の胸ぐらを摑んで刃を突きつけた。

「助けてくれ……」

宋恵は哀れを誘うようなか細い声を上げて震えている。

「殺そうとする者は殺す。そうでない者を殺めてはお前たちと同じになる」

手を離し、頰桁を力一杯ぶん殴った。宋恵は絞め殺されようとする鶏の如き声を出し、転倒した。

「くたばれ、化物！」

桜暁丸は殺意の籠もった薙刀を払うと、また一人斬った。

「化物はお前らだ！」

天に向けて咆哮すると、囲みを突破して森へと駆け込んだ。紙縒《こより》のような月の下《もと》、桜暁丸は闇雲に山を下った。冬の風が鋭く頬を撫でる。暫く行くと追手の篝火《かがりび》も遠くなった。

「化物はお前らだ……」

生きるために造作もなく人を斬る己も化物であるまいか。安堵と共に湧いてきたそんな思いを振り払うかのように、桜暁丸は山頂に向けてもう一度呟いた。

第三章　夜を翔《か》ける雀《すずめ》

金時《きんとき》は朝から盥《たらい》に水を張り、井戸端で行水をしていた。酷い暑さの寝苦しい夜であったため、ぐっしょりと絞れるほどの汗をかいた。それを流すためである。

「金時、行儀が悪いぞ。慎め」

頭からざぶりと水を被《かぶ》ったところで、季武《すえたけ》に窘《たしな》められた。

「朝から行水は礼に反しますか?」

挑発的に言った訳ではない。京《みやこ》のこまごまとした慣習を、未だ金時は理解しきれず、真面目《まじめ》な季武にはよく叱られている。

「行水はよい。しかしこのように女子《おなご》も通るところで肌を露わにするな」

「なるほど。そちらでございますか。以後気を付けます」

金時は素直に盥を片付ける。季武は去ったが、入れ替わるように貞光《さだみつ》が起きてきた。

「朝餉《あさげ》までの間、稽古をしよう」

「今日は渡辺《わたなべ》様の御供をせねばなりませぬのでお断り致します」

「よいではないか。な？」

「支度をせねばなりませんので……」

　貞光はあからさまに舌打ちして去っていった。金時は貞光との稽古が面倒なことを知っている。剣であろうが相撲であろうが、己が勝つまで延々と続ける。初めての出逢いの時もそうであった。地の利を生かして何度も打ち負かしたが、貞光は懲りもせず翌日には果敢に向かってきた。

　身支度を整えると門前で綱《つな》を待った。京人《みやこびと》になって十余年の軽輩の身、名門の彼らをそうして待つのは当然であると季武に教えられた。

「待たせたな。得物《えもの》は持ってきたか？」

「はい。ここに」

　金時は長さ六尺（約一八〇センチ）の得物を持っている。白い晒《さらし》で巻いてあるため、竿のように見えなくもない。

「日が暮れてから頼むと言うたのに、昼まで付き合わせてすまぬ」

「綱様が役所におられる間、呆けておきます」

　金時が軽やかに笑うと、綱もつられて笑った。金時はこの三つ年上の武官が大好きだった。六つ上の季武は口数少なく陰気で、儀礼や振る舞いに関して煩《うるさ》い。二つ年上の貞光は子どもではないかというほど短絡的で、すぐに感情を顕わにするのでやはり苦手だった。それに比べて綱は面倒見が良く、とても優しかった。武術の腕も四人の中で一歩抜きんでているが、それを誇ることもなく、惜しまず教えてくれた。何より金時が綱に懐いている理由は、

——渡辺様だけが皆と等しく扱って下さる。

ということであった。京に移り住み、源《みなもとの》頼光《よりみつ》に仕えることになって十二年になったが、仲間になったという実感はまったくない。金時の生まれが皆と違うと知っている者はあからさまに蔑む。十年来の同僚である季武や貞光でさえ、蔑みはないものの侮りを感じることはある。綱は最初からそのようなところも皆無であった。綱が昼の勤めを終えるまで石に腰掛けて待った。屋敷にいるより、こうして綱の従者の真似事をしているほうが心休まる。

「今日はすまなかったな。食おう」

綱は竹皮にくるんだ握り飯を差し出した。木陰で西日を避け、二人は握り飯を頬張《ほおば》った。稗《ひえ》や粟《あわ》ではなく白米の握り飯である。

「やはり米は美味いなあ、金時」

「初めて渡辺様に食べさせて頂いた時、頬が落ちるかと思いました」

綱は金時よりも遥かに米に慣れていようが、いつまでも美味そうに食す。そんな無邪気なところにも好感を持たずにはいられない。

「夜こそお主を頼んだ真の理由。しっかり腹を満たしておけ」

「はい。必ずやお守り致します」

「大きく出たな。すでに俺よりも強いと言うか」

慌てて左右に手を振る金時が可笑《おか》しかったか、綱は大笑した。昨今、洛中の治安は極めて悪い。押し込み、辻斬り、盗みなどが後を絶たない。検非違使《けびいし》も懸命に巡回にあたっているが、被害は増える一方であった。

「ただの盗賊ならば検非違使の連中でも事足りようが、袴垂《はかまだれ》の足取りは摑《つか》めまい」

袴垂とはここ三年ほど洛中を賑《にぎ》わす正体不明の大盗賊である。その手際は見事で、顔はおろか影を見た者もほとんどいない。この盗賊、かなり変わっている。まず貴族しか狙わないのだ。それだけならば大金を狙った犯行とも思えるが、折角盗んだ金を洛外に住まう貧しい庶民に配っているらしいのだ。らしいというのは、当初こそ得体の知れぬ金に怯《おび》えた者が申し出たのだが、次第に袴垂の名が轟《とどろ》き、決して足がつかぬとなると名乗り出る者はぱったりと絶えた。

僅かな目撃者が言うには、屋根から屋根に飛び移る影は狩衣《かりぎぬ》を着ているように見えたという。ために高貴な身分の者ではないかという憶測も出たが、裕福な貴族がそのようなことをする利点もなく、恐らく狩衣も盗んだものであろうとされた。風体から検非違使は便宜上、「袴垂」と名付けている。

「それにまた物騒な者も出てきました」

「花天狗《はなてんぐ》か。こちらのほうがかち合うことは多いだろう」

最近になって現れた兇賊である。これも夜回りする検非違使や武官しか狙わないという変わり種であった。

「気に掛かっていたのですが、天狗とは何なのでしょうか」

「ふむ。大化《たいか》以前、空を翔ける光が現れたらしい」

舒明《じょめい》天皇九年（六三七年）二月戊《つちのえ》寅《とら》の日、謎の光の玉が空を東から西に翔け抜け、雷に似た大音を発した。これに当時の天文の権威である僧旻《みん》は、

——これは流星でなく天狗。この大音は吠える声ぞ。

と、断定した。大陸では天狗は戦乱の予兆と言われるという。

「何故それが野盗の名に……？」

「相貌が変わっているらしいからな。何者かが故事を引っ張り出して、結び付けたのだろうよ」

顔を覆面で覆っているが、布の盛り上がりから異様に鼻が高いことが解る奇相らしい。

「こうして言葉というものは変わってゆくのかもしれぬな」

綱は細い溜息をついて、そう付け加えた。

「問答されるとか……」

「うむ。金を返せ。返さぬとあらば抜け。であったか……返せというのが腑《ふ》に落ちん」

綱は首を捻って指についた米粒を舐《ねぶ》った。

「それだけではない。差し出した者に危害を加えぬところまでは解る。しかし抵抗した者の内、刀を抜いた者は斬り殺され、錯乱して素手で挑んだ者は殴り倒されている。素手だからといって、己が太刀を抜いてはいかんという決まりはあるまい」

綱の話によればそれが一人や二人でないというのだ。抜かねば殺されないという噂《うわさ》を聞いて、黙って差し出すのは潔《いさぎよ》しとせずとも、命を落としては適わぬと拳で挑む検非違使が続出した。その者たちは昏倒させられ、金や持ち物を奪い取られている。

「鏡のようなものかもしれませんね」

金時が言った何気ない一言が気に入ったらしく、綱は何度もなるほどと繰り返していた。

夜が更けて二人は見回りを開始した。検非違使も出張っているが、どの者の表情も不安げで士気は低い。袴垂ならば貴族がやられるだけだが、最近現れた花天狗の厄災は己《おのれ》にも降りかかるかもしれないのだから無理もない。

二刻（四時間）が過ぎ、夜はさらに更けた。すでに子《ね》の刻（午前零時）に近づいているだろう。

「今宵は出ないのでしょうか」

金時は手に持つ小さな篝火《かがりび》で綱の顔を照らした。

「せめて花天狗だけでもと思ったが、出直すほかあるまい」

金時はふと気に掛かり、綱に尋ねてみた。

「天狗の由来は解りましたが、花はどこから来ているのでしょう？」

「それか。何でも覆面から覗《のぞ》く目が花のように色づいているとか。とんだ眉唾話《まゆつば》よ」

二人は辻を折れた。折れた道の先に一人の男が立っている。身丈五尺八寸（一七四センチ）近い大男で、顔を薄汚れた布で覆っている。

「渡辺様……」

「うむ。眉唾話ではなかったか」

覆面の隙間《すきま》からこちらを睨《にら》む両眼は、海のような蒼にも、新緑のような翠《みどり》にも見た。金時が篝火を突き出すと、瞳の色は一転赤みがかった。光の加減で様々な色に見える。

「金を返せ。返さぬとあらば抜け」

花天狗は確かにそう言った。

「こちらも噂通り……。検非違使の探索も馬鹿には出来んな」

綱は花天狗に向けて呼びかけた。

「何故、返せと言う。出せではないのか？」

「お主らが何を生む。すべて我らから奪い取ったものではないか」

「なるほど。そう言われればそうかもしれぬ」

綱は妙に納得させられたようで、顎《あご》に指を添えて考え込んだ。

「だから返せと申すのだ。いかがする」

「よし。我らの金は全てやる。だがこれからも続けるというならば抜け。どうだ？」

立場が逆転している今を楽しんでいるかのように、綱は不敵に笑った。花天狗は少

し動揺した様子を見せたが、平静を取り戻すとゆっくりと太刀を抜き払った。

「やる気のようです。それにしてもあの太刀……」

「ああ。とても夜盗の持つものではないな。掠《かす》るだけで大怪我をするぞ」

綱もそろりと太刀を抜いて身構えた。

「金時、手出しは無用」

綱はそう言うと、放たれた矢の如く向かっていった。綱の疾風のような突きで、花天狗も最後かと思われた。しかし花天狗は体《たい》を開いて躱《かわ》し、すかさず反撃に出る。驚きの表情を浮かべて防戦する綱に、花天狗は手を休めることなく斬りつけてくる。けたたましい金属音が鳴り響き、鍔《つば》迫《ぜ》り合いの格好になった。

「相当な腕だな。誰に習った」

綱の目は笑っていた。花天狗は何も答えずに、太刀を振るい続ける。それを綱は的確に受け、捌《さば》いて反撃するが、花天狗も見事に躱す。一進一退の攻防が繰り広げられた。

「渡辺様、代わって下さい。こやつは速いが軽い。私が一撃で仕留めます」

金時は晒を解きながら一歩進み出た。

「二人で来い！　斬り伏せてやる」

「地声がそれか。それにすぐに激昂するところ。お主……若いな」

綱は大地を蹴って距離を空けた。花天狗は懐剣を取り出し、綱目掛けて投げた。ぎょっとした綱が仰《の》け反るところに、容赦なく花天狗は迫った。この危急を救うべく、金時は得物を振りかぶって花天狗へ打ち込んだ。すかさず太刀で受け止めた花天狗だが、凄《すさ》まじい一撃に吹き飛ばされて塀に叩きつけられる。

「金時、助かった。昔からこの手が苦手でな。奴は死んだか」

「まだのようですよ」

花天狗は蹌踉《よろ》めきながら立ち上がっている。先程の衝撃で顔に巻いた布がはらりと解けて地に落ちた。綱の見立て通り相当に若い。いや若すぎる。まだ十五を少し過ぎたところではあるまいか。それ以上に驚くべきことは、髪が赤茶けており、鼻梁は線を引いたように通っている。そこに何色とも言いがたい瞳、並の者とは相貌が違い過ぎる。

「何者だ……」

金時はあまりに驚き、唾を呑んだ。驚いているのは花天狗も同様である。

「その得物は斧……か？」

原因は金時の得物のようである。太く長い樫《かし》の柄の先に斧が付いている。金時はただ単に鉞《まさかり》と呼んでいたが、綱いわく大陸には似たような武具があるらしく、長板斧《ちょうはんぷ》と名付けてくれた。頼光の家臣の中で、最も怪力である金時がこれを振るえば凄まじい破壊力になる。

花天狗は目標を金時に変えて、身を低くしながら向かってくる。数撃を金時は柄でもって受けながら、再び強烈な一撃を見舞った。やはり受け止めた花天狗は踏み止まろうとしたが、砂埃をあげて三歩（約五・四メートル）以上も横滑りした。

「なぜ京人を脅かす」

金時の問いに花天狗は反応を示した。

「京人……さてはお前、大江山《おおえやま》の者か。それとも葛城山《かつらぎさん》の者か？」

京に住まう者は自らを京人などとは呼ばない。失言を悔いたが後の祭りである。金時は己の出自を恥じてはいない。ましてや今ここにいるのは兇徒の他には綱しかいないのだ。

「足柄山《あしがらやま》だ」

「どこにある」

花天狗は何故か食いついた。

「相模《さがみ》の国。京人は我が一族を山姥《やまんば》と呼ぶ」

「何故そのようなお前が京人を守る」

ふと花天狗の出自は己と同じかもしれないと思った。眦《まなじり》をつり上げ、歯噛みする花天狗の中に、己が成り得たかもしれない一つの姿を見たような気がして、金時は胸が締め付けられた。

夜風が零れ髪を揺らし、鼻孔に夏の香りを運ぶ。金時は己が京に来た日に思いを馳せた。

＊

足柄山には、「やまお」と言われる者たちが住んでいた。文字は用いぬため、金時が「山尾」と字を当てた。一方で京人はその一族を「山姥」と呼んだ。男の首領を立てず、巫女《みこ》が山神の神託を受けることで、一族を纏《まと》めていたことに由来するのだろう。代々指導者である巫女は「やまき」と呼ばれた。字を当てるとすればおそらく「山姫」ではあるまいかと思う。京では圧倒的に男が優位であるが、山尾では女の地位が高い。その一族に生まれたのが金時であった。

金時は並の子よりも大きく、十八の頃には身丈六尺二寸（一八六センチ）を超え、胸の肉などは盛り上がるほどの体軀《たいく》に育った。

「なぜお主の一族は皆が斧や鉞を使う。剣のほうが扱い易かろう」

一度、綱にそのように訊かれたことがあった。

——渡辺様は善きお方なれども、やはり京人ではあるのだな。

剣や刀などというのは潤沢な資金のある京人だからこそ鋳造出来るもので、慎ましい暮らしの山尾は、少量の鉄で最大限に威力を引き出せる斧を選ぶ他なかった。

山尾一族は、金時が長じた頃、過去最大の危機を迎えていた。二つの勢力から圧迫を受けていたのである。

一つは京人。独立自治の山尾は平将門《たいらのまさかど》の乱に加わらなかったことが幸いし、長らく朝廷からは目溢《めこぼ》しされていた。しかし朝廷が各地の土着民を平らげていくと共に、山尾に対する方針も転換された。僻遠の地ということで、朝廷が送ってくる軍は千を超えることはなく、山尾は度重なる遠征を撥《は》ね除けた。膂力《りょりょく》の優れた金時も一組の長として戦《いくさ》に出た。長板斧を振り回し一度の戦で五、六十の敵を屠ったこともある。

しかし回を重ねるごとに、朝廷軍も精兵を送るようになり、ついには別格の強者が送られてきた。その時、金時は敵の大将、副将であった季武、貞光と邂逅《かいこう》したのである。

二人とは何度もやり合ったが、特に貞光は何度も挑みかかってきた。揉《も》み合いになると、足を滑らせ、二人団子のように山肌を転がったこともある。それでも貞光は直ぐに立ち上がり素手で襲ってきて、辟易した金時が逃げ出したこともあった。

他にも山尾は厄介な敵を抱えていた。足柄山より南、海の近くに棲《す》む者どもが、内陸部を求めて度々侵攻してきていた。彼らもまた京人から「海鬼《かいらぎ》」の蔑称で呼ばれていたが、彼らばかりは、あながちその名も間違いとは言えなかった。敵と見たら赤子であろうと殺す、血も涙もないような残虐な者たちである。

そんな中、また朝廷の遠征が行われるという噂が伝わってきた。今回は過去最大の兵力に加え、大将は名将源頼光、配下にはあの季武や貞光もいるという。山尾の命運は尽きたかのように思われたが、それでも存続のために絶望的な戦いに挑んだ。

「おおい。来たぞ！」

戦場で修羅のように奮戦する金時に、まるで知己に出会ったかのように声をかけてきた者がいた。碓井《うすい》貞光である。

「しつこい奴め。今日こそは仕留めてやる！」

金時はそう吠えたが、貞光は横の武者に話しかけた。

「あいつだ、綱。恐ろしいほど強い」

「ほう……ならば拙者が仕留めてやる」

「待て！　俺の獲物だぞ」

貞光が止めるのにもかまわず、猛然と向かって来る。綱との初めての出逢いであっかった。金時の振るった長板斧を受けて綱は飛んだように見えたが、不思議と手応えはなかった。

「危うい。まともに受けたら死ぬるな」

綱は白い歯を見せて笑った。斧が刀に当たった刹那、後ろに跳んで衝撃を逃したのである。後ろから貞光も追い掛けてきており、絶体絶命に思えた。金時は長板斧を短く持ち、切っ先だけでなく柄も駆使して小刻みに攻め立てた。しかし綱は上体を揺らして躱す。

「馬鹿力だけかと思ったが、巧みなものだ」

綱は感嘆の声を上げて、太刀を繰り出した。首を振って避けたが、頬を掠めて血が溢《あふ》れる。力量の差を感じて金時は二、三歩退いた。その時、一人の仲間が金時を呼んだ。

「大変だ！　戦に備えて逃した者たちを海鬼が襲っている」

「なに⁉」

金時は思わず振り返ってしまい、慌てて正面を見据えたが、綱は掌《てのひら》を差し出して話を続けるように促した。それどころか乱入しようとした貞光を止めてくれている。

「どうすればよい。うちの娘もいるのだ……」

仲間は狼狽《うろた》えているが、どうしようもない。この激戦の中、救出に向かえば山尾勢は総崩れになるだろう。金時が歯嚙みしながら斧を握り締めた時、唐突に綱が言い放った。

「貞光、退き鐘を打たせろ」

「何だと。頼光様の下知は出ておらんぞ。もう一押しではないか！」

「副将として命じるのだ。責は俺が負う。退け！」

貞光の反駁《はんばく》も退けて、綱は一存で撤退命令を発した。

「どういうつもりだ」

罠《わな》としか思えず金時は問い質《ただ》した。綱はそれを無視し、伝えに来た山尾の兵に問いかけた。

「海鬼。次の討伐候補だな。いかほどの兵で来たか解るか」

「三百ほどかと」

あまりにも自然に訊かれたため、素直に答えてしまっている。朝廷との戦いで手傷を負った者は数知れず、急行出来る兵は百が限度だろう。精強で鳴らした山尾の兵といえども厳しい戦いになる。金時は改めて綱に問うた。

「なぜ行かせる」

「また次の機会にしよう。親が子を想う心は同じ。今攻めては寝覚めが悪い。早く行け」

綱が手を払うので、金時は小さく頷いて駆け出した。合流した兵は、予想より少なく八十人ほど。死に物狂いで駆けて辿り着いた。そこに広がる光景は思わず目を覆いたくなるものであった。海鬼は赤子を守ろうと抵抗する女の髪を摑んで引きずり、僅かに残っていた男たちを膾《なます》のように切り刻んでいた。

「行くぞ‼」

金時は仲間を救うべく、鬼神の如く暴れ回った。その間に山尾の民は蜘蛛《くも》の子を散らすように逃げていく。金時はともかく、四倍近い数の敵に仲間たちは苦戦している。

金時に近寄る者は肉塊へと姿を変えていく。それでも海鬼は奇声を上げて群がり、金時が大小無数の傷を負った頃、味方は半数まで減っていた。勝ち目は薄い。初めから仲間を逃がすための捨て石になるつもりでいた。

――変わった男だったたな。

何故か、憎むべき敵であるはずの綱のことが思い出された。その時、砂埃を上げて近づいてくる一団が金時の目に飛び込んできた。限界まで兵を注ぎ込んでいるため、味方のはずはない。海鬼の増援であろう。金時はもう己の命が永くないことを悟った。

「残虐なる化外《けがい》の者どもを撫で斬りにせよ！」

何と馬で先頭を駆けながら叫んでいるのは綱である。

──謀《はか》られた！

金時は憤怒の形相で地団太を踏んだ。海鬼に向かわせ、纏めて壊滅させる策だったのだ。が、綱は獣の如き雄叫びを上げる金時の前を通り過ぎ、海鬼の喉笛を切り裂いた。続いて貞光も海鬼に矢を射かけていく。

「謀ったのではないのか⁉」

「次の機会と申したであろう。忘れたか？」

綱はまた一人斬り伏せた。

「脚が止まっているぞ。俺に殺されるまで生き延びて貰《もら》わねば困る」

貞光は奇妙な自説を披露して、次々と矢を打ち込んでいく。この意外過ぎる援軍に最初は戸惑ったものの、金時始め山尾勢も勇戦し、海鬼は多くの被害を出して撤退していった。

翌日、金時は山尾の指導者である大巫女、山姫に目通りを申し入れた。山姫の腰まで届く長い髪には白いものが混じっている。

「ご苦労であった。まさか京人が助けてくれるとは……」

「京人の副将は、いずれ海鬼も征伐せねばならぬ。こちらにも利するところはあったと嘯《うそぶ》いておりました」

「もう攻めぬということはあるまいか」

成り行きとはいえ共闘したことで、もう攻めてこないのではないかと楽観視している者は多い。山姫もそう考えたようである。

「いえ、そこが京人の不思議なところ。それはそれとして、十日後より再び攻め寄せると知らせて来ました。ですが……」

言い出しにくく俯《うつむ》いたが、意を決すると顔を上げて続けた。

「我らの出方次第では命を助けると」

今朝、朝廷軍から文が届いた。使者は副将渡辺綱自らが務めていた。山尾との和議を進言し、条件付きで許可を得たという。その条件が文には記載されていた。

「一つ目は足柄山を下り平地に住まうこと。二つ目は一切の武器を捨てること。そして三つ目は……山への信仰を捨てること」

一つ目と二つ目は苦しくとも呑めよう。しかし三つ目は即ち山姫の存在を否定し、一庶民に落とすということである。当人がどう応じるのか想像もつかなかった。

「皆の命には代えられぬ。受け入れよう。京人が仏なるものを押し付けようとも、真の信仰とは常に胸中にある。命より尊いことはない。此度のことでそれがよう分かった」

暫《しばら》く無言の時が続いたが、再び金時は重々しく話し出した。

「今一つ条件があります。京人は私を家臣に加えたいと。坂田《さかたの》金時などというもっともらしい名もすでに用意しておりました」

「そうか……今生の別れになるのだな。もう今の名も呼べぬということか」

「はい……お許し下さい」

「ならば最後に呼んでもよいかな？」

金時は無言でひたすら頭を下げた。その上を山姫の潤んだ声が通っていく。

「躰に気をつけ、達者でいるのですよ。金太郎《きんたろう》……」

「母上もお達者で……」

金時は震える声で言うと、頭《こうべ》を垂れたまま涙を拭《ぬぐ》ったのだった。

＊

桜暁丸《おうぎまる》は己の肋骨《あばらぼね》を擦った。脇腹が痛むが、折れてはいないようだ。金時と呼ばれた男、人を吹き飛ばすとは人外の怪力である。これほどの強敵が夜の洛中を巡回しているとは予想外であった。金時だけでなく、先ほど刃を交えた武士も技量は自身の上をゆくであろう。

金時の出自は京人でないと言う。なぜそのような男が京人を守るのかと問いかけたが、返事はない。その代わりに金時の目は虚ろで、長板斧をかまえているものの心ここにあらずといった風に見えた。師匠から受け継いだ太刀、神息《しんそく》の刃を確認する。あれほどの衝撃を受けたにもかかわらず歪《ゆが》みも毀れもなかった。

桜暁丸は鞠《まり》のように跳ね、大きく振りかぶった。金時ははっとしたがすでに遅い。闘争の場で気を散らすほうが悪いのだ。脳天に振り下ろさんとしたその時、目の端に黒い影を捉えて桜暁丸は宙で身を捩った。先ほど己が放った短剣を投げ返されたのだ。

「花天狗よ。返しておく」

仕留めそこなった桜暁丸は着地すると、大きく舌打ちをしてすかさず距離を取った。

己が花天狗などと呼ばれていることは以前から知っていた。比叡山を追われた後、途方に暮れていた桜暁丸は追剝《おいはぎ》をして生き永らえていた。標的を武官に絞ったのは、相手を選ばぬ京人のようにはならぬという矜持《きょうじ》であった。素直に返せば赦すというのも同様の理由からである。

——こやつらは我らから奪ったもので飯を食っている。

そう思うと怒りは収まらなかった。続けている中で気付いたこともある。検非違使の役人たちは何気なく食している米、麦、稗、粟がどのような経緯で己らの胃の腑に収まるものかを知らぬし、興味も持っていないということである。穿《うが》った見方をすればそれらが当然になってふんぞり返っており、辺境の地で飢えながら税を納めている者がいるなどとは思ってもみないのだろう。

——それは即ち悪と言えるのか。

知らぬことが悪だとするならば、伝えぬ者の罪はどうなる。往々にして伝えるべき者こそ奪いすぎる者なのだ。現に拳で挑んできた検非違使の下役は、自身がなぜ血反吐をはくまで殴打されているのか解っていないだろう。

——そのような迷いが今の状況を生んだのだ。

桜暁丸はじりじりと迫る二人の猛者を交互に見た。

「渡辺様、二人がかりで……よろしいですな」

「致し方ない。捕らえるぞ！」

眼で追うのがやっとの太刀を躱せば、すぐさま斧が襲ってくる。守勢に徹するのが精一杯であった。躰のあちこちに細かい傷が出来、何度も塀や地に打ち付けられた。敵は常に対《つい》に陣取り、逃げることも儘《まま》ならない。桜暁丸は塀を背にして追い詰められた格好となった。

（逃げる気はあるか？）

声がどこからともなく聞こえてきた。極限まで追い詰められると人は幻聴を聞くこともあると、師匠から教えられたことを思い出した。

（あるならば小さく頷け）

奇妙なことに声の主は、現《うつつ》に向けて指示を出す。桜暁丸は破れかぶれに頷いてみせた。

（上だ。引き上げるのを手伝ってやる。塀を越えろ）

前に気を配りながらそろりと目だけを上にやると、太い木の枝の上に男が屈んでいる。その枝には荒縄が括りつけられ、縄の先は男の手に握られていた。今から縄を投下するということか。

「大人しくなったな……訝《いぶか》しい」

渡辺と呼ばれている男はよほど優れた武士なのであろう。桜暁丸の僅かな心の動きさえ見逃さない。次の瞬間、蛇が放り込まれたかのように縄が降ってきた。桜暁丸はそれを摑むと、塀を駆け上がり大きく跳んだ。

「渡辺様、逃げますぞ」

「金時、肩を貸せ！」

桜暁丸が塀の向こうに降り立つ。まさかと思ったが、渡辺は塀をよじ登って追いかけて来る。桜暁丸は脱兎の如く逃げた。しかし奇妙なことに跫音《あしおと》が付いて来ない。振り返ると乗り越えた渡辺は、立ち尽くして空を眺めている。自然と桜暁丸の視線もその先につられた。

——あれは人なのか……。

桜暁丸は瞠目した。寝殿造りの大層な御屋敷の屋根を人影が渡っている。その跳び方は兎というよりは、近場を移動する雀に似ていた。それほどふわりと舞い上がり、たっぷり宙を泳いで着地したのだ。驚くことにたった三回の跳躍で九歩（約一六メートル）ほども移動している。月明かりに狩衣姿が浮かび上がって見えた。その姿は、まるで人知を超えた生き物のようであった。

*

鴨川《かもがわ》を越え、桜暁丸はようやく胸を撫で下ろした。すでに洛外である。一休みしようと手頃な石に腰を掛けたが、気配を察知し、すぐに立ち上がった。

「逃げられたようだな」

「その声は……先ほどの。どうしてここにいると解った」

「上からずっと見ていた。屋根が途切れた後は後ろを尾《つ》けていたのだ」

こちらが見つめていたように、この男からも見られていた。それにしても平地が続くようになってからも気配は感じられなかった。

「何者か知らぬが礼を言う」

「子どものくせに、大人ぶって話すものよ」

桜暁丸はその発言を挑発ととって、腰の太刀に手を掛けた。

「止《や》めよ。俺は剣を遣えぬ。まったくお主らは化物染みた強さだった」

狩衣を着ていることから貴族のように思われる。男は敵意がないことを示すため、両手を上げながら近づいてきた。それでようやく顔立ちまではっきりと見ることが出来た。

細身の瓜実顔に、絹のように白い肌。そこまでは確かに衣服と符合する。しかし目が鋭く、笑った時に覗く八重歯も衣服に似つかわしくない。男は戯《おど》けて震える振りをして見せた。

「救ってやったのにすごい殺気だな」

「何者なのだ」

「袴垂と言えば分かるか」

袴垂といえば三年ほど前に突如現れ、今では洛中で知らぬ者はいない大盗賊である。それだけ知れ渡っているにもかかわらず、誰一人として素顔を見たことがないという。

「その袴垂がなぜ俺を助ける」

「盗みに入ろうとした時、小路から花天狗と聞こえたので、洛中を騒がす花天狗がいかな男かと興味が湧き、隠れて見ておったのよ」

「だからと言って助ける訳にはなるまい」

「花天狗が捕まれば、検非違使の的は我のみ。つまり盗みがやりにくくなるであろう?」

袴垂は悪戯《いたずら》っぽく笑うと、一変、腕を組んで唸るように言った。

「それにしても凄まじい剣技だ。しかし危ういなあ」

「危うい?　ならばあんたは相当強いのだろうな」

「いいや。先刻も言ったように、俺はからっきしよ。これだって飾りのようなものだ」

袴垂は腰の太刀を軽く叩いた。

「ならば危ういとは何だ」

「人を殺める技を持てば、それを振るいたくなる。人を殺めれば、いずれ己に返ってくる」

「強くならねば誰も救えない。強欲な貴族は手段を選ばぬ」

「貴族が嫌いなようだな……しかし救うために誰かを傷付ける。それは真の強さか？」

桜暁丸のこめかみに青筋が浮いた。この得体の知れない盗人は何が言いたいのか皆目解らない。ただ自説を否定されて苛立《いらだ》った。

「もうよい。俺は行く」

「煩《わずら》わしくとも恩人には違いない。これ以上怒りを蓄える前に立ち去ろうとした。

「その傷では派手な動きは出来まい。どうだ、暫く家で休まぬか。匿《かくま》ってやるぞ」

「断る」

桜暁丸はぞんざいに答えて行こうとした。

「残念だ。食い切れぬほどの餅に困っていたのだがな……餅の他に唐菓子《からくだもの》もあるぞ」

「餅……盗んだのか？」

「おおよ、おおよ。しかし食い切れぬなら仕方ない。犬にでもくれてやるか」

袴垂は腰を上げて尻の埃を払った。

「行ってやってもよい」

「お？　気が変わったか。ならば来い。ところで花天狗、お主、歳は十五、六か？」

「十三だ。それに桜暁丸という名もある」

「身丈と相貌から今少し歳を食っているかと思うた。餅や菓子につられるのも無理ないか」

袴垂は袖で口を押さえて静かに笑った。

「子どもでなくとも餅は好きであろう」

「違いない」

餅など郡司《ぐんじ》の家でも正月の他には祝賀などでしか出ない。ましてや唐菓子など貴族の贅沢品で、未だかつて口にしたことがなかった。桜暁丸はその未知の味と共に、袴垂が何者であるか興味が湧いた。

袴垂の塒《ねぐら》は京を南に下った伏見《ふしみ》の山中にある茅舎《ぼうしや》であった。

「餅も菓子も好きなだけ食え。明日はやらねばならぬことがある。手伝え」

袴垂はそう言うとごろりと横になり、手枕で眠りこけてしまった。

日が昇ると袴垂は活動を開始した。塒に置いてあった盗品を荷としてまとめ始めたのである。何処《どこ》かに売りにいくのだろう。

「そこにある銭も詰めてくれ」

「売りにいくのに銭が必要なのか？」

「売りにいく訳ではない」

袴垂は桜暁丸が目を丸くするのが可笑しいらしく、くすりと笑った。桜暁丸も荷を背負わされて南へと足を向ける。風の中に悪臭が混じっていることに気付いた。暫し歩くと臭いのもとが何であるかを悟った。茂みから青白い脚が飛び出ている。

「少し待っていてくれ」

袴垂は荷を下ろすと、一切の迷いなく茂みを掻《か》き分けた。同時に三羽の烏《からす》が飛び立った。

女の骸《むくろ》である。まだ死んで数日であろう。露わな乳房に顔を寄せたまま死んでいる赤子の骸もあった。女には刀傷がある。乱暴を受けて殺されたと見える。赤子は冷たくなった母の乳房に吸いつといたまま息絶えたということか。

「不憫《ふびん》な」

袴垂は適当なものがないからか、自らの手で穴を掘り始めた。

「手伝おう」

桜暁丸も手で土を掻く。土が硬くなってくると、何と袴垂は腰から太刀を抜いて土をほじくり始めた。桜暁丸も手頃な石で抉《えぐ》り続けた。

死肉を啄《ついば》んでいたのであろう。後ろの木に移った烏が恨めしそうに鳴いている。京の近郊でさえこの有様である。他国ではさらに見るも無残なことになっていると耳にしていた。

「行こうか」

半刻（一時間）ほどかけて母子を葬り、手を合わせて拝むと袴垂はぽつりと言った。桜暁丸は無言で頷いた。この男が何者かは分からない。ただ今の世に珍しく、人の心を失っていないことだけは確かである。さらに二刻ほど南へ歩くと、小さな村落が見えてきた。

「あそこに行くのか？」

「おうよ、おうよ」

袴垂は先ほどまでの暗い表情から一変、目尻を下げて嬉しそうに答える。村に入ると、その驚愕の光景に左右を見回した。袴垂を村の者が総出で出迎え、歓迎の言葉を掛けるのである。

「なかなか来られずに悪かったな。ようやく順が回って来たぞ」

「お気に掛けて下さり、ありがたいことです」

村長《むらおさ》らしき男は深々と頭を下げ、子どもたちは嬉々として袴垂の袖を引き、嫗《おうな》は手を合わせ拝む。

「どういうことだ」

「ああ……皆に渡している。此度はこの村の番というわけだ」

「だから銭も……」

袴垂の目的は何なのか。ここまで民に好かれる盗賊がいるのか。桜暁丸は眼前のことが信じられずにいた。

「余っている所から取って、足りぬ所に配っているだけだ」

袴垂はそう言いながら子どもたちの頭を撫でてゆく。桜暁丸は今一つ気に掛かったことがあった。村人たちは袴垂のことを「けいちょうさま」と呼んでいるのだ。

「けいちょうさま?」

「ああ。読み書きは出来るか?」

桜暁丸が頷くと、袴垂は落ちていた枯木を拾い上げ、地に書いて見せた。

「京兆と書く」

「京職《きょうしき》の唐名ではないか」

「やはりお主、ただの追剝ではないな。学がある。俺の官職が右京亮《うきょうのすけ》だから、官人はそう呼ぶ。村人は音でそれを真似たのであろうよ」

「まさか……」

桜暁丸は一歩下がって腰の太刀に手を掛けた。袴垂の言うことが真実ならば、右京の行政、治安を担う役所の副官であり、桜暁丸を捕らえる立場にある者である。

「官位は残っているが、俺も追われる身。心配はいらん」

面倒臭そうに手を振る袴垂は、遊ぼうとねだる子どもたちに引かれていく。袴垂は首だけで振り返ると付け加えた。

「名乗り遅れた。我が名は藤原保輔《ふじわらのやすすけ》。お主の嫌いな貴族よ」


塒への帰り道、桜暁丸は気が付けば問いを投げかけ続けていた。それに対して袴垂、いや保輔は隠すことなく何でも答えてくれる。

「袴垂は勿論、保輔の名でも追われている」

鷹揚《おうよう》に語る様はとても逃亡者のようには見えない。

保輔は二年前の寛和元年（九八五年）、源　雅信《みなもとのまさざね》の土御門殿《つちみかどどの》で催された大饗《だいきょう》にて、皆が引き止めるのを振り払い、藤原季孝《すえたか》を半死半生になるまで殴打した。一族の取りなしにより何とか赦されたが、その後、検非違使の源忠良《ただよし》を半弓でもって射たことが原因で手配にかけられ、逃亡したのだという。

「若気の至りよ」

「一昨年の話だろう? あんた歳は幾つだ」

「今年で齢二十七になるか」

「貴族ともあろう者が何故そんな暴挙に出た。殺めれば己に返るのではなかったか?」

桜暁丸は昨夜言われたことをそのまま返してやった。保輔は恥ずかしげに頭を掻いた。

「その頃は何事も我慢出来ぬたちであったな」

聞けば藤原季孝を殴ったのは惚れた女を馬鹿にしたから、源忠良に射かけたのは薪《たきぎ》売りを目の前で殺したからだという。

「薪売りが誤って薪を落とし、それを踏んだ忠良が転んだ。それだけで殺しよった」

保輔は思い出したか、憤怒の形相になった。

「それに怒《いか》れるまともな貴族がいるとは思わなかった」

「貴族と庶民。京人と鄙《ひな》の者。そのような括りで人は語れぬ。世には多様な人がいるものだ」

桜暁丸は素直に頷いた。正直なところこの男に好意を持ち始めている。

「さて、また盗むとするか」

「そしてまた配るのか？」

保輔は貴族の家に盗みに入っては、今日のように貧しい村に配っている。それも一つや二つの村ではなく、近隣の十数の村に順番に配り歩いているというのだ。

「ああ。同じ病にかかり、片や医師《くすし》に掛かって助かり、片や為す術《すべ》もなく死ぬ。あまりにも理不尽ではないか。多くの貴族は己だけが特別と思い込んでいる」

保輔は己の身分を示すために狩衣姿で盗みに入るという。貴族が貴族のものを盗み庶民に配る。それでこそ庶民にとっては希望になるというのだ。

――変わった男だ。

夕日に照らされた保輔の横顔を眺めた。盗みという悪事で人を救う。その大きな矛盾でもって、庶民だけでなく貴族をも救おうとしているのではないか。桜暁丸にはそう思えて仕方がなかった。ならば保輔という男は盗賊というよりも一個の思想家といえるのではないか。

「お前も来るか？」

急に保輔がこちらを向いたので、桜暁丸は目を伏せた。

「いや……人殺しには相応《ふさわ》しくない」

「先ほど子どもらと戯れていた様。なかなか楽しそうだったではないか」

「あれはあの子らが勝手に……」

「相応しくないと言ったお前は、すでに昨日のお前を超えているよ」

保輔に穏やかな笑みを投げかけられると、桜暁丸は頬に熱いものを感じて慌てて拭った。

「お？　泣いておるのか？」

「泣いてはおらん！」

「俺の名言に心を打たれたのであろう。正直に申せ」

保輔が肩を小突いたものだから、桜暁丸は力を込めてやり返してやった。手加減せぬかと唾を飛ばして笑う保輔。涙を拭いながら悪態をつく桜暁丸。沈みゆく陽に伸ばされた二人の影は、一つになったり、二つに分かれたりしながら、ゆっくり伏見の山々へと向かっていった。


保輔の手並みは凄まじかった。昼間、様々な者に扮して屋敷を下見する。外から見ただけで造りは大凡《おおよそ》見当がつくらしい。

「流行《はや》りに乗って、どいつもこいつも同じように建てさせるからな」

保輔は悪戯《いたずら》小僧のようににやっと笑う。

夜になれば保輔の独壇場である。背丈よりも高い塀などを越えるのは当然で、柱は猿《ましら》のように、突起のない壁も家守のように登る。中でも跳躍は並外れている。一飛びで三歩半（六・三メートル）先まで身を移す。塗籠《ぬりごめ》に忍び、一人で持ち切れる量のみを攫《さら》って、一度外の隠し場所に置いて次へと向かう。今まではそれを一人で行っていたため、一晩に二、三軒しか入れなかったが、桜暁丸が加わったことで持って帰れる量が倍となった。

「妖《あやかし》ではあるまいな？」

保輔の飛翔する様を指してそうからかった。

「俺からすれば桜暁丸の太刀捌きのほうが化物に見えるが」

軽快に返す保輔は、とても貴族のようには思えない。もしかしたらこの男は貴族というのは嘘で、天が遣わした盗神《とうしん》ではないかと思える。

「俺は師に仕込まれたのだ」

「俺だってそうさ。お主は鄙の民、土地の民に詳しいか？」

「師匠は各地の民を一通り教えてくれた」

「ならば話は早い。夜雀《よすずめ》を知っているか？」

「土佐《とさ》の民。確か犬神《いぬがみ》と分かれた……」

「そうだ。空を翔ける民。それが俺の師だ」

保輔は思い耽るように夜雀について語った。土佐には二つの民がおり、その一つが犬神、もう一つが夜雀ということである。

「そう、元は一つの民だった。分かれたのは百年ほど前。一族を守るために武を磨くことを目指した者が犬神に、争いを好まず逃《ちょう》を磨いた者が夜雀となった」

京人は勢力を拡大し、数に押された彼らは、山に追いやられていった。犬神は先祖の土地を奪還すべく、夜雀に協力を請《こ》うたが反対に説得された。

「犬神、夜雀併せても千。うち戦える者は二百ほどであった。とても京人には敵わん。長きに亘《わた》る評定の上、犬神も渋々承知した。だが怒りが爆ぜることが起きた」

里に出た犬神の娘が郡衙《ぐんが》の兵に絡まれ、嬲《なぶ》られた上に殺されたのだ。帰りが遅いことを案じていた娘の父は、変わり果てた娘の亡骸を抱き慟哭《どうこく》した。

「怒り狂った犬神は、夜雀が起たずとも戦うと宣言した。穏健な夜雀もこのことには憤《いきどお》り、遂に共に起った」

「怒るのは無理ないが、末路は見えているな……二十日も持てばよいほうだ」

「一年。彼らは戦い続けた」

「馬鹿な……」

「夜雀はその身軽さで物見、攪乱《かくらん》を担い、犬神はその武神の如き力で猛威を振るった」

「そこまで強いのか」

桜暁丸はそちらのほうに興味が湧いてきて身を乗り出した。

「犬神一人で百の兵を屠ったという。多少の誇張はあろうがな」

蓮茂《れんも》が十も百もいるようなものだろう。いかなる環境にあれば、そのような技を独自に編み出せるというのか。保輔は桜暁丸の疑いを察して付け加えた。

「犬神の武も、夜雀の逃も元は一つの技。弘法大師《こうぼうだいし》を慕って大陸から来た者が祖先だという」

「空海《くうかい》……」

「故に犬神は、弘法大師が描いた絵より生まれたなどと流布されておる。話を戻すぞ」

一年に亘る戦いにも終局の時が来た。これ以上の被害を出せぬと考えた夜雀は和議を主張した。しかし犬神はやはり徹底抗戦を唱え、夜雀は苦渋の決断を下し、単独で和議に乗り出したのだ。犬神は憤ってそれでも戦い続けたが、最後には大半が殺された。そして僅かに残った犬神、そして夜雀は京に連行されることになった。その力が戦に役立つと、目の届く痩《や》せた土地に住まわせた。

「それが伊賀《いが》だ。京に復命に来ていた夜雀を救ったことがある。傷だらけで倒れていたが、皆見て見ぬ振りであった」

それがきっかけで夜雀との交流が始まったという。保輔のような異端の貴族だからこそ、その技に目を輝かせて教えを請うた。

「夜雀は忍ぶ日々を苦しんでおったよ」

保輔は哀しい目を向けた。京人には化外の者と蔑まれ、鄙人からは裏切り者と揶揄《やゆ》され、それでも一族を紡ぐために生き抜かねばならない。夜雀たちは己の技を忌むようになり、技の質も代を重ねるごとに落ちているという。

「俺にも教えてくれ」

「かまわぬが……殺しのためならば断るぞ」

「いや……あんたを手伝いたい。少しでも多くの者を救いたいのだ」

桜暁丸の目をじっと見つめていた保輔は、薄らと片笑んで頷いた。

桜暁丸の天賦の才は剣術だけではない。真綿が水を吸う如く呑み込みが早く、そしてそれを再現できる体軀を持っていた。

「遠くに飛ばねばならぬ時、踏み切るまでの歩幅の感覚を躰で覚えるのだ。足の親指の裏に力を込めるように……」

保輔は教え方が上手かった。その点に関してはやって見せるだけの蓮茂よりも優れていよう。盗みに入るまでの下準備をしている間、合間を縫って修行が続けられた。

三月《みつき》が過ぎた頃、桜暁丸は早くも基礎を押さえつつあった。

「俺がここまで出来るのに一年掛かったのに、まったく気に食わぬやつだ」

保輔は言葉とは裏腹に嬉しそうであった。また桜暁丸もこの十以上年上の盗賊貴族に懐いている。いつからか桜暁丸は保輔のことを兄者と呼ぶようになった。盗賊の世界では先達《せんだつ》のことを兄者と呼ぶ慣習がある。それに則った形であるが、実際もし兄がいたならばこのようではなかったかと思えるのだ。それを知ってか知らずか、保輔も桜暁丸のことを弟のように可愛がった。

ある日、餅を炙《あぶ》りながら保輔は言った。

「誰も傷つけずとも助けることが出来ると解っただろう？」

「何も傷つけたいわけではない。京人が危害を加えてくる」

「その一括りにする考え方も早く捨てろ。これまでのことを考えれば無理もないが……」

京人の中にも信じるに足る者がいることは解る。この保輔も京人なのだ。それでも大部分の京人に抱く悪感情が完全に晴れたわけではなかった。保輔が唐突に話を転じてきた。

「桜暁丸、お主は好いた女子《おなご》はいるのか？」

激しく頭を横に振ったものの、実は女子に淡い想いを抱いたことはある。相手は故郷の山家《やまが》の者である。歳は一つ若く、郡衙の役人の娘であった。事ある毎に用事を作り、話すきっかけにした。娘は笑顔で応えてくれ、桜暁丸も心躍ったものである。しかしある日その想いは見事に打ち砕かれた。娘が親しい者と話しているのを偶然立聞きしてしまったのである。

桜暁丸に好かれて困っている。郡司の息子だから、無下にも出来ず話にも付き合っているが、あの相貌は本当は薄気味悪い。辛辣《しんらつ》な言葉を、事もなげに明るい声で言ってのけたのだ。桜暁丸は絶望してその場から走り去った。翌日、娘とすれ違った時に話しかけられた。その時も娘は笑顔であった。桜暁丸は全身に鳥肌が立つ心地がし、無言でその場を後にした。それ以来、女というものが恐ろしくなっていた。

「何か隠しておるな。お主だけずるいぞ」

保輔がしつこく訊いてくるものだから辟易《へきえき》し、哀しい初恋について語った。真剣に聞いていた保輔は、顎《あご》に手を添えて首を捻った。

「その娘の本心は解らぬぞ。女子とは不可思議なる生き物よ。男には解らぬことばかり。だが、それがまたよい」

保輔は引く手数多《あまた》で、若い頃は多くの浮名を流したらしい。その男がそう言うのだから、己には生涯かけても女が解らないだろう。

方々の貧しい村では保輔はまさしく英雄であった。桜暁丸も片腕として紹介され、老若男女に大人気であった。最初こそ京人への反抗の心から協力を申し出た桜暁丸であったが、近頃では己の行為が人の命を繋《つな》ぐ糧になることに喜びを感じている。

十日に一度は盗みに入る。今宵は朔《さく》の日、仕事にはもってこいであった。一つ目の屋敷で無事に盗みを終え、二軒目の塀を越えた。桜暁丸の偸盗術も磨きがかかってきた。

「さらに上達したな。さて……参議《さんぎ》殿の蔵には金が唸《うな》っているとか。楽しみだ」

「どちらの蔵だ」

目の前には二つの蔵がある。どちらが金蔵なのか見当がつかない。

「二つとも入ればよかろう」

保輔は忍び笑い、手前の蔵の錠に手をかけた。保輔は鍛冶屋に通い詰めて習得した解錠の術で時を要さずに鍵を開けると、中には古びた家財などが押し込められていた。

「もう一つの方か。俺の賭けは大概外れる」

保輔は頬を歪《ゆが》めて、蔵から出ようとした。

「待て、人の気配がする……」

目を凝らすと文机の下に隠れている人影がある。桜暁丸は腰の太刀に手を掛けた。

「物騒な真似をするな。よく見れば子どもだ」

殺しを戒めている保輔は盗みに入るにあたり、身に寸鉄も帯びていない。保輔は震える子どもの元にゆっくりと近づいた。

「どうした。こんなところに。遊んでいて出られなくなったか？」

「ご主人様にここにいろと……腹が減って……米を盗んだ私が悪いのです……」

顔が薄汚れているため解らなかったが女である。歳はまだ十を少し過ぎたほどだろう。聞けばここに婢《はしため》として売られてきたが、しくじりばかり繰り返し、まともに飯を貰えないのだという。空腹に堪えかねて盗み食いをしたことが露見して、閉じ込められた。

「こんなものしかないが食え」

保輔は懐から拳大の袋を取り出して手渡した。中には糒《ほしいい》が入っている。

「食べてもいいの？　あなたは……」

少女は怪訝《けげん》そうに二人を見比べた。

「そのようなことはどうでもよい。それよりいつ出して貰える」

「分からない。でも私が役立たずだからここから追い出すって言っていた……」

「故郷はどこだ？」

「殖栗郷《えくりごう》」

久世郡《くせぐん》殖栗は遠くない。朝から歩けば少女の足でも夕暮れまでには辿り着けるだろう。保輔は暫し考え込んだが、何を思ったか腰に手を伸ばすと、翡翠《ひすい》の帯飾りを毟《むし》り取った。

「これをやる。幾ばくかの金になるだろう。それで故郷へ帰れ」

「綺麗……本当にこんなもの貰っても？」

「ああ。かまわぬ」

保輔はそう言うと、少女の頭をぐしゃりと撫でた。行水もさせてもらっていないのだろう。髪には脂が巻いている。内から閂《かんぬき》を外すと少女を送り出した。朝が来るまでどこかに身を隠し、帰郷するように諭した。月明かりの下、少女は何度も頭を下げていた。

その後、二人は半刻ほど隣の蔵を漁ると屋敷を後にした。

「あんたらしいな。何のために盗みに入ったか分からん」

帰路、桜暁丸は言った。盗んだ分と同等とは言うまいが、相当な出費には違いない。

「独りよがりだと思うか？　あの娘一人救っても何も変わらんと考えていたのだろう」

多少なりとも感じていたことではある。善行を為してはいるが、個で救える者は高が知れている。世を変えることにはなるまい。桜暁丸が答えに窮していると、保輔はさらに続けた。

「よいではないか。目の前の一人を救うことしか俺には出来ぬ」

保輔は朧月を見上げて微笑んだ。その横顔は誇らしげでありながら、どこか寂しげであった。

第四章　異端《いたん》の憧憬《どうけい》

永延《えいえん》二年（九八八年）となってからも、保輔《やすすけ》と桜暁丸《おうぎまる》は盗みに盗んだ。それに伴って検非違使《けびいし》の警戒も強まったが、巧みに探索の網を潜り抜けていた。

「桜暁丸、お主兄弟はいるのか？」

保輔がぼそっと尋ねたのは、盗みに入った帰途のことであった。先ほどよりぽつりぽつりと降り出した蕭殺《しょうさつ》たる雨が、目を細める保輔の頬《ほお》を濡らしている。

「俺には三つ上の兄がいる。藤原保昌《ふじわらのやすまさ》と謂《い》い、文武に秀でた、俺とは正反対の御方だ」

そのようなことは初耳であったから、興味津々に相槌を打った。

「どうしてもお主には語っておかねばならぬことがある」

保輔はそう前置きした上で語り出した。

袴垂《はかまだれ》として洛中を賑《にぎ》わし始めた四年前のことである。袴垂の標的が私腹を肥やしている貴族のみということも徐々に知れ渡っていた。そんな時、民から金を搾《しぼ》り取っている藤原景斉《かげなり》と謂う貴族が、夜な夜な想い人のもとへ足を運び、大金を貢《みつ》いでいるという話が聞こえてきて、保輔は次の的に定めた。

下調べをした通りに、景斉と思しき男が現れ、京の往来を北へ北へと歩んでいく。十町（約一キロ）ほど尾行していたところ保輔は妙な気がした。男の足の運び方に見覚えがあったのだ。

さらに五町（約五四五メートル）進み、疑惑は確信へと変わった。男が突然笛を吹き始めたので、ぎょっとした。

「やはりお主か」

振り返った男は景斉などではなかった。

「兄上……なぜここに」

「袴垂なる盗賊、お主ではないかと思った故、一計を案じたのだ。何故このようなことをする。家名に傷がつくとは思わんか」

保昌は厳しい眼差《まなざ》しで見つめてきた。保輔は驚きのあまり言葉に詰まったが、意を決すると絞り出すように答えた。

「かねがね兄上も仰《おつしや》っていたでしょう。富める者はさらなる富を求め、貧しき者から奪う。このままではいかぬと……故に私は民に返しているのです」

「だからといって盗みを働いてもよい訳ではあるまい。学問を修め、身を立ててこの国を良くすることに邁進《まいしん》すればよい」

「兄上のような賢い御方が本気でそのようなことをお考えですか」

中流貴族の兄弟が国政に参加出来ないことは、保昌もよく知るところである。

「諦《あきら》めてはならぬ」

「農村では疫病が蔓延《まんえん》し、我らならば容易く手に入るほどの薬草ですら口に出来ない。叶わぬ夢を待っている暇などないのです」

「それでも兄弟力を合わせて……」

「まだ世迷いごとを仰《おお》せられるか！」

保輔が激昂したことで保昌は眉間《みけん》に皺《しわ》を寄せて考え込んだ。

「ならば金輪際、家に近づくな。兄弟の契りもこれまでぞ」

項垂《うなだ》れる保輔の頭を何かがふわりと覆《おお》った。そっと取るとそれは狩衣である。保昌が脱いで放り投げたのだ。

「盗賊なのだから何か盗まねば格好がつくまい。それを金に換えよ」

「兄上……」

「私は家を守らねばならん。お主はお主の道をゆけ。次は捕らえるぞ」

保昌は肩をぽんと叩《たた》き、来た道を引き返していった。保輔は京の闇に溶け込んでいくその背を、いつまでもいつまでも見送った。

「なぜこのような話をしたか解るな」

保輔はそう言いながら下唇を指でなぞり、桜暁丸は小さく頷《うなず》いて見せた。万が一しくじっても、保輔の親類には頼るなと言っているのだ。敵だからというのではなく、兄に迷惑をかけまいということであろう。

「下手を打ったならば、俺は袴垂として死ぬ」

からりと笑う保輔は、腰の袋から糒《ほしいい》を取り出すと音を立てて咀嚼《そしやく》した。雨脚は強まっている。

桜暁丸には保輔の頬を濡らしているのは、決して雨粒だけではないように思えた。


「例の景斉を狙う」

卯月《うづき》(四月)も終わろうかという時、保輔はそう宣言した。袴垂を謀《たばか》るため、兄の保昌が成り済ましたあの男である。雨の日は雨音に紛れて盗みに入り易い。夏が訪れようとする今、最後の大仕事になる。

「私兵を多数抱えているのではなかったか?」

故に路上で一人のところを狙う他なかったと聞いていた。

「それでもやる。愚かしいほどに貯め込んでおるそうな。もはや見過ごせん」

景斉と謂う男、官位は従五位と決して高くなく、保昌や保輔と変わらぬ中流貴族である。

「だが奴は無限に金を生み出す方法を持っておる。民を騙《だま》すことでな」

景斉は加賀守《かがのかみ》を務めており、その加賀の片山津《かたやまづ》で、ある石が採れる。若干の青みを帯びた滑石《かっせき》というものである。加工が容易なことから数百年前までは勾玉《まがたま》などに多く利用されたが、今では無価値に等しい。それを滑石の採れぬ地の豪族に、珍しき石、無病息災の御利益があるとして高値で売りつけていると言うのだ。豪族は多く買い求めるために、民から搾取していた。

「二人で運び出すには限りがある。他の盗賊と連携しようと思う」

単独行動を守ってきた保輔には珍しい。そのような伝手《つて》があると聞いたこともない。

「蛇の道は蛇。自然とお互いを知るものよ」

保輔はそう言って鼻を鳴らした。

翌日、保輔はどこかに出掛けていった。目当ての盗賊に合力を依頼するためである。

桜暁丸も付いていくと言ったが、信頼の置ける盗賊ほど警戒心が強く、一人でないと痛くもない腹を探られることになってしまうと言う。

「頭には会えなかったが了承は頂けた。前夜には合流して共に働く」

戻ってきた保輔は満足げに言うと、板間に横になった。決行日は三日後、つまりは明後日には件《くだん》の盗賊が来る。自身が盗賊に身を落としていながら、桜暁丸は落ち着かなかった。

決行前夜、塒の戸が叩かれた。小さく三つ、大きく一つ、また小さく二つ。打ち合わせていた合図である。保輔がそろりと戸を開ける。屈強な若者が五名、それを分けて進み出た者を見て、桜暁丸は息を呑んだ。何と白髪交じりの女である。

「御大自らとは如何された……如月《きさらぎ》殿は？」

保輔は室内に促す。老婆は何も答えず、目配せして若者に中を改めさせた。その上で自身も中へと入った。板間で車座になった盗賊たちの顔を、燭台の光暈《こううん》が妖《あや》しく照らす。

「如月は死んだ。お主が我らの隠れ家に来る数日前に」

「それは……故に御目通り叶わなかったのですか。知らぬこととはいえ……」

「元来娘は丈夫なほうではなかった。子を抱きながら逝ったのだ。幸せであったろうよ」

女は気丈に言ったものの、やはり哀しげな口調であった。

「しかし御大自らとは……詮索《せんさく》するようで申し訳ないが、如月殿が子を産んだということは夫《つま》となる男もいるでしょうに」

「母と違い、武張ったことが嫌いで、盗みも好いてはおらなんだ娘だったが、妙なところは似てしもうてな。市井《しせい》の名もなき職人に焦がれおった。共に暮らすことが出来ぬ苦しみは痛いほど知っておるはずなのに」

「跡取りはまだ赤子という訳ですか。ならば猶更、配下を貸して頂けるだけでよいのです」

「雀小僧や配下に任せてはおれまいて。それに景斉には少々怨みもある」

「安和《あんな》の変ですね……確か景斉も出ておりましたな」

女は小さく頷くと燭台へ目をやった。先ほど入り込んだのであろうか、火を求めて一匹の蛾《が》が羽音を立てている。

「そこの坊《ぼう》は配下かい。子どもを引き入れるとはお主も罪作りなことだ」

「子どもではない」

のっけから子ども扱いされたことに苛立《いらだ》って、桜暁丸は思わず口にした。

「子どもは皆そう言う」

女はにやりと笑う。桜暁丸は食って掛かろうとしたが、保輔が押し止めた。

「御大、年若いがこやつは相当な手並み。私が弟と見込んでおる男です。洛中を騒がせた花天狗とはこやつのこと」

「驚いた。かなり遣うと聞いたが、こんなおぼこいとは。師はいるのかい？」

「蓮茂様という御方だ」

知るはずもなかろうと、憮然《ぶぜん》とした態度で桜暁丸は言い放ったが、案に相違して女は目を丸くして顔を覗き込んできた。

「お主は佐渡《さど》の産か？　蓮茂殿は佐渡に流されたと聞いたが」

「越後《えちご》だ。お師匠を知っているのか？」

「僅かだが話したことがある。実は百足《むかで》の生き残りじゃと、こっそり教えてくれた」

師匠の知己だということで急に親近感が湧くと共に、慣れ親しんだ越後の山河が脳裏をかすめ、胸が締め付けられた。保輔が取り成すように再び口を開いた。

「世とは狭いものですな。御大と桜暁丸の師が知己であるとは」

「世は広い。狭い所に押し込めているのは京人よ。怨嗟《えんさ》の紐を手繰《たぐ》れば必ず知人に行きつくもの……前から言おうと思っていたが、その御大は止めよ。老け込むようで適わん」

保輔は額の汗を拭う真似をして畏《かしこ》まった。炎に羽を焦がされて地に堕ちたのであろう、小さな鈍い音の後、蛾の羽音が止んだ。

「は……それでは段取りを打ち合わせましょうか。皐月《さつき》殿」

合議の中で彼らの正体を知ることになった。滝夜叉《たきやしゃ》と呼ばれる群盗で、初代の頭こそが、保輔が御大と呼んでいる六十近い女である。名を皐月と謂うらしい。盗みを始めて間もない保輔が検非違使に追われていた時に、手を差し伸べてくれたのが縁であるという。

滝夜叉は今では三十余名の集団であるが、最盛期には百名を超す配下を抱え、京の北西にある愛宕山《あたごやま》に蟠踞《ばんきょ》していたらしい。本拠地が割れていても縄に掛からぬなど、盗賊の塒《ねぐら》というよりは、小さな国に近いものだったという。

それが一夜にして崩壊したのが安和の変である。兵力の殆どを投入していた滝夜叉は、政変の失敗後、返す刀で攻め込まれて本拠地を追われた。

娘と僅かな配下を引き連れて、摂津《せっつ》の竜王山《りゅうおうざん》に逃れた皐月は、近隣の国衙、郡衙への荷を奪い、時に京に盗みの遠征をして生き永らえてきたという。今回の儲けは滝夜叉の一年分の稼ぎに相当することもあり、娘を失った直後であるにもかかわらず了承してくれた。寧《むし》ろそのような状況だからこそ、大きく稼いで暫くは静かに暮らしたいのだろう。

「此度は必ず私兵とやり合うことになる」

保輔は大前提として言い切った。景斉の屋敷では昼夜問わず二十名ほどの私兵が警衛にあたっている。それを全て掻い潜るのは容易ではない。一手が私兵を引き付けている間に、別の一手が盗むという段取りである。

「俺が一人で引き付けますので。皐月殿と桜暁丸で盗みを頼みます」

誘い込んだ手前、滝夜叉の面々を矢面に立たせられないのは理解できるが、人を傷つけることを極度に嫌う保輔が囮《おとり》になるとは腑に落ちない。桜暁丸が代わるように訴えても、

「心配するな。夜雀と呼ばれるには訳がある」

そう言って取り合わなかった。

滝夜叉の面々とは子の刻丁度、景斉の屋敷より十町南の漢方店「斎村《さいむら》」の裏手で落ち合い、忍び足で北へ向かった。この時点から保輔は別行動で、屋根の上を渡っていく。皐月が柔らかく囁いた。

「真に働けるのかと疑っておったか？」

「師で慣れておる」

正直なところ、六十近い皐月が軽やかに走ることに驚きを隠せない。

「人とは気の持ちようで、ある程度のことはどうにかなるものよ」

「哀しくはないのか？」

不躾《ぶしつけ》な問いをしたことを後悔した。しかし皐月は怒ることはせずに穏やかに答える。

「涙も涸《か》れた。それに如月は新たな命を残してくれた。それを守るために今少し生きねばならん。お主の生い立ちもある程度は聞いた。苦労したようだな」

「顔のことは慣れた。しかし、まさかあの日に生まれるとは、母上も俺も間の悪いことだ」

首を傾げる皐月に向けて、己の出生日に古今未曾有《みぞう》の天変地異が起こったことを告げた。

「あの日か……やはり縁があるようだ」

皐月が意味の解らないことを呟いているので、桜暁丸は話題を変えた。

「一つ訊いてもよいか？」

「今更慮《おもんぱか》るか。若人は図々しくて丁度よい」

話せば話すほど、滝夜叉という厳めしい名に似合わず、皐月は優しいことが解る。

「孫の名は何と謂う。男か、女か？」

「何故に興味を持つ」

「あんたに万が一のことがあった時には手を貸さねばならんと思った」

「言いおるわ。娘じゃ。名を葉月《はづき》と謂う」

「葉月か、良い名だ」

何度も名を口にして頷く桜暁丸を、皐月は好ましげに眺めていた。


夜更けから小雨が降り出していた。景斉の屋敷近くまで行くと、再び身を隠した。桜暁丸は屋根を飛翔する影を捉えた。隣接する屋敷の屋根に降り立ったそれは、奇妙な音を発し始めた。

「あれが夜雀秘伝の声か」

まさしく鳥の囀《さえず》りの如き声である。出立前、なおも交代を訴える桜暁丸に、保輔は自身の奥の手を語ってくれた。夜雀は驚異の跳躍力を誇るが、真骨頂はこの特異な発声にある。雀に似た声で遠く離れた仲間へも情報を伝達し、武に優れた犬神を誘導して京人を翻弄した。

衛兵たちが騒ぎたてた。最初は夜に雀など面妖なといった程度のことであったろうが、ただ事ではないと思わせたのは、どうした訳か、奇声が方々から聞こえ出したからである。時を追うごとに声の数は増え、四方八方で数十の雀が鳴いているようであった。

――如何にすればこのようになる……。

桜暁丸は視線を空へと飛ばし、保輔の影を追った。声の発し方は全く不明。浮かぶ陰影は決して一所に留まらず、人外の速さで屋根を移動している。敢えて姿を晒しているようで、衛兵は篝で闇を払いつつ後を追う。列を成した様は妖《あやかし》に魅入られたかの如く見えた。

「なかなかやるの。お陰で屋敷は蛻《もぬけ》の殻よ」

皐月の言葉に、桜暁丸は己が褒められたかのように口元を緩めた。

「では皐月殿、手筈通りに」

人の気配が失せた屋敷に侵入し、蔵の開錠は滝夜叉の配下が行った。中には噂に違《たが》わず財が唸っていた。しかし、四半刻の間には引き上げねばなるまい。陶器《すえき》などの壊れ易いものは避け、仏像をはじめとした宝物や金銀を黙々と葛籠《つづら》に詰めて紐で縛り上げた。

二尺四方の木箱があり、それが幾段にも積み上げられている。皐月は腰に手挟んだ短剣を抜くと、蓋の隙間に差し込み軽く捻った。中には薄らと青い光を放つ石が詰まっている。

「滑石。景斉の財の元だ」

「淡く光るとてただの石ではないか」

「より輝き、硬いものが翡翠で、これは出来損ないだ」

僻地の田舎豪族などは、翡翠など見たことがない。これで災いが去ると言われれば、無理をして買う者もいるだろう。そして、その為に民が多く搾取される。そう思うと桜暁丸は無性に腹が立って来て、箱ごと火を付けてやりたい気分になった。怒気を察したのか皐月が口を開く。

「止めておけ。幾らでもまた掘ってきおる。それにここらが潮だ。引き上げるぞ」

四半刻までまだ猶予はあるはずだが、皐月がそう言ったので、桜暁丸は小声で尋ねた。

「早すぎやしないか？　兄者が引き付けているのだ。まだ暫し……」

「若いな。私を信じよ。そろそろ異変に気付く者がいてもおかしくない」

皐月に促されて渋々蔵から運び出す。塀を越えるのが一苦労で、二人掛かりで葛籠を放り、外で二人が受ける。これを繰り返していると、複数の跫音《あしおと》が戻ってくるのを感じた。

「行くぞ！　後の荷は置いていく」

皐月は老女とは思えぬ身のこなしで塀を越えた。桜暁丸は荷を恨めしそうに降ろしてそれに続く。闇にか細い灯りが浮かび、震えている。衛兵たちがそこまで戻ってきているのだ。

「皐月殿、荷を持っていては追い付かれる……俺が食い止めるゆえ先に逃げて下され」

皐月が大仰に眉を開いたのが、暗がりでも、はきと見て取れた。

「先に行け。私は桜暁丸とここに踏み留まる」

滝夜叉の面々は抗わずに、一目散に駆け出した。この女老頭目をいかにも信頼しているといった様子である。

「全ては戻ってきておらんようだ。半数ほど……それでも十と少しか」

皐月の顔色を窺ったが、怯えの色は微塵も感じられなかった。

「来るぞ」

皐月は短剣を一本は腰から、もう一本は腿から取り出して両手で構えた。

「盗賊め！　覚悟せよ――」

先頭の衛兵は叫んでいる途中で、前のめりに倒れた。電光石火、皐月の短剣が脇腹を薙ぎ払ったのである。続く兵の薙刀を残る一本でいなして、膝の上を切り裂く。

「恐ろしい婆様だ」

桜暁丸は舌を巻き、自身もするりと太刀を引き抜くと敵に向かって猛進した。保輔のことを尊敬している。しかし人を決して傷付けてはならないという考えだけは理解出来なかった。命は全て尊いと保輔は言う。それは保輔が京人の中で生まれ育って得た余裕であって、埒外に生きることを強《し》いられた者には綺麗事にしか聞こえない。斬らねば、こちらが斬られるのだ。一人斬り、二人斬り伏せ、三人目の顎を砕いた時、皐月も四人ほど斬っていた。衛兵たちは怯え、次に向かって来る者がおらず、距離を空けて見つめるのみである。

「退くぞ。もう戦意はない」

背を向けて走り出した皐月に、桜暁丸は続いた。その読み通り、衛兵たちは茫然として、誰一人追ってくる者はいなかった。皐月は駆けながら苦々しく言った。

「何人か命を落とすだろう。袴垂に悪いことをした。あやつは盗みで殺すのを嫌う」

「兄者は甘いからな。此度は仕方なかったとしよう」

「お主の剣も相当であった。よく仕込まれたものだ。しかし……鋒《きつさき》に怨念が籠もっておる」

「全ての京人を憎んでいる。あんたもそうだろう？」

「そうだな……」

皐月は何故だか哀しげな顔をした。それがどういった性質のものなのか、桜暁丸には分からなかった。予定していた場所で保輔と落ち合った。すでに滝夜叉の面々も先着している。

「二、三人斬った。予想より戻りが早く、そうせざるを得なかった。許せ」

その言い様では全て皐月が為したと取れる。桜暁丸を慮ってくれているのかもしれない。

「そうですか……俺の引き付け方が足りなかったか」

保輔は屋敷の方に向き直り、そっと手を合わせた。暫し黙していた皐月が切り出した。

「我らはこのまま摂津まで帰る。約束通り財物の半分は持っていくぞ」

「分かりました。気を付けてお帰りあれ」

去り際、皐月は桜暁丸に手招きしてきて、近づくと小さな声で囁いた。

「貧民を救うため盗みこそすれ、人は殺《あや》めぬ。袴垂のように生きるほうが良いかもしれぬ。私はすでに歳を食い過ぎたが、お主は若く、今ならばまだ間に合う」

「しかし、やつらは……」

「言いたいことは解る。しかしやはり憎み合うのは悲しいことだ」

先ほどのような哀しい目をする皐月には、窺い知れぬ過去があるように思え、桜暁丸は口を噤んだ。皐月の髪が夜風に揺れる。黒髪は闇に溶け込み、白髪のみが宙に浮かんで煌めいていた。

＊

滝夜叉の協力を得た盗みを行って十日後、洛中からとある噂が聞こえてきた。藤原景斉が盗人を血眼で捜しているという。命よりも金が大切だと嘯く輩であると、保輔から聞いていた通り、景斉は相当な吝嗇《りんしょく》家であるらしい。

「返せと言われても、もう殆ど残っておらん」

噂を聞いた保輔はそう言って笑った。あの日に得た財はここ数日でほとんどを配り終えていた。あと二、三郷に配ればなくなるだろう。

残りを配るべく、保輔と桜暁丸は久世郡水主《みずし》郷に向かった。桜暁丸にとっては初めての場所であった。順に配るため、桜暁丸が加わってまだ一巡もしていなかったのだ。

水主郷の異変は、初めて訪れる桜暁丸にもすぐに解った。常ならば保輔を見かけると、すぐに村の入り口まで多くの者が集まってくるはずだ。それが行き交う村人たちは軽く会釈するだけで、誰も話しかけてもこない。理由は村長に会うことで審《つまび》らかになった。

「京兆様を探索するため、殖栗郷に兵が押し寄せたのです」

村長は苦虫を噛み潰したような顔になった。

「何故、殖栗に……」

今回の財では殖栗まで配る予定はなかった。かなり前に配った地に兵を送る意味が解らない。

「以前、幼い娘をお助けになられたことがおありですか？」

「ある……あれは確か殖栗の産だったか」

さっと保輔の顔に翳《かげ》が差す。自身の飾りを手渡していたことを思い出したのだ。だが、それがなぜ露見したのかは分からない。

「その娘は郷に帰ったものの、すぐさま親に送り返されました」

「何だと⁉」

保輔は青筋を立てて思わず腰を浮かせた。村長が恐れを抱いたように見え、桜暁丸はそっと袖を引いた。保輔はそれで若干の落ち着きを取り戻し、話の続きに聞き入った。

村長の話はこうである。娘は言いつけ通り故郷である殖栗に帰った。しかし両親は婢、童《わらわ》として売った娘が勝手に帰ってきたことで、貴族の怒りを買うのではと恐れた。加えて口減らしの意味合いもあったため、帰ってきたところで困る。

「そのために飾りを与えたのではないか」

保輔は詰め寄ったが、村長は頭《かぶり》をゆっくり横に振った。両親は高価過ぎる品物にも恐れを抱き、郡衙に持ち込んだのだという。その上で娘を貴族の元に送り返した。

「親が子を売るなぞ、この世は狂っておる」

保輔は虚ろな目で呟いた。桜暁丸が冷静に話に分け入った。

「しかし何故、郡衙の兵が殖栗に？」

「翡翠を渡した者がどうやら袴垂であるらしいと検非違使は見ております。それだけでなく……」

「俺の正体が露見したな。あの翡翠は見る者が見れば当家の物だと解る」

保輔は爪を噛みちぎって吐き捨てた。

「袴垂こと藤原保輔を捕らえた者には恩賞を与えると、村々にお達しが出ております」

「そうか。ならばここにいてはお主らに迷惑が掛かるな。早々に引き上げよう」

「それともう一つ……殖栗に来た兵は郡衙の兵ではございません」

「検非違使がここまで出張ったか？」

「いえ、前《さき》の鎮守府将軍、源満仲《みつなか》の手の者です」

最も憎むべき男の名が唐突に出たことで、桜暁丸は眩暈《めまい》を起こし、卒倒しそうになるのをぐっと堪えた。父や師を殺したのも、命からがら逃れた叡山に兵を差し向けたのも、窮地に追い込んだのも満仲の手の者であった。

どこまで己の人生を阻むというのか。暗く奇妙な縁を感じながら桜暁丸は目を瞑った。

*

源満仲は昨年出家して満慶《まんけい》と名乗り、家督を子の源頼光に譲っている。それでも出世欲と独占欲の塊のような男は未だ権力を手放してはいない。そもそも出家したのもあまりにも殺生を繰り返す満仲を心配した一族が、天台座主《てんだいざす》院源《いんげん》に依頼して説き伏せたのである。満仲は仏法に服したわけではなく、威勢を誇る宗教勢力に恩を売っただけと放言し、共に出家させた女房が三十余人もいたというから、その性欲もまた異常であると言わざるを得ない。

本拠地の摂津国多田《ただ》庄に引っ込んでいるが、京の頼光には依然指示を飛ばしている。

「景斉が一族長者に泣きついたか」

情報を摑んだ保輔はそう言って吐き捨てた。現在の藤原氏の筆頭といえば藤原兼家《かねいえ》である。天皇の外戚である兼家は絶大な権勢を誇っている。この男、孫を天皇にするために、あり得ぬことをした。先の花山《かざん》天皇にしきりに出家を勧め、自らも共に出家するからと誘って禁裏を抜け出させた。そして山科元慶寺《やましながんけいじ》に連れ込んだところで、己は逃げ出して花山天皇だけを出家させてしまったのだ。その時に警護を務めたのが満仲の子、頼光であった。

満仲は権力を握るだろう兼家に目敏く取り入っていた。今回、景斉が兼家に支援を求めたことで、満仲が動いたのは必然といえよう。正式に追討の宣旨《せんじ》が発せられ、村々への支援ももはや出来ない。見過ごしただけでも村人たちは罪に問われることになる。

「暫し京を離れるか？　盗んだとて、村人に渡すことも出来まい」

桜暁丸の提案に、保輔は頷かなかった。

「これしきのことで止《や》めてたまるか。村の入り口に打ち捨ててゆくまでだ」

保輔の目には闘志が宿っていた。正体が露わになって吹っ切れた感さえある。

翌日には当てつけのように織部令史《おりべのさかん》、茜是茂《あかねこれしげ》の屋敷に盗みに入った。織部令史は大初位下《だいそいのげ》と位階は低いが、錦や絹を横領し私財を蓄えていることを察知していた。桜暁丸は手伝いながらも一抹の不安を抱いた。保輔は常ならば半分を盗めば上等としているのだが、この時ばかりは、

「全て掻っ攫ってゆく」

そう宣言して繰り返し財を運び出した。躍起になっているのかとも思ったが、どうやら己の盗人としての余命が幾ばくもないと考えているように見える。

盗みに入った翌日、洛中は混乱を極めた。袴垂こと保輔のこの盗みは、朝廷への挑戦と捉えられても仕方ない。朝廷は威信をかけて洛中の警邏《けいら》に力を注いだが、保輔の盗みは留まることを知らない。毎日のようにあちこちの屋敷に盗みに入る。そのたびに繰り返し追討の宣旨が出て、やがてその数十を超えた。

「少し雑過ぎやしないか？　このままではいつか足がつく」

「そうだな。気を付ける」

桜暁丸が止めても、保輔は気のない返事をし、時には一人で盗みに入る日もあった。

月が変わり水無月《みなづき》（六月）になっても保輔は一日も空けずに、各地の屋敷を荒らし

まわった。この頃になると桜暁丸が付いていこうとしても断るようになった。

「俺は盗むほうで手一杯だ。お主は各村々にこれらを配ってくれ」

「しかし……万が一の時には誰が守る」

「俺が易々と捕まるかよ」

どれほど警備が厳重になってもその隙間を掻い潜り、保輔は着実に成果を上げていった。

異変が起こったのは月も十日を過ぎた頃である。保輔の父が検非違使に連行された。保輔の盗みを幇助した嫌疑がかけられたのである。それを聞いた保輔は肩を落として項垂れた。

「やはりこうなったか……」

「解っていたならば何故盗みを続けた」

「続けずともいずれはこうなった。故に盗み急いだのよ。父上は出世にはおよそ興味がなく、薫物《たきもの》のみが楽しみといった穏やかな御方だ。救わねばならぬ」

「どうするのだ」

「桜暁丸、別れの時だ。俺は頭を剃《そ》るぞ」

保輔はそう言うと儚く微笑んだ。

伏見の塒は桜暁丸に託された。

「なに、死ぬ訳ではない。また会えることもあろう」

別れの日、悲しむ桜暁丸に保輔はからりと笑顔で励ました。

「俺はどうすればいいのだ。一人では盗みも心許ない」

「盗みからは足を洗え。俺は民を救えると本気で信じていた。だがそうではないことがよく分かった。他に道があるのかもしれぬし、そのようなものはないのかもしれぬ」

涙を目に溜めるのみで何も返せないでいると、保輔はさらに続けた。

「お主が探してくれ。いや、そのような難解な道を選ばずともよい。良き女と巡り合い、子を生《な》し、懸命に生きるだけで十分ではないか」

保輔の言葉は、父が掛けてくれた言葉に酷似していた。己への想いがひしひしと感じられ、桜暁丸はついに涙した。

「頼りない兄で申し訳なかった」

桜暁丸の頭をぐしゃりと撫でる保輔は、やはり優しげに笑っていた。

*

水無月十四日、北山の花園寺に駆けこんだ保輔は出家した。世俗と縁を切れば、自身の罪はともかく連座の者は赦免されるというのが通常である。盗んだ財宝のうち半分は残して当面の費えに使えと言われていた。それで己の道を探れということである。

保輔が出て行って三日の間、桜暁丸は板間にごろりと横になってただ天井を眺めるのみであった。心にぽっかりと穴が開いたような心地である。四日目の夜になって、ようやく明日は財宝の半分を各地に配ろうと心に決め、早く眠りについた。

夜半、桜暁丸は人の気配を感じて太刀を引き寄せた。近づいて来ている跫音が鼓膜を揺らしたのだ。味方ならば決められた数だけ戸を叩くはずである。しかし戸は外から一気に開け放たれ、桜暁丸は太刀を抜いて身構えた。

「兄者……？」

そこに立っていたのは頭を青々と剃り上げ、肩で息をしている保輔であった。

「すまぬ……力を貸してくれ。俺が甘かった」

「どうしたというのだ」

「出家しても父は赦免されなかった。明日、見せしめに処刑される……」

事態が逼迫していることを感じ、桜暁丸は唾を呑んだ。

「袴垂最後の盗みを手伝ってくれ」

保輔は真一文字に結んだ口をゆっくりと開いた。

「この期に及んで何を盗む」

「父上を盗む」

明日十六日の昼、保輔の父は六条河原《ろくじょうがわら》に連行されるという。これを白昼堂々と盗み出すという。保輔は桜暁丸を巻き込みたくなかったようだが、他に縋れるところはなかったらしい。桜暁丸としては頼られぬことのほうが不満であり、すでにやる気になっている。

「昼の盗みなどさすがの兄者でも……しかも盗むは生ける人だ」

「夜雀も陽の光に照らされればただの雀。引き付けてくれる招《お》き鳥が要る」

「わかった。俺が務めればよいのだな」

「すまぬ……近づかずともよい。逃げ切れる地で叫んではくれぬか？」

「懸念はいらぬ。少々近くとも今の俺ならば逃げ切れる」

跳躍法を伝授されたのでその自信がある。

「いいや。決して近づくな。誓ってくれ」

巻き込むことすら心苦しいのであろう。有無を言わさぬ語調に、桜暁丸は頷いた。

「皐月殿にも助けを請うてはどうだ」

「間に合わぬ。それに皐月殿には守らねばならぬ者がいる」

「わかった。それにしても……何て頭だ」

「存外似合うだろう」

保輔はつるりと頭を撫でながら、今日初めて笑顔を見せた。今から決死の地に赴かんとする男にしてはその表情は穏やかであるが、顔色は酷く悪い。桜暁丸は胸騒ぎがして目を伏せた。

＊

天に翳《かざ》した長板斧は陽の光に縁取られ、輝いていた。夏も終わりに近づいているのだろう。筋雲が風で東の空に流れていた。刑場である六条河原には検非違使、左右兵衛府《ひょうえふ》の兵、加えて各家の私兵までが入り乱れて警備に当たっている。あまりの数の多さに河原に入りきらず、私兵の類は近くの往来、警備の外輪に配されていた。

「渡辺《わたなべ》様、まことに袴垂……いや保輔は現れるのでしょうか」

金時《きんとき》は首を捻って綱《つな》に尋ねた。

「上はそう見ている。故にこのような罠を仕掛けたのだろう。好かんがな」

綱は吐き捨てるように言った。保輔が出家したという情報も入ってきていたが、面《めん》子《つ》から振り上げた鉈《なた》を下ろすこともできず、実際に父親を連行するに至ったのだ。

「まことに袴垂の父親を処刑なさるので？」

「ない。あくまで保輔を捕らえるための仕掛けだ。やってのけたならば、俺は朝廷を見限るわ」

「口が過ぎるぞ」

危なっかしい綱の発言を押しとどめたのは、生真面目な季武《すえたけ》である。

「俺たちが何故外れに陣取らねばならぬ。検非違使や兵衛府の連中など使い物になるかよ」

貞光《さだみつ》は頭を掻きむしりながら愚痴を溢《こぼ》した。

「お主はいつも口が悪い」

季武の制止も聞かずに、貞光は鼻を鳴らしてなおも続けた。

「そもそも頼光四天王と呼ばれる我らが雁首揃《がんくびそろ》えて出張る必要があるか？」

それに対して答えたのは綱である。

「金時と共に一度だけ袴垂らしき男をみた。あれは人外の技を使う」

「ほう。それならば楽しみだ」

貞光は御馳走を目の前にしたかのように舌なめずりした。神経を尖らせているのか、季武の小言は金時のほうへも飛び火する。

「金時、その剝き出しの得物はどうにかならぬか。頼光様の御威光に傷がつく」

晒布を巻こうとすると、綱が遮った。

「そのままでよい。そうでなくては瞬時にお役目を果たせぬ」

季武はぷいと横を向いて刑場の方へ視線をやった。

その時、南方七条の方角から叫び声が聞こえてきた。季武以外の三人の視線がそちらに注がれる。天を衝くばかりの大音声であるが、声の主は見当たらない。

「あの声は……もしや……」

「うむ。花天狗の声のように聞こえる。一味に加わったか」

綱は太刀の柄に手を置いた。その間も声は続き、周囲の兵たちにどよめきが起こった。

——袴垂推参。我こそはと思う豪の者は、見事捕らえて手柄とせよ。

咆哮は幾度となくそう繰り返されている。

「どこにいやがる！」

いきり立った貞光が駆けだした。離れるなという季武の制止も空しく、綱と金時もそれに続く。我こそはと思う者は各々駆けだしている。一町ほど行くと声が近づいてきた。

「このあたりのはずだ！」

喚き散らす貞光の肩に、綱がそっと手を置いた。

「上だ」

五軒先の家屋の屋根に人影がある。噂通り狩衣を身に纏い、顔には覆面を巻きつけていた。風に吹かれた狩衣がひらめき、こちらを見下ろしている。男は身を翻すと、一軒南の三歩あろうかという屋根に向けて飛んだ。並の跳躍力ではない。

「渡辺様、あれは」

「あれはまさしく袴垂。先ほどの声、花天狗のような気がしたが……違うのか」

皆が魅入られたかのように男を追い、人の数は増え続けた。男は時折足を止めると、屋根の上から礫《つぶて》を拾い上げ、下に向けて凄まじい勢いで投げてくる。

「予《あらかじ》め屋根に礫を配しているのですね」

金時が息を弾ませながら言うと、綱ははっとして振り返った。

「こやつは招き鳥で、本命は刑場ではないか……」

「どうでもよい。この小癪な男を斬り伏せてやる」

嬉々として言い放つ貞光をよそに、綱は割れんばかりの大声で叫んだ。

「各々方、刑場に戻られよ！」

屋根の男は急に足を止めた。周りの者たちは手柄を独り占めするつもりか、などと詰《なじ》ってくる。そうではないことを綱は説明しようとするが、喧噪の中に声は掻き消されていった。

「金時、俺は戻る。貞光に無理をさせるな！」

「は、碓井《うすい》様をお守りします」

その時、二人の間に豪速の礫が飛来した。綱は首を振ってそれを躱す。

「図星だぞ。あの技をどうして身に付けたか知らぬが、あれは花天狗だ！」

綱は来た道を引っ返していった。それと同時に男は飛来した。降り立った先は追捕《ついぶ》の兵たちのど真ん中である。血煙が立ち上り、絶叫が響き渡った。男の手には妖しく光る太刀が握られている。それが振られる度に悲鳴が上がり、辺りは阿鼻叫喚の様を呈した。

「ふふふ。良い……良いではないか」

口元に笑みを浮かべる貞光は、黒目が小さく、目を見開くと三白眼になる。それが一層不気味さを際立たせていた。金時の制止を振り払い、貞光は衆を掻き分け、狂乱の渦中に飛び込んでいく。男の凄まじい手並みに兵は後ずさりを始めていたため、時を要さずに男と対峙《たいじ》した。様子見を決め込んでいた金時も渋々飛び込む。

「雑魚ども、下がっていろ」

貞光の狂気に当てられて、無礼な発言を咎《とが》める者はいない。このままでは間もなく闘争が開始されるであろう。綱の見立て通り花天狗ならば、前回の戦いにより己こそ相性が良いと考えている。貞光を守りつつ短時間で決着をつけ、綱の応援に戻りたかった。

「碓井様、こやつは私めが。御免……」

「待て！　こいつは俺の獲物だ！」

貞光の言葉を無視して、金時は長板斧を小脇に抱えて猛然と向かった。

「各々方下がられよ！　我の得物は近くを巻き込む」

退くのを躊躇っていた者たちも、金時の言葉に慌てて引き下がった。

「山姥……まだ京人に与《くみ》するか」

——花天狗！

金時は確信した。この事実を知る者は少ない。横薙ぎに振った長板斧が花天狗の脾腹を捉えた。確かにそう見えた。しかし花天狗は倒れない。妙な足捌きでもって紙一重で躱されていたのだ。

「前よりも速い……」

「俺は成長するのだ」

お前は何も変わっていないと言うのか。それは武術のことだけを言っているのではないように思え、金時は激昂した。

「観念しろ！」

「それはこちらの申すべきこと。一族を裏切ってのうのうと生きて愉しいか」

金時は黙れ黙れと連呼して斧を振り回した。それでも花天狗には届かない。確かに花天狗の武術は一段高みに昇っている。金時は横腹に強い衝撃を受けてふらついた。新手かと身を強張らせたが、貞光が蹴り飛ばしたのが真相であった。

「碓井様、何を⁉」

「お前らしくもない。ちいと頭を冷やせ。俺がやる……俺の強さを知っておろう？」

貞光の吐息に妖気を感じた。この戦に魅入られた男が集中し切った時の恐ろしさを金時は熟知している。

「貞……光」

金時はぎょっとした。花天狗はなぜか貞光のことを知っている。

「おお。それほど俺の武勇が知れ渡ったか」

貞光は言い終わるや否や花天狗目掛けて鋭く刺突した。それを薙ぎ払うと花天狗も反撃してくる。目で追うのがやっとの攻防に、周囲の者は息を呑んで見守っていた。

「俺は人の名を覚えるのは滅法苦手だが、太刀筋は忘れぬ。以前に会ったことがあるな」

鍔迫り合いになると、貞光は早口で捲《まく》し立てた。

「憶えずともよい。お前はここで死ぬ」

「越後か。正体が見えたぞ」

太刀が分かれ、再び斬り結ぶ。先ほどよりも速く金時も吃驚した。

「金時！　こいつは保輔ではないぞ」

「存じ上げております」

「俺にとってはどちらでもよいわ」

貞光の斬撃の速さはさらに増していく。それを花天狗は躱し、いなして斬り返してくる。その時である。囲みの外から声が投げかけられた。

「袴垂保輔を包囲したらしい。これは偽物だ！」

やはり本命は保輔である。多くの者が六条河原に向けて走り出した。花天狗は貞光から飛び退き、地を蹴って軒に摑まるとそのまま身を翻して再び屋根に上がった。

「待て！　逃げるか！」

怒号を放つ貞光目掛けて礫が飛んできた。それを手の甲で見事に払いのけた時には、花天狗は屋根を渡って北へ移動し始めていた。

「追うぞ。あいつは俺が仕留める」

貞光は目の前を走る兵が邪魔と見れば、首根っこを摑まえて引き倒し、時には殴打して道を空けさせる。金時はそれを懸命に追った。花天狗は屋根から屋根に飛翔してどんどん先を行く。

「汚い奴め。この先どうしようというのだ」

貞光は苦々しく呟いた。確かにこの先は屋根も途切れる。兵が溢れる一帯をどうやって六条河原に向かうというのか。筋雲に手を掛けるかのように天を翔ける花天狗を眺めながら、金時は唇を嚙みしめた。

＊

——兄者、兄者……。

桜暁丸は胸中で繰り返し保輔を呼んだ。警備の数は予想を遥かに上回っていた。処刑そのものが罠だったということだろう。陽動により半数以上の兵を割くことは出来た。だがこれではとても成功とは言い難い。その上に今も割いた兵の多くを引き連れてきてしまっている。眼下から兵たちの罵声が飛んでくる。しかし桜暁丸にとっては蚊の羽音程度にしか聞こえなかった。

屋根の道が途絶え、桜暁丸は大地に降り立った。同時に複数の刃が襲ってきたが、太刀を走らせてそれを払った。並の者相手に負ける気はしない。この混雑で貞光や金時は遥か後方にいるはずである。あの剛の者たちは警戒せねばならない。

「貞光と山姥がいるということはあいつらも……」

独り言がふと零れ出た。脳裏に描いているのは越後で季武と呼ばれていた達者、洛中で遭遇した渡辺と呼ばれていた達人の姿である。桜暁丸は身震いした。いずれ戻ってくるだろう二人を加え、四人もの強者を相手に戦うことは即ち死を意味する。河原に降り立つところに木戸が設けられて多数の衛兵がいた。

「何者だ！　これより先は――」

桜暁丸の太刀が喉笛を切り裂き、悶絶する衛兵を踏み倒して河原に侵入すると、人込みが渦のようになっていた。その中心には保輔と共に、保輔の父と思しき縛られた初老の男、そして同じく縄をかけられた小娘の姿がある。

――あれはあの時の……。

参議の屋敷で保輔が翡翠を授けた娘である。貴族と、京人が下賤と呼ぶ農民の子が同時に処刑されるなどありえない。父のために現れぬ時を想定して、娘も狩り出している。やはり罠である。

「兄者‼」

桜暁丸は渦の外側から遮二無二突撃した。背後から奇襲を受け、兵たちは混乱し、僅かに道が開けた。その隙間をこじ開けて一気に中央まで突き進む。

「馬鹿者め……何故来た」

剃り上げた頭を布で覆った保輔は、無念そうに小声で話しかけてきた。

「逃げますぞ」

「この囲みだ。父上だけならともかく娘も連れては無理よ」

「こやつら何故攻めて来ない」

「誰が申したか俺は小野篁《おののたかむら》の生まれ変わりなのだとよ。幸い皆恐れてなかなか手出しをせぬ」

保輔は不敵に笑った。小野篁は「野狂《やきよう》」と呼ばれた男である。夜な夜な井戸を通って地獄へ行き、閻魔《えんま》大王の補佐を務めたと噂された。保輔の妖術のような跳躍力から何者かが結び付けたのだろう。会話に立ち入ったのは保輔の父である。

「儂はよい。その娘を連れて行け」

「そういう訳にはいきませぬ」

「生き方は異なれども、儂は保昌と同様、お前のことも誇りに思っておる」

「父上、御達者で……御免‼」

何を思ったか、突然、保輔は父の頬を殴り飛ばした。父は気を失って地に転がった。

「見よ‼　我を止めようとする愚かな男は、父でも何でもない。無様に横たわっておるわ！」

保輔は高らかに笑い、周囲を驚かせた。これにより父は一味ではないと証明したことになる。桜暁丸は娘の縄を解いた。

「行くぞ、兄者」

「そう上手くいかぬようだ。頼光の牛頭馬頭《ごずめず》どもめ……」

囲みが割れて、そこに立っていたのはかつて対峙した京で一番の武辺者、渡辺綱だと保輔が呟く。加えて季武の姿もある。

「こいつらは強い。俺が引き付ける故、兄者は娘を頼む」

「桶を川に沈めて見よ。そして口を川上に向ける」

この局面において一体何を言い出すのかと桜暁丸は息を呑んだ。

「まあ聞け。その中にひと掴み土を入れればどうなる」

「それは……桶の中で土は舞い、少しは流されるが、多くは内に残るだろう」

「その通り。世の淀みと同じだ」

桶という枠組みさえあれば、泥は清流にも乗らず沈殿する。泥がこの世の淀みならば、桶は世の仕組みに相当するだろう。

「底を抜くか」

「いや……それでは民は受け入れまい。民は大きな変化を恐れるということがよう解った」

季武が前に出ようとするのを、綱が手で制した。今生の別れをさせてやろうというはからいと取れた。

「川が激流ならば、桶はそのまま、泥は綺麗に流される。俺が起こしたのは小川のようなささやかな流れでしかなかったようだ」

「続きはここを切り抜けてからだ」

「お前が娘を連れて行け。俺が足止めする」

保輔は己は武術に疎いと言って憚らない。しかも今日は身軽さを優先するため寸鉄さえ身に帯びていないのだ。保輔は袖括《そでくくり》の緒を引くと、袖を捲り上げた。

「土佐征伐で生き延びた夜雀は七十八人、犬神は幼い者だけが許された。その数たった七人。そのうちの一人が夜雀の娘を娶《めと》った。その夫婦《めおと》が俺の師だ」

「綱、そろそろよいな。捕らえるぞ」

季武はついに一歩進み出て、それまで制していた綱もこくりと頷いた。

「今の滝夜叉では心許ない。大和《やまと》を目指せ。そこには京人に従わぬ者たちの国がある」

「兄者は……」

「さらばだ。娘を頼むぞ」

保輔は覆面の上からあの日のようにぐしゃりと桜暁丸の頭を撫で、季武目掛けて駆けだした。寸鉄さえ持たない保輔は一刀のもとに斬り伏せられてしまう。そう思ったのも束の間、季武の振り下ろした手を摑むと、股に脚を差し込んで投げ飛ばした。背を強《したた》かに打った季武は奇声を上げる。続いて綱が斬り上げるも、保輔は雀のように舞い上がって避け、肘《ひじ》で綱の顔面を強打した。

「素手と油断しておったがとんだ食わせ物だな」

綱は鼻柱を押さえながら血の混じった唾を吐いた。桜暁丸は眼前の出来事が信じられず目を瞬《しばたた》かせた。保輔がこれほどまでに強いということは終ぞ知らなかった。

「どけ、木っ端ども！」

大声に目を走らせると、貞光と金時が衆を分けてこちらに向かってきている。

「行け！　桜暁丸！」

保輔の叫びと共に、桜暁丸は毬のように大地を跳ね、娘の手を取ると、片手の太刀を振るって包囲を突破すべく駆け出した。

「待て、花天狗。戻ってこい！」

貞光の縋るような声が耳朶に響いたが、桜暁丸は前だけを見据えて敵を分ける。案外敵兵は脆《もろ》かった。命を投げ出してまで止めようとしない。河原を駆け抜ける。背後に気を配りつつ娘を屋根の上に押し上げ、自身も身を引き上げた。

「しかと摑まれ」

そう言うと、娘を諸手で抱きかかえた。娘は屋根を飛ぶことは適うまい。娘を抱えて飛べるか不安であったがこれしか方法はない。兵は刀や長刀をかまえて戦う素振りこそ見せるものの、登ってくる者は誰一人いなかった。

河原にいる保輔の姿が目に入った。武の達人四人を相手取って、保輔は一歩も引かずに奮戦していた。貞光を背負い投げ、季武の脾腹に拳を見舞い、取った頭巾で綱の腕を搦め捕ると、金時の喉を押さえて足払いをかけた。その間も足は常に動き、めまぐるしく位置を変えている。狂い暴れる狼に、雀の羽が生えたとでも譬えるべきか。

「兄者‼」

桜暁丸の呼びかけに、保輔はちらりとこちらを見た。表情まではきと分からないが、桜暁丸には笑っているように思えた。

懸命に逃げ、どこをどう走ったのかは覚えていない。伏見の坶に辿り着いたのは夜も更けた頃であった。この坶も間もなく露見するだろうと、軽い財宝を見繕《みつくろ》ってすぐに出た。緊張の連続から解放されたからか、娘は随分前から眠りこけている。

「殖栗には戻れぬか……」

名さえ知らぬ娘をおぶって桜暁丸は夜を徹して歩いた。主要な道には手配が掛かっていると見て、朝宮《あさみや》から和束《わづか》の山道を抜けた。大和に向かうには恭仁《くに》に行くのが早いが、念には念を入れ、笠置《かさぎ》から大回りに南都奈良に入ったのは十日後の昼下がりのことであった。

「袴垂の正体は京兆殿であったとか」

早くも情報が伝わっているようで、奈良の人々も口々に噂しているのが耳に入った。

桜暁丸はともかく娘は疲労困憊である。ここらでまともな物を食い、柔らかな寝床で寝させてやりたかった。桜暁丸は娘の手を引きながら言った。

「穂鳥《ほとり》、今宵は屋根の下で眠れるぞ」

五日前に聞いたばかりの娘の名である。音を聞いたに過ぎない。それに桜暁丸が字をあててやった。五日の間は無言でいたが、穂鳥が不意にしくしく泣き出した。不安を紛らわせるため、話しながらここまで歩いてきた。

資金は潤沢にある。それなりの宿を訪ねた。奇妙な取り合わせの二人に宿主は怪訝そうな顔をしたが、己はとある公家の随身《ずいじん》で妹を連れて実家に下向するのだと伝えた。

桜暁丸は穂鳥を部屋に残して町に出ようとした。

「桜様《おうさま》どこへ？」

当初、穂鳥は「桜暁丸様」と丁寧に呼んでいたが、貴族でもないのだからそのように堅苦しく呼ぶ必要はないと言うと、知らぬ間にそう呼ぶようになった。

「心配はいらぬ。すぐに戻る」

笑顔を作ると、穂鳥も誘われて笑った。唯一の頼りに見放されぬかと怯えているのだ。

町に出たのは保輔のその後を知るためであった。噂の広がりつつあるこの町で、最も新しい情報を得ようとした。庶民の声に耳を欹てても袴垂が保輔であったといったような話しかない。

——詳しい話は官《かん》しか知らぬか。

桜暁丸は一度宿に引き返して飯を食らい、穂鳥が眠りについたのを確認した上で夜の奈良の町に出た。京に比べ奈良は夜回りも少ない。それでも寺社の近くには見回りの兵もいる。桜暁丸はこれを狙っていた。猿沢池《さるさわいけ》の畔に身を屈めて揺れる篝火を眺めた。明かりは四つ。こちらに向かって来る。眼前を通り過ぎるのを確認すると忍び足で後を尾けた。

「見回りを増やさねばならんとは面倒なことだ……」

「袴垂の一味が逃げたのだ。仕方あるまい」

一人が愚痴を溢し、同輩がそれを宥めた。詳しい話を知っていると確信した。

「保輔はどうなったのだ？」

「あの頼光四天王を相手取って獅子奮迅暴れたが、さらに加わった一人によって追い詰められた。む……お主誰だ⁉」

桜暁丸は舌打ちすると抜刀した。月明かりに神息の輪郭が浮かび上がる。飛び下がって長刀をかまえる者、慌てて矢をつがえようとして取り落とす者、兵たちは大いに混乱を来《きた》した。

「続きを語れ。お主らが花天狗と呼ぶ者だ」

兵たちの顔に明らかに動揺の色が走った。

「知っているようだな。大人しく話せば命は助けてやる。死にたいやつは来い」

桜暁丸は低く言うと太刀をかまえた。兵の一人が雄叫びを上げたのを合図に、一斉に斬りかかって来る。三人を瞬く間に斬り伏せ、残る一人を羽交い締めにして首に刃を当てた。

「洗いざらい話せ」

兵は闇にも浮かび上がるほど真っ青な顔で頷くと、途切れ途切れに語り出した。話が審《つまび》らかになるにつれ、桜暁丸は伏し目になり、長い睫毛が小刻みに揺れた。

保輔は頼光四天王を相手に屈することなく戦った。その類まれなる武術に四天王も舌を巻き、周囲の兵は顎が外れたかのように口を開けて見守った。時が過ぎるにつれ、さすがの保輔も多くの傷を負ったが、何度も投げられ倒された四天王も埃塗れになり息を切らしていた。仕留めるにはまだ時が掛かろうと思われた時、一人の男が現れた。彼らの主君、源頼光である。それにより四天王も一旦攻撃の手を止めた。

「殿上人《てんじょうびと》ともあろう御方が野卑な技をお使いになる」

頼光は冷ややかに言い放った。

保輔は頬の刀傷から流れる血を拭い、頼光を官職で呼ぶ。

「春宮権大進《とうぐうごんのだいしん》。技に尊卑があろうか。血の色に違いはあろうか」

「色は同じとて違いはあるのではないか。故に父子兄弟の絆は濃い」

「何を申したい。兼家の犬め」

「お主ら、もうよい。京兆殿はこの方が捕らえて下さる」

頼光は妖艶に笑った。囲みの外から歩んできたのは保輔の兄保昌である。

「保輔、覚悟せよ……」

「兄上、それしかありませぬな」

一族への嫌疑を完全に晴らすためには、一族が討ち果たさなければならない。保輔にもそれは痛いほど解っていた。

「すまぬ……」

「何故謝られる。愚かな弟をお許し下され」

保昌の頬に涙が伝っている。保輔は秋に向かう空を眺めて細く息を吐いた。

「最後に一つ。幼き頃、虐められた私を兄上が救って下さったのを覚えておられますかな？」

「ああ。このような夏の終わりの頃だった」

「お前を傷つける者は兄が許さぬ。そう仰って下さった」

「約束を破ることになってしまうな」

「破らせはしません」

保輔はそう言うと保昌の脇を抜け、猛然と頼光へ向かっていった。遮ろうとする四天王の刃を一つ躱し、二つ躱し、三つ目を肩に受け、四つ目を背に受けた。

「俺は人の強さを信じておる！」

保輔の鉄拳が頼光の頬桁を捉えた。そして倒れ込んだ頼光の腰から小太刀を抜き取ると、保輔はそれを己の腹に突き立てた。

「何を……」

皆が古今未曾有の光景に身震いした。保輔は己の腹をぎりぎりと切り裂いていく。

「やはり同じ色だろう――」

保輔は血泡を口辺に溜めながら、震える声で言うと膝から頽《くずお》れた。意識が混濁した保輔はそのまま牢に打ち捨てられ、翌朝、獄中にて静かに息を引き取ったという。

桜暁丸は全てを話し終えた兵の喉を掻っ切ってやりたい衝動に駆られ、拳に力を込めた。保輔の顔が脳裏に浮かぶ。保輔は誰も殺さぬという信念を貫いた。それを破り、初めて殺した相手が己自身であったのだ。桜暁丸は目尻を絞り、顔を歪めると刃を兵の頸から外した。

「今宵は兄者に免じて許してやる」

安堵の表情を浮かべる兵を池に向かって思い切り蹴とばした。水面が大きく揺れ、飛沫が跳ね上がる。間もなく異変を感じ取った仲間が駆け付けて来るだろう。

──大きな流れを生む。

保輔の言葉を思い出す。どのようにすればよいのだろうか。胸中の保輔に呼びかけてみたが答えはない。悲哀にくれる桜暁丸を慰めてくれるかのように蛙が鳴いていた。


奈良を出て三日が経った。穂鳥を揺り起こして夜のうちに宿を抜け出した。警邏の兵を傷つけたのだ。見逃した兵が注進すれば面倒なことになる。

「眠っていたのに悪いなあ」

桜暁丸は優しく語りかけ、寝惚け眼の穂鳥をおぶってまた南へ下った。

大和葛城山《かつらぎさん》の裾野を歩いている。土蜘蛛《つちぐも》が住まう地であると、かつて師の蓮茂に聞いたことがあった。鬱蒼と、緑が茂るこの山に本当に彼らはいるのだろうか。お尋ね者の身では近隣の村々に聞き込むことも出来ず、ただ無心で山を登った。山肌が剝き出しになっている箇所もあり、道は険しい。桜暁丸は後ろにぴったりくっついて歩く穂鳥に呼びかけた。

「またおぶってやろうか？」

「ううん。自分で歩ける」

気丈に言うが、やはり疲れの色が見えた。山を一刻ほど歩くとなだらかな坂へ出た。

「獣道ではないようだ」

細い道が出来ており、手入れの跡が見られた。両側から伸びた木々により日は遮られ、今が何時《なんどき》なのかも分からなくなる。恐らく日暮れまではもう少し時があろう。

「む……止まれ‼」

異変を感じて手で制したが、茫《ぼう》と歩いていた穂鳥の足は急には止まらなかった。円形に土が盛り上がったかと思うと、縄が浮き出て穂鳥の足を搦め捕った。穂鳥は逆さ吊りの恰好で空に吸い込まれていく。咄嗟に太刀を抜いて縄を切ろうとしたが間に合わない。

「桜様！　助けて！」

木の上まで引き上げられた穂鳥はもがきながら悲鳴を上げた。

「そのままでいろ。落ちては危うい。すぐに助ける――」

桜暁丸は殺気を感じて大きく飛び退いた。二筋鋭いものが走るのがしかと見えた。

――飛び道具……鋲か！

蓮茂が駆使した武器に似ていた。息を整え気配の数を探る。少なくとも十人はいるだろう。

「敵意はない！　あなた方の頭と話したいだけだ」

森に向けて呼びかけるも応答はない。その代わりに再び鋲が飛んできた。今度は三つ。身を振って一つを躱して、残る二つは太刀で叩き落とした。飛び道具では仕留められぬと見たか、繁みの中や、木の上から次々に男たちが現れた。

「戦うつもりはないのだ。矛を収めてくれ」

会話を禁じられているのか何の応答もない。次に男たちが取り出したのは、先に爪のようなものが付いている縄である。それを宙で回しながら投げる機を窺っている。

桜暁丸は戦う覚悟を決めた。殺してしまえばさらなる疑惑を生むだろう。

「骨の一、二本は折るが許せ」

鉤縄が一斉に投げられた。桜暁丸は頭上に伸びている枝を摑むべく思い切り跳んだ。保輔直伝の跳躍に、対する男たちからも感嘆の声が漏れた。枝に飛び乗ると、そこからさらに飛んで一人の男を蹴り落とした。下からも鉤縄が飛んでくる。

――太刀を狙っているのか。

手頃な枝を見つけるとへし折った。次に飛んできた鉤縄に枝を差し出し敢えて絡めさせると、相手の牽引する力に身を任せ、木に弾かれるように飛んだ。男の表情が驚愕に変わる。

「悪いな」

太刀の峰を肩に叩きつけた。肩が外れたか、だらんと腕を下げて涎《よだれ》を垂らしている。多人数を相手にするには動き続けねばならない。すぐに駆け出すと一人、二人と殴打していく。

「止めよ！」

首領であろう。その一言で男たちの手が止まった。ようやく解ってくれたかと納めようとした太刀に、瞬く間に分銅が巻きつき宙を舞った。懐から小刀を取り出し投げようとしたが、それも鋘に撥ね飛ばされる。凄まじい正確さである。

「もう武器はなかろう？　それとも相撲でも取るか」

「わからぬぞ。百足譲りの武術ゆえな」

強がってみたが、もう身には寸鉄一つない。殴りかかるか、帯を解いて首を絞める以外思いつかなかった。まさか強がりを真に受けたのか、首領は目を丸くした。

「お主、三上山《みかみやま》の者か？」

「俺の師がそうだ。蓮茂と謂う」

「何……蓮茂殿の弟子とな」

蓮茂は土蜘蛛の技も会得していた。関わりがあると見て名を出したのは正解だったようだ。

「その弟子が何故葛城山へ来た」

「話せばちと長くなる」

そう前置きした上で己の身の上を洗いざらい話した。首領は腕組みをしながら耳を傾けている。保輔の死まで話し終えた時、首領は頭上に向けて顎をしゃくった。縄が断ち切られ、穂鳥は抱きかかえられて降りてきた。

「ああ、苦しかった」

頭に血が昇ったのであろう。穂鳥の顔に赤みが差している。

「娘、手荒な真似をしてすまなかったな」

首領は優しく微笑みかけたが、穂鳥はぷいとそっぽを向いた。

「嫌われたようだ。それにしても蓮茂殿だけでなく、こっこの弟分とは」

「こっこ？」

耳慣れぬ言葉に鸚鵡《おうむ》返しに問い返した。

「ここらの言葉だ。お主らの言葉でいうところの血が混ざっているというやつか。夜雀と犬神のこっこ、貴族でありながら我らの味方でこっこ。故に俺はそう呼んでいた」

首領は保輔にもかなり詳しいようである。桜暁丸が何も答えずにいるとさらに続けた。

「俺の名は毬人《まりと》だ。桜暁丸と言ったか……ついて来い」

毬人は背を向け、山奥へと進んでいく。先ほどまで戦っていた者たちもそれに続いた。

「お主、恐ろしく強いな」

先ほど桜暁丸が肩を打った男だ。己で肩を嵌《は》めたようだが、まだ痛むようで時折小さく呻く。そのような状態にありながら屈託なく話しかけてくるのだ。

「やり過ぎたか。すまぬな」

「その眼……」

「呪われているとでも言うのか」

桜暁丸は呆れながら笑った。越後を出てよりこの方、何度このやり取りをしたか分からない。口に出すのはましなほうで、大概は恐れと嫌悪の視線のみが飛んでくる。

「美しい眼だ。神に特別な力を頂いたか。儂が勝てぬも得心した」

意外な答えが返ってきたので、桜暁丸はきょとんとした。この男だけが変わっているのかと思ったが、どうやらそうではないらしい。純粋な好奇で覗き込む者、大げさに羨ましがる者、先ほどとは打って変わって無邪気な様子に驚きを隠せずにいた。

四半刻ほど歩くと開けた地に出た。数百の家屋は竪穴式建物であり、その背後の山肌には無数の横穴が空いている。下から仰ぎ見ると、毬人が語り掛けてきた。

「昔はあの穴に住んでいたが便が悪うてな。今ではこちらに住まっておる。穴は備蓄庫よ」

毬人は人の機微を察するのに長けているようだ。桜暁丸が疑問を投げかける前に答えてくる。桜暁丸が口を開こうとすると、掌で制して続けた。

「蓮茂殿のこと、それにこっこのことだな。我が家で話す」

毬人の家は周囲に比べて一際大きい。とはいえ竪穴の域は出ていない。溝を巡らせたところに板を立てて横壁としていることが、他の家との違いであろうか。

「白湯でよいな。娘、こちらへ来い。詫びだ」

「穂鳥という名がある」

頬を膨らませた穂鳥に、毬人は木苺が山盛りになった笊《ざる》を手渡した。部屋の隅で目を輝かせつつ、木苺を一つ一つ丁寧に食べる穂鳥を横目に、二人は向かい合った。

「まず蓮茂殿だが、土蜘蛛の技を授けたのは我が曽祖父。そういった意味では祖父の国栖《くにす》とは兄弟弟子になるか」

「お師匠に会ったことが？」

「蓮茂殿が来られたのは俺が生まれる前、もう随分昔のことだ。お会いしたことはない。だがこっここには会ったことがある」

毬人は顎をつるりと撫でながら言った。桜暁丸はにじり寄って話の続きを迫る。

「我らは貧困に喘《あえ》ぐ伊賀の夜雀、犬神をささやかながら支援しておった。ある日物を運び込んだ時、技を習う風変わりな男がおった」

「それが兄者」

毬人はこくりと頷いて話を続けた。

「我が父は病で早く世を去り、父代わりの祖父は京人の詐略に嵌《は》まり死んだ。決して赦すまいと心に誓ったものだが、奴を知り、このような男もいるものかと、ちと心変わりしたものよ」

「狩衣姿でなくば、まさか京人とは思えぬ男だからな」

桜暁丸は横になって尻を掻きむしる保輔の姿を思い出し、くすりと笑った。

「ましてや貴族なのだから恐れ入る。奴は己一人で世の貧富の差を埋め、人の境をなくそうともがいておった……死の間際まで揺るがなかったようだな」

しんみりとした雰囲気になった。二人は押し黙り、無言の時が続く。穂鳥の舌鼓だけが響いている。

「これからどうするつもりだ？」

「穂鳥を頼む。帰る場所がない」

「お主は？」

「探さねばならぬ答えがある。どこへでも流れていくさ」

そう言って桜暁丸は天井を見つめ、意味もなく視線で梁《はり》をなぞった。

「京人に囲まれて生きていくのは容易ではない」

「知っている」

毬人はやんわりと己の相貌のことを指摘しているのだろう。

「童《わらべ》という言葉を知っているか？」

「わらわ……ではないのか？」

「それは京人の読みよ。我らはそのように呼ぶ」

保輔のことを呼ぶ「こっこ」もそうだが、彼らには独自の言葉というものがあるらしい。

「意味は変わらぬがな……」

付け加えると、毬人の顔が険しいものになった。

「奴……といった意味合いか」

「その通り。しかし京の民はそれを知らず、最近では名に付ける者までいる。嘆かわしいことだ」

毬人は滔々と語り出した。童という字は「辛」「目」「重」に分けることが出来る。「辛」は入れ墨を施す針、「重」は重い袋を象《かたど》った字で、つまり童は目の上に墨を入れられ、重荷を担ぐ奴婢という意味らしい。

「元からその地に住まう者、あるいは貧しい者。それらも一纏めにして京人はそう呼ぶ。京人の驕り、蔑みの証とも言える字よ。小さいかもしれぬが、その一字さえ屠ってやりたくなる」

夷、滝夜叉、土蜘蛛、鬼、犬神、夜雀、ほかにも赤足《あかあし》や鵺《ぬえ》など、京人が付けた蔑称は枚挙に暇がない。それでさえ堪え難いことではあるが、京人はさらにそれらの者を、全て自らに平伏する存在として引っ括《くる》めて、「童」の字を充てた。

毬人は、京人が人の色分けを世の枠に組み込む段階に入ったと見ているらしい。桜暁丸は苦々しげに語る毬人をじっと見つめていた。毬人のこめかみに青筋が浮かんでいる。温厚そうに見えたが、京人のことになると人が変わる。

「一度、世に組み込まれたものを崩すなど容易ではあるまい。存分に呼ばせてやるがよい」

諦めの言葉と取ったようで、毬人は膝を立てて激昂した。

「ならば京人の蔑みを全て受け入れろと申すか？」

「崩すのではなく、変えるのだ。小さくは童の一字の意味、大きくは人の心も。そのためには途方もなく大きな流れを起こさねばならぬ。その答えを俺は探している」

静寂を破り、毬人は低く笑い、やがてそれは部屋に響き渡るほど大きなものになった。穂鳥は驚いて木苺をぽろりと落としている。

「面白いことを言う。当てがないのならばここで答えを探せ。俺もその答えが知りとうなった」

先刻は強がってみせたが、桜暁丸としても渡りに船である。

世を変える。保輔の遺志を継ぎ、それを人生の道標《どうひょう》に置くことに決めた。しかし今の己は若すぎ、無力な存在だと痛感している。このままでは激情に駆られて野に屍《しかばね》を晒すことになるだろう。今までは運が良かっただけで、そのような局面は沢山あった。

毬人の笑いは未だ収まらず、目じりに涙を浮かべながら続けた。

「いくらでも好きなだけおれ。ここには京人も容易に踏み込めぬ。ところで童という字、お主ならばどのように変える」

桜暁丸は首を少し傾げて考えた後、再び木苺に夢中になっている穂鳥に視線をやった。

「純なる者。いつだって我らはそうだったはずだ」

毬人はぴたりと笑いを止め、真剣な眼差しになると力強く頷いた。

第五章　蠢動《しゅんどう》の季節《とき》

――今年もこの季節になった。

長保《ちょうほう》五年（一〇〇三年）の夏、金時《きんとき》は手に百合を携え、墓参りに向かった。永延《えいえん》二年から十五年もの間、ただの一度も欠かしたことはない。昨年までと違うことがあるとすれば、齢《よわい》十六になる息子を帯同していることである。子には恩人の墓参りに行くとだけ告げ、仔細は何も語っていない。

「この先に父上の恩人のお墓があるので？」

京の外れ、蕭条《しょうじょう》たる荒野を歩んでいく。

「そうだ。金太郎《きんたろう》」

金時が京人《みやこびと》になる前の名である。息子に名付けたのは、すでに亡くなったであろう母から頂いた名を捨てたことへの贖罪《しょくざい》の心からであった。辿《たど》り着くと粗末な木の墓標を水で清め、一年の間伸び放題になった草を鉈《なた》で払う。花を手向けた後、親子二人で手を合わせて瞑目《めいもく》した。

「この御方、名を何と申されますか？　父上のお礼を申したくても名さえ知らぬのでは……」

金時は少し考えた後、口を開いた。

「藤原保輔《ふじわらのやすすけ》殿。お主が生まれた年にお亡くなりになった」

「あの盗聖袴垂《とうせいはかまだれ》……」

金太郎は驚き、目を見開いた。彼の者のことはすでに伝説となりつつある。しかしそれは悪人としてである。同僚への暴行や弓を射かけた事件、貴族の屋敷から幾度も盗み、それだけに留まらず最後は大立ち回りを演じた大悪党として伝わっている。

「お主に真実を語るべく連れてきた。彼の御方が最後に放った言の葉で救われ、今の私がある」

金時は木漏れ日を浴びながら遠い目で語り出した。

——やはり同じ色だろう。

保輔の辞世の言葉は今でも金時の耳朶にこびりついている。京人に組み入れられてより同胞への罪悪感に苛《さいな》まれ、周囲の蔑視に耐えてきた。綱《つな》のはからいで妻《めと》を娶り、子が腹に宿ったと聞いた時、その苦しみは極致を迎えた。

——生まれ来る子は何者として生きればよい。

金時は常に自問自答していた。思えばあの頃は些細なことにも激昂し、落ち込んでいた。勿論、綱のように元来の京人にもかかわらずに優しく接してくれる者はいる。そんな綱でさえ、己に対して一抹の憐憫《れんびん》を持っていることを感じていた。金時の心は疲れ果てていた。

そんな時、保輔の言葉は霹靂《へきれき》のように全身を震わせた。しかもそう言ったのは金時と同じ境遇の者ではなく、京人の貴族なのだ。あの日以降、金時は丹田《たんでん》から奇妙なほどに活力が湧いてくるのを感じ、子が生まれるということも素直に喜ぶことが出来た。

「そうだったのですか……しかも父上を含め、四天王を同時に相手になさるなど、尋常ならざる武をお持ちの御方だったということですね」

「ああ、恐ろしく強い。だが今思えば技の優劣だけではなかったようにも思う」

金時がそう言ったのには訳がある。あの一件以降、綱は己の未熟さを恥じ、伊賀《いが》に赴いて犬神《いぬがみ》の技を身に付けようとした。綱は他の四天王の面々も誘ったのだが、季武《すえたけ》は、

「下賤に技を乞うなど気でも狂《ふ》れたか」

と、あからさまに不快そうにし、貞光《さだみつ》は、

「狼は生まれながらにして狼。技は習うものではなく、狩りにて生み出すものよ」

と、独自の論を展開して断った。金時だけは綱に付いていくことにした。技そのものを学びたいというよりは、保輔の人柄にもっと長く触れたいといった心持ちであったのだ。

伊賀に逗留して学ぶことにしたが、実戦を経験した世代の犬神はすでに絶え、その子の世代に教えてもらうことになった。綱は技との相性が良かったらしく、めきめき成長していった。

的確に相手の弱点を突く犬神の技は、よく言えば巧緻《こうち》、悪く言えば狡猾《こうかつ》といえる。基本の型こそ押さえたが金時はやや苦手であった。そこで気づいたことがある。確かに素晴らしい技だとは思うが、果たして己を含む四人を相手取って、戦えるものかと疑問が湧いた。あの時の保輔には不思議な力が宿っていたとしか思えなかった。

「保輔殿の想いがそうさせたのかも知れぬ」

五十路を目前に迎えた金時が出した結論である。真剣に聞き入る金太郎を守るためならば、己も未知の力が湧いてきそうな気がした。

「私も修行に励み、御屋形様のお役に立てるようになります」

金太郎はどのように取ったのか、そう言って勇んだ。頷《うなず》く金時は頼光《よりみつ》の顔を思い浮かべた。

——御屋形様は随分妖《あや》しくなられた。

旧主源　満仲《みなもとのみつなか》が齢八十六にて大往生を遂げたのは六年前のことである。老齢でしかも僧籍にありながら、死の間際まで女を近づけていたことには閉口した。後を継いだ頼光も齢五十六を数えるが、満仲存命の時よりも若々しく見え、肌艶は三十の者と比べても遜色《そんしょく》ない。

頼光は現在、兼家《かねいえ》の子であり藤家《とうけ》始まって以来の俊英と謳《うた》われる藤原道長《みちなが》に滅法可愛がられ、両家親子二代に亘って濃密な関係にある。道長の官位は太政官の実質上の首座である左大臣。加えて今上天皇である一条《いちじょう》天皇の外祖父にあたる。さらに娘を天皇に嫁がせるだけでは飽き足らず、孫にあたる親王にまで我が子を嫁がせて縁を深めようとしている。金時は権力の権化とも言うべき道長を好きになれず、それに諂《へつら》う主君にも疑問を抱いていた。

「武人たる我らは朝廷の安寧のために戦う。それだけを考えればよい」

己の心を察したか、綱に一度そう言われたことがあった。確かに世は大いに乱れている。西には摂津竜王山《せつつりゅうおうざん》に移った滝夜叉《たきやしゃ》、北には未だ盤踞《ばんきょ》する大江山《おおえやま》の鬼、南には近ごろ勢力を拡大し続ける土蜘蛛《つちぐも》と、朝廷の外憂は多かった。懸念は他にもある。

——昨今の兵の何と不甲斐なきことか。

兵の質は日に日に下がっている。それは若い世代を詰《なじ》る老兵特有のものではない。昔に比べ、食べるに困らなくなり、骨格、体格はむしろ逞しくなっているが、兵に必須の勇猛な気質が失われつつある。故に綱や季武、貞光に己のような初老の者が出張り続けねばならない。もっとも彼らの武は若い頃よりも円熟味を増し、さらなる高みに届いてはいる。それは朝廷も痛感しているようで、何とか今の世代の間に化外《けがい》の民たちを平らげたいと考えている。

「お主らが気張らねば、杖をつくようになっても戦わねばならぬぞ」

帰り道、金時はそう言って金太郎を叱咤《しった》した。

「はい。いつかは必ず父上を超えます」

金太郎は流れる汗を拭きながら白い歯を見せた。親のひいき目もあろうが、金太郎は見込みがある。戦《いくさ》の中で経験を積めば相当な武者になり得ると見ていた。

夕刻、洛中まで戻ると、人々が浮足立っていることに気が付いた。飛び交う話に耳を傾ける。

「ついに河内《かわち》の村でも人が消えたらしいぞ」

「大和《やまと》は数え切れぬほどの村が蛻《もぬけ》の殻とか」

眉間《みけん》に皺《しわ》を寄せる金時の顔を、金太郎は心配げに覗き込んだ。

「また……ですか」

「そのようだ。最近では珍しくもなくなってきたな」

四年ほど前より、大和の村人が姿を消す事件が多発している。村人全員が忽然《こつぜん》と消え失せるのだ。また京でも行方知れずとなる者が増えていた。それが今日、遂に大和の隣国、河内でも起こったという。当初は神隠しかとも思われたが、いくつも同じことが続いており、人為的なものではないかと疑われている。廷臣は土蜘蛛が人々を攫っていると見ていた。

「また行かねばならぬやも知れぬ」

これまで何度も人が消えた村に派遣された。どの村も家屋は破壊されず残っており、闘争の痕跡は見られなかった。よほど上手く捕らえているのかもしれない。

「私も御供させて下さい」

凛《りん》と言い放つ金太郎に頷くと、金時は暮れなずむ西の空を仰いだ。

＊

雲雀《ひばり》の声とともに目覚めた桜暁丸《おうぎまる》は川まで行き、顔を洗った。川面《かわも》に映る己の姿は随分年を食ったように思うが、それでも周りからは、

「桜暁丸はいつまでたっても若い。仙薬でも飲んだか」

などとからかわれている。人とは些か異なるこの相貌がそう思わせる要因なのかもしれない。

「桜様《おうさま》。朝餉の支度が出来たよ」

穂鳥《ほとり》の呼ばわる声に振り向くと、布で顔を拭った。当年二十三になる穂鳥は、昔は華奢《きゃしゃ》だったが、今では躰《からだ》に十分肉も付いた。

——もう大人になったのだな。

まだ寝ぼけているのか、十五年前から飛んできたような錯覚を受けた。桜暁丸も来年、三十路に入るのだから、穂鳥が大人になるのはなんら不思議ではない。苦笑して布を肩に掛けると家へ戻った。出された麦飯は椀の半分ほどしか入っていない。

「今日はこれだけ」

「少ないな」

「仕方ないでしょう。最近どっと村の人が増えたのだから。絞れる時は絞っておくの」

「ふうん」

気のない返事をして一気に飯をかっ込んだ。穂鳥はしっかり者に育った。もっとも、均等に食を分配するという村内の決まりには、己も深く関与している。それでも日々の暮らしに馴染んでしまうと、まるで他人事のように思えるのだから不思議であった。

ここに来てから十五年が経った。いつかは出ようと心に決めていたが、己を蔑《さげす》むことのない民に囲まれて過ごす日々が心地よく、長きに亘って滞在してしまった。留まった訳はそれだけではない。族長である毬人《まりと》が桜暁丸の才を愛し、手放そうとしないのだ。その惚れこみようはひとかたならず、余所者であるはずの桜暁丸を自身の補佐役に任命したのは四年前のことである。周囲からの妬みを恐れて最初は辞退したが、毬人は、

「京人はいざ知らず、我らは妬心と無縁だ。優秀な者が民を導く。それを皆当然と思っている」

と、快活に笑って押しきってしまった。毬人の言葉に偽りはなく、ただの一度も妬みや嫉《そね》みを感じたことはない。それどころか畏敬の念さえ抱いてくれている。補佐役になってすぐ毬人は切り出した。

「さて、お主もいよいよ補佐役になってくれた。いかにする」

「何のことだ？」

「大きな流れのことよ」

毬人は子どもが悪戯《いたずら》を仕掛けるような顔で言った。ここに長く滞在して、桜暁丸にはある考えが浮かんでいた。

「ここは良き地だ。故に俺も長く甘えてきた」

毬人は顔を赤らめて、恥ずかしげに頭を掻いた。桜暁丸はさらに付け加える。

「しかし他の村に同じようにしろといっても無理だろう」

「そうなるか……そう難しいことではないのだがな」

この里には常に笑みが絶えない。毬人も皆に推されて族長をしているだけで、他に良き者がいればすぐにでも代わりたいと言って憚《はばか》らない。ここの者たちが持つ風変わりな考え方に、いきなり倣えと言ったとて上手くいくはずもない。

「考えを移せぬならば、人を移す。飢えに苦しんでいるならば来いと説けば、自《おの》ずと来る者もいよう」

「そう上手くゆくものか？」

毬人は半信半疑といった様子である。

「必ず来る。人は飢えに勝る苦しみを知らぬ。ここに来れば皆が変わると信じている」

この方策はかつて父が夷と呼ばれる者への迫害を止めるため、郡衙に招き入れたことを模倣していた。父が成し遂げたかったことを、本当の意味で成そうとしている。

「しかし民が増えれば、食い物が足りぬ」

毬人は族長らしい一面を見せた。

「皆が均等に分かち合う。それがここの掟だろう。少しずつ耕す地を増やそう。人が増えればこの里は内から膨らむ。それは外のものを掠め取ることとは大きく違うと信じている」

改革というには緩やか過ぎるが、この一滴の雫のような行動は、いずれ大河の流れを生む気がする。毬人は膝《ひざ》を打って了承し、今に至るのだ。

穂鳥との朝餉を終えた桜暁丸は毬人の元へ向かった。里の政《まつりごと》を論じ、山積している問題への対策を練る。これが日課である。

「精が出るな」

家の前で木剣を振っている二人の若者に声を掛けた。毬人の息子たちである。

「桜兄《おうにい》、今日は早いな！」

屈託のない笑顔で話しかけてきたのは弟の星哉《せいや》である。十八だが、まだまだ少年っぽさが抜けず、里の者に悪戯ばかりしている。

「星哉、桜暁丸殿と呼ばぬか」

窘《たしな》めたのは兄の欽賀《きんが》。星哉と歳は二つしか変わらぬのに落ち着きを備え、将来の長《おさ》の器だと皆に嘱望されている。

「よいのだ。腕を上げたようだな。よし、後で見てやろうか」

「まことですか！　是非お願いします」

欽賀はそう言うと慇懃《いんぎん》に頭を下げ、星哉は拳を握って喜んでいる。思えば桜暁丸が来た時、欽賀は五歳の子どもで、星哉に至っては言葉もまだ上手く話せないでいた。そのような頃から、共に野山で遊び、毬人に頼まれて二人に剣も教えて今日まで過ごしてきたのである。

「穂鳥は元気ですか？」

星哉はにっと笑って尋ねた。

「今日も朝から騒がしかった。唐突にどうした？」

「あれ？　ご存知なかったか。兄者は穂鳥のことが――」

中途まで言いかけた星哉の頭に、欽賀が拳骨を見舞った。

「桜暁丸殿は父上とご相談がある。これ以上邪魔立てするな。では後ほど……」

顔を赤らめた欽賀は、星哉の襟《えり》を摑んで引きずっていった。桜暁丸は首を傾げながら、戸を開ける。中ではすでに居住まいを正した毬人が、大きな紙を広げて覗き込んでいた。

「外が騒がしかったようだが」

「二人は善き男に育っているよ」

桜暁丸はそう言うと着座した。毬人が見ていたのは畿内の大まかな絵図である。

「河内から移る村が出たことで、河内のなかを始め、他に和泉《いずみ》、摂津、紀伊《きい》、伊賀……遠くは播磨《はりま》や近江《おうみ》からも申し出があった。村ごとでなく、個で移住を望む者はきりがない」

「ついに流れが起きつつあるか」

「お主の申した通りになった。だが現状は全てを受け入れきれないでいる。山の近隣の田畑だけではとても賄《まかな》いきれぬ」

毬人は頭を抱えて呻き声を上げた。多くの民を受け入れるためにはまず食の確保が肝要である。元来ならばじっくり腰を据えて取り組むべきだが、桜暁丸はここが重要な分かれ目になると見ている。一度起こった流れを止めると、受け入れられなかった者たちの失望は瞬く間に伝播《でんぱ》するだろう。早急に受け入れ態勢を整えねばならない。

「山を下りる」

「それは無謀だ……これ以上土地を広げれば、京人も躍起になって取り返しに来る。

正面から当たって勝てる相手ではない」

毬人の考えは至極真っ当である。これまでも何度か山を下りて土地を広げたが、山から半里以上離れたことはなかった。

「正面から当たらねばよい。拠点を二つに分け、どちらかは常に敵の背後を取る」

「なるほど……しかしどこに居をかまえる」

「ここが安寧なのは、葛城山の堅牢さに拠るところが大きい。次の拠り所はここだ」

桜暁丸は絵図に記された一つの山を指差した。

「畝傍山《うねびやま》……」

「お主ら畝火《うねび》の里帰りだ」

土蜘蛛とは京人が付けた蔑称である。毬人を始めこの一族は自らを「畝火」と称していた。畝火とは揺らめく炎という意味で、京人により字こそ変えられたが畝傍山として名が残っている。ここが畝火発祥の地であると聞いていた。

「千年ぶりに帰るか……」

毬人は目を細めて宙を眺めている。遥か昔、ここに住まっていた畝火は独自の神を戴いていた。そこに襲来したのが京人の祖先であると伝わっている。戦は長きに亘り、二人の兄弟が畝火を率いていた。兄を長髄彦《ながすねひこ》、弟を安日彦《あびひこ》と謂う。激戦に次ぐ激戦の中、畝火にとって衝撃の出来事が起こった。彼らが崇める神が、相手の神に心服してしまったのだ。戦う意義を失った安日彦は兄に降伏を勧めた。一族の多くは安日彦に従う中、長髄彦は僅かな手勢を率いて抗《あらが》い続け、奮戦空しく戦死したという。

「我らはその時に戦うべきだったのかも知れぬ。祖父は京に向けて出立する前日、そう仰っていた。安日彦様がこの地に逃れて以来、死より重い苦しみに耐えてきたでな」

毬人の目がぎらりと光り、続けて鋭く言い放った。

「やろう。葛城山をお主に任せてよいか？」

「いや、葛城山にはお主がいてもらわねば困る。俺が行く」

毬人が口籠もる。言いにくそうにしているのを汲んで桜暁丸は先に口に出した。

「余所者の俺では意味がないと言いたいのだろう。悪意のないことは解っている。畝火の者が起ってこそ、より世間に知らしめることができるからな。欽賀と星哉を連れていく」

毬人の師と戦《いくさ》政《まつりごと》を併せて考える才を高く評価している。此度も他意がないことは重々承知していた。

「二山での連携……上手くいくやも知れぬな」

「いや、まだ足りぬ。敵が数千ならば何とかなる。しかしそれが万となればお手上げだ」

「ならば根底から考え直さねばなるまい」

己の案の穴を自ら指摘したのだ。毬人が不機嫌になるのも無理はない。桜暁丸は突然すっくと立ち上がり、背伸びして絵図を見下ろした。

「何も大和だけに目を向けさせる必要はあるまい。敵が大和に向かえば丹波が討ち、丹波に向かえば摂津が討てばよい。この絵図に収まりきらぬ土地もあるのだ。ゆくゆくは九州に向かえば畿内が起ち、畿内を鎮めようとすれば東国が起つ。いつかは泥を流す濁流となろう」

毬人は驚きの表情で桜暁丸を見上げた。

「泣いているのは何も我らだけではない」

静かに言い放つと、毬人は小さく身震いした。震えるその拳には、断固たる決意が握り込まれているように思えた。

*

桜暁丸が摂津竜王山の滝夜叉を訪ねたのは、毬人と話した十日後のことである。案《あ》内《ない》の者に仄暗《ほのぐら》い一室に通された時、すでに目当ての人は着座して待ち構えていた。

「お久しぶりです。御大」

皐月《さつき》の髪は前に会った時は白髪交じりといった具合であったが、今では雪のように真っ白になっている。桜暁丸の記憶が確かならば齢七十四になるはずで、当然と言えば当然である。

「袴垂に口ぶりが似てきたな。大分と男らしゅうなった」

「そうですかな?」

「ほうよ。あれから大変だったらしいな。てっきりお主も死んだものと思っていた。土蜘蛛……いや畝火の使者としてお主が来ると聞いて魂消《たまげ》たわ」

「物の怪ではございません」

桜暁丸は己の頬を引っ張って戯けて見せた。皐月は二、三度咳払いをした後、続けた。

「お主、やはり変わったな。昔はそのようなゆとりは感じられなかった」

「歳を食えば誰しも丸みを帯びるかと」

「袴垂のことも折り合いがついたか」

桜暁丸は息を整えて首を横に振った。

「いいえ。兄者のことを忘れた日はありません。師のことも、父のことも同様です。ただ……怨みで動いては、知らぬうちに目的がすり替わってしまうと思っております」

皐月は乾いた咳をもう一度し、桜暁丸をじっと見据えた。

「予《あらかじ》め送ってくれた文《ふみ》で大略は得た。こちらとしても願ってもない話だ」

「お受け頂けて安心しました」

「今の滝夜叉にそこまでの力はない。助けて貰わねばならぬことのほうが多いやもしれぬ」

「それは一向にかまいません」

「葛城山へ帰るのか？」

「いえ、この足で丹波へ」

「鬼……か。ならばたいしたもて成しも出来ぬが、今宵はここに泊まっていけ。猪《しし》でよいか？」

皐月がまるで白湯《さゆ》でも勧めるかのように言ったので、桜暁丸は思わず噴き出してしまった。七十を超えた老婆が猪を喰うことにも驚きである。夕餉の時、一人の若い娘が甘い香りを漂わせて現れた。皐月がちらりと見て紹介する。

「お主に引き合わせておく。葉月《はづき》だ」

「確か、御大の御孫……」

十五年前の記憶がまざまざと蘇《よみがえ》ってきた。あの時生まれたばかりの赤子が、十六の娘に成長している。時の流れを感じずにはいられない。

「葉月と申します。以後お見知りおきを」

「死んだ娘……これの母とは違い、私に似た勝気な孫だ。今では私に代わって指揮も執る」

皐月は紹介を続けたが、声は聞こえども頭には入ってこなかった。桜暁丸は頭を垂れる葉月の長い睫毛《まつげ》から目を離せないでいる。これまで生きてきた中で、これより美しい女を見たことがない。見惚れていることに気づいたか、葉月は頰を薄紅色に染めながら言った。

「私の顔に何かついておりますか？」

「いや。このような娘が指揮を執るとはにわかに信じられずにいた」

葉月は少しむっとした顔になった。皐月は面白そうに成り行きを見守っている。

「今では剣も御婆様に負けません。試してみますか？」

「是非、またお手合わ――」

桜暁丸を煌《きら》めきが襲った。葉月が懐から短剣を取り出したのだ。桜暁丸は胡坐をかいた体勢から大きく後ろへ跳び下がった。

「おお怖い。怒らせたか」

「試す、と申したでしょう？　寸前で止めるつもりでした」

「嘘を申せ」

桜暁丸は背に冷たい汗が伝うのを感じながら片笑んだ。それにつられて、くすりと笑う葉月には、やはり得体の知れぬ凛とした美しさがあった。

＊

竜王山を後にした桜暁丸は、丹波の北端に聳《そび》える大江山に向かった。毬人の祖父の代では例外的に共闘したものの、他の世代では交流もなく、寧ろ互いに小馬鹿にしていることさえあった。畝火の歴史は京人に敗北したことにより始まっているが、彼らはそうではない。京人に押されたことはあっても、ただの一度も音を上げたことはなく、それを何よりの誇りとしていた。一方の畝火は、鬼のことなど意に介さず無視を決め込んでいる。地理的に離れていることで干渉し合うことがなかっただけである。出立する直前、皐月が桜暁丸に伝えた。

「奴らには気をつけろ」

意味を解しかねていると、詳しく語ってくれた。大江山を取りまとめている頭の名は虎前《こぜん》と謂う。齢三十六で桜暁丸より七つ年上の壮年である。男の父は虎節《こせつ》と謂い、安和《あんな》の変の折には皐月や、毬人の祖父の国栖、師である蓮茂と共に戦ったらしい。

「虎節殿は勇猛にして、慈愛に満ち溢れた御方だった」

皐月は遠くを見つめながら呟いた。虎節は皐月を逃すために奮闘して散ったのだ。当時、虎前は二歳の幼子であった。先にも子はいたが、皆が夭折し、虎節は虎前の成長を何より願っていた。

「その虎前に気をつければよいのか？」

「いや……その叔父、虎節殿の弟がいる。名は豹弾《ひょうだん》。油断のならぬ男だ」

皐月は一目見た時からそのような印象を持ったという。幼少の虎前に代わって一族を率いてきた豹弾は、虎前が成長した今なお発言に力があるらしい。

――虎前、豹弾、どのような男だ。

大江山に行けば危険が待っているかもしれない。それでも桜暁丸の心は躍っていた。この十五年山に籠もってきたことも原因かも知れない。だがそれ以上に、人との出逢いが新たな自分の発見に繋がることを、桜暁丸は肌身で感じていた。

大江山の麓《ふもと》の村に辿り着くと、奇妙なことにすでに数人の屈強な男たちが待ち構えていた。どの者も恐ろしく背が高く、六尺（一八〇センチ）を超えている。もっとも対する桜暁丸も五尺九寸（一七八センチ）と人より遥かに大きい。先頭の男がずいと進み出て尋ねきた。

「土蜘蛛の御方ですな」

「まあ、そうだ。文は届いているだろう？　使者が来たはずだが」

男たちがにやりと笑ったことで、桜暁丸の表情が曇った。

「まさか殺していないだろうな」

「文は読んだし、殺してはいない。使者殿は転んで怪我をされたが、すでに帰した」

使者の帰りを待つまでもなく、桜暁丸は出立した。故に入れ違いになったのであろう。

——気に喰わぬ奴らだ。

初めて畝火の者に会った時とは異なり、囁き合う男たちに嫌悪感を持った。

「なぜ俺が今日来ると分かった」

「大江山から四方四里に入れば、俺たちの庭よ」

別の男が胸を張り誇らしげに言った。

「虎前殿にお会いしたい」

「虎前様は御多忙だ。代わりに豹弾様がお会い下さる」

さっそく例の男の名が飛び出した。皐月の忠告が過《よぎ》ったが、ここまで来たのに会わずに帰っては元も子もない。

「よかろう。連れて行け」

「目隠しをしてこれに乗れ」

男たちの後方に置かれていた粗末な作りのものを指差した。轅《ながえ》のような二本の木に、底の浅い筺《はこ》を載せたものである。どうやらこれに乗れということらしい。景色は勿論、歩幅まで隠そうとする慎重さに舌を巻いた。儘よと桜暁丸は布を受け取ると、自ら目隠しをつけて筺に乗った。

二刻以上もの間、筺は揺れ続けた。視界を塞がれた今、聴覚と嗅覚に集中する。聴こえるのは時折鳴く鳥の声と、筺を担う男たちの息遣い。噎《む》せ返るような青葉の匂いだけであった。ようやく許可が出て目隠しを取ると、そこにはあまりに大きく荘厳な建築物が建っており、桜暁丸は肝を潰した。聞けば建物は幅七十間（一二六メートル）四十間（七二メートル）の礎石の上に建っているというから並の規模ではない。京人の屋敷と趣きは異なる。所々に朱が塗られているそれは、似たものを探すならば社かもしれない。壁や柱にくすみはなく、新しい建物のように思われた。

「こんな大層なものが建っているとは。山を見上げても見えなかったが……」

「山を削り先代の虎節様が建てられた。木々に隠れ、下からでは見えぬようになっている」

「皆がここに住まうのか？」

建造物は確かに大きなものだが、兵だけで七百人、総勢二千人を超すと言われる人々を収容出来るとは思えない。男は親指を立てて背後を指差した。振り返ると眼下に丹波の山々が並び聳え、その先には陽を受けて光り揺れる大海原が広がっている。視線を落とせば山裾のあちこちに人家が見えた。炊煙であろうか、煙が立ち上っている家もある。

「ここは天嶮の地だが、いかんせん平地が少ない。故に数家ずつがまとまり村を成している。この建物を我らは正殿と呼ぶ。軍議や政務を行う場である」

五十間（九〇メートル）四方の馬場が隣にあり、幅一丈（約三メートル）の空堀が正殿をぐるりと囲んでいる。いざという時には砦《とりで》と化すのであろう。

「これが大江山……もはや国ではないか」

男は頭を振って遠くの山を指差した。

「海側から鍋塚《なべづか》、鳩ヶ峰《はとがみね》、そして今居るのが千丈ケ嶽《せんじょうがたけ》。さらに南に赤石ヶ岳《あかいしがだけ》……これら連山をもって大江山と呼ぶ」

翠巒《すいらん》の頂や峰に何やら建造物が建っているように見える。聞けば各所に見張り小屋や狼煙《のろし》台が設置されているらしい。

「目隠しまでしておいて、妙に語るではないか」

「遠くから見るだけでは辿りつけぬ」

男の表情には百年以上、京人を退けてきたという自負があらわれていた。

促されて桜暁丸は建物の中に入った。広がる大広間には大人三人が手を繋いで、ようやく一周するほどの柱が立っている。床は踏み締められた土、一段高くなって板張りとなっていた。その奥に鎮座していた男は立ち上がると、こちらに向けて歩み寄ってきた。身丈は五尺四寸（約一六二センチ）ほどであろうか。決して低くはないのだが、大男揃いの中では低く感じる。近づくにつれ、顔がはきと見えてきた。口回りの皺が深い痩せぎすの老人である。男は蓄えた細い顎鬚《あごひげ》をさっとしごいた後、口を開いた。

「豹弾でございます」

「お噂はかねがね……」

皐月から聞いたところ、豹弾は齢六十を過ぎているらしいが、その背筋は鉄の芯が入っているかのように伸びていた。

「滝夜叉姫ですな」

「何故そう思う」

「方角から察するに、竜王山からお越しになったものと思いました」

「四里四方は見られているのだったな」

豹弾はにこりと笑って見せたが、眼窩《がんか》が深いことも相まって得体の知れぬ凄みを感じた。

「御使者はお元気ですかな？　山肌で足を滑らせて御怪我されましたが……」

桜暁丸は怒りをぐっと堪《こら》えて笑みを作った。本当は会っていないし、無事も確認してはいない。怪我を負った真相、またその程度も解らない。それでも弱みを見せまいと、桜暁丸は嘯《うそぶ》いた。

「こちらに向かう時、会いました。大事はないとのことで豹弾殿に謝辞を申しておりました」

豹弾は再び顎鬚に手を伸ばして首を傾げた。

「はて……それは昨年の京人の御使者でした。葛城山の御使者は当山でゆるりと休んで頂いております。歳を食うと物忘れが激しくなる。お許し下され」

顎鬚を指でぴんと撥ね上げ、目を細めつつ豹弾は続ける。

「で、お会いになられた御使者とは？」

——この腐れ爺が。

桜暁丸は心の内で痛烈に罵った。きっと己は赤面しているに違いない。豹弾は嫌らしい笑みを浮かべている。桜暁丸は深く息をしてから歯を見せて笑った。

「私としたことが夢の出来事と勘違いをしていました。世を憂えていると自ずとよく夢を見るものでございます。安穏と山籠もりをされている豹弾殿には無縁でしょうが」

豹弾のこめかみがぴくりと動く。それでも穏やかな表情は変わらなかった。

「仰る通りでございます。この老骨、日々を呑気に暮らしております故……」

豹弾という男、一筋縄にはいかぬと覚悟して単刀直入に切り出した。

「虎前殿にお会いしたい。お頼みしたいことがあります」

「虎前様はお忙しく、諸事任されております」

「それはまことですかな？」

桜暁丸には幼い頃から後見してきた豹弾が、山を乗っ取ろうとしているように見えた。しかし腑に落ちないことがある。虎前は確か齢三十六、豹弾がその気ならば幼少の時に行動しているはずではないか。それとも虎前は自分では何も考えられぬほどの阿呆なのか。

「では豹弾殿にお頼み申す。畝火と結んで頂きたい。竜王山にはすでに了承を得ております」

「御断り致す」

「なぜだ……一考の余地はあろう」

桜暁丸はこの盟約が大江山にも利すること、盟約の重要性を滔々と説いた。それでも豹弾は瞑目するのみで、響いている様子はなかった。

「大江山はいずれ京人と和議を結ぶ」

「何だと……」

「我が兄虎節が健在の頃ならばまだしも、今の大江山には抗う力はない。今までは何とか撥ね除けてきましたが、それも有利な条件を引き出すためのもの。水面下では交渉が進んでいます」

「虎前殿はご存知なのか?」

「勿論。虎前様も和議を望んでおります」

畿内周辺の雄である彼らが降るなど思いもよらなかったことである。使者に暴行を加えた末追い払ったと流布しているのも京人への牽制《けんせい》という訳か。豹弾は袂を整えながら、続けて話した。

「桜暁丸殿。そのような次第ですので、お引き取り下され。御使者は夜陰に紛れて放ちます」

「どうしても虎前殿にお会いしたい。それとも豹弾殿に疚《やま》しいことがおありか？」

「そこまで仰るならば構いませぬが……無駄でしょうな」

呟いた豹弾の顔にはどこか哀愁が漂っていた。

桜暁丸が案内されたのは、千丈ケ嶽の中腹にある貧層な建物である。それが六棟ほど連なっている。茅葺《かやぶき》の屋根からは火事と見紛うほど白煙が濛々《もうもう》と上がっていた。頂から炊煙のように見えた正体は、どうやらこれらしい。

中から鉄を打つ小気味良い音が響いてくる。想像通りそこは鍛冶場であった。中へ入ると外から見るよりは煙が少なく、視界ははっきりとしている。数人の男たちが上半身を露わにして、作業に没頭していた。桜暁丸は振り返って、案内の者に尋ねた。

「ここで待てばよいのか？」

「そこにおられる」

男の視界の先に、身丈六尺三寸（一八九センチ）はあろうかという大男が槌を振るっていた。男の背は筋肉が盛り上がり、まるで何かの紋様が浮いているかのように見えた。無言で横に回ってみると、胸板も異常に厚いことにも驚いた。男は赤く熱せられた鉄を凝視していた。見開いたその眼は、多くの人のそれよりも円らで大きい。くっきりとした二重瞼の下に収まっており、一言で言うならば己の眼に似ている。顔の下半分に目をやると、口の周りと顎に黒々とした髭を蓄えており、それがまた奇相の印象を強めていた。呼びかけてみたが、何の応答もなく、一心不乱に槌を振るい続けている。もう一度呼びかける。

「待て」

やはり視線は外さなかったが、今度は応答があった。

桜暁丸は黙して見守った。暫く待っていると焼床鋏《やきどこばさみ》で鉄を摑み、石造りの水槽に浸けた。同時に鉄は断末魔の如き叫び声を上げ、白煙を吐き出す。男は取り出したそれをまじまじと見つめた後、傍らの石の机に置いた。

「虎前だ。お前は？」

虎前は圧倒されるほど大きかった。目を合わせるためには見上げなければならない。

「桜暁丸と謂う。葛城山、毬人の名代で来た」

「要件は何だ?」

虎前は鼻をこすりながら、面倒臭そうに言った。桜暁丸は盟約について再び話し始めた。虎前は気のない返事をするばかりで、その間も気になるのか、ちらちらと鉄に視線を走らせている。

「叔父御に全て任せてある。そちらで頼む」

愛想なく言い放つと、虎前は再び槌を手にした。

「京人に屈することになっても、お主は何も思わんのか」

「思わん」

豹弾の言ったことは嘘ではなかった。即答した虎前は、すでに背を向けて支度にかかり、桜暁丸は啞然とそれを見つめた。抵抗勢力の雄である鬼は、必ず加わるものと思っていただけに衝撃はひと際大きかった。

「何故だ!」

己でも無様だと思いながらも、なおも食い下がった。虎前は少し首を捻る。

「土地や暮らしが守られるならば、その道も良いではないか」

「しかし、やつらは……我らを見下し、蔑むことを止めぬぞ」

「それも良いではないか。好きにさせておけ」

桜暁丸は目を開かされた思いであった。そうとまで言われてしまえば、反論の言葉がない。

「大江山の鬼ともあろうものが――」

「鬼は京人の呼び名。お主らもまことは畝火と謂うのであろう?」

虎前は再び焼床鋏で鉄を挟むと、そっと炉に入れた。よく見ると炉の奥には小さな穴が空いており、そこから排煙されているらしい。穴が空いていれば熱まで逃げそうなものだが、そこはよく工夫されている。穴の手前に分煙柱《ぶんえんちゆう》が作られ、熱を逃がさず煙だけを上手く排出している。

火にかけている間、暫し猶予があるとみたのか、虎前は自らの一族について語りだした。

「我らの祖先は大陸から来た。気の遠くなるほど昔の話だ」

伝承によれば、彼らの祖先は大陸の北方に住んでいた。高麗《こうらい》より実に二百五十里(一〇〇〇キロメートル)も遥か先だという。髪は赤みを帯び、彫りが深い顔立ちで、近隣の民族に比べて大きな体格をしていた。五穀を食い、魚を漁《すなど》って暮らし、一度《ひとたび》侵略を受けたならば、勇猛果敢に戦った。ある年、天災により食物が足りなくなったことがあったという。このままでは餓死すると考えた彼らは、新天地を求めて移動した。ある者は稔り豊かな南へ、ある者は外敵の少ない北へ、そしてある者は未知の海へ漕ぎ出した。

「それが我ら、粛慎《みしはせ》だ」

「みしはせ……」

話の途中、考えていたことがある。それは話が進むにつれて確信に近いものになっていた。

——母上は彼らの一族ではないのか。

粛慎の特徴は、どれも父から聞いた母の容姿に当て嵌まる。現に己もその血を色濃く受け継いだ相貌をしている。虎前は、代を重ねるにつれ地元の民と交わり、その血は薄くなっていると言った。虎前はその中ではかなり、先祖に近い風貌なのだろう。

「そろそろ鉄が温まった」

虎前は再び背を向け、鍛冶道具を乾布で拭きながら言った。

「何故なのだ」

「む……我らの先祖は、この地に多くの鉄が眠っていること知り、鍛冶を始めた」

「そうではない！　なぜ抗わぬ。京人はお主たちから多くを奪ってきただろう！」

虎前はゆっくりと体軀を捻って、桜暁丸の目を覗き込んできた。

「飽いた。俺は奪う生き方より、素晴らしき物を創り出す生き方をしたい」

その堂々たる巨軀とは不似合に、虎前の目は優しく、穏やかなものであった。

*

桜暁丸は帰路に就こうとした。粛慎を自分たちに引き入れることは出来ないと判断した故である。こうしている間にも、欽賀と星哉の兄弟が突貫で畝傍山に砦を築いている。京人もそろそろ気付いてもおかしくない今、一刻も早く戻って態勢を整えたかった。

「無駄だったでしょう?」

辞する旨を告げた桜暁丸に、豹弾はそう言った。

「虎前殿の腹に、京人への怨みが見受けられなかった」

「物心付く前であったからか、父の顔も覚えておらず、故に怨めといっても実感がないのでしょう。それに……頭はお優しい御方ですからな」

豹弾の言葉には、哀しみ、嘲り、慈しみなど様々な感情が入り混じっているように思えた。

「今日はもう遅い。明朝、配下に送らせます故、お泊り下され」

豹弾は慇懃に頭を下げた。出逢った当初こそ火花を散らしたが、それは皐月の忠告を鵜呑《うの》みにしていた己にも非があったようだと思い直した。現に豹弾は夕刻前に使者を麓まで送り届けてくれている。食事を振る舞われた後、一室に案内された。寝台まで用意されている部屋で、葛城山よりも遥かに豪奢であった。

——穂鳥は達者にしているだろうか。

当面、畝傍山には兵のみが詰めることになるため、穂鳥は葛城山に残ることになる。このまま畝傍山に籠もれば、次に会えるのはいつになるだろう。そんなことを考えているうち、桜暁丸はいつの間にか微睡《まどろ》んだ。夢現の中、人の動く気配を感じ、桜暁丸は寝台から飛び起きた。

——やられた……。

十数年前の比叡山《ひえいざん》での記憶がまざまざと蘇る。あの時以来、安易に人を信じぬと誓ったが、毬人らと出逢ったことで、同じく虐《しいた》げられてきた者は別と思い込んでいた。

「桜暁丸殿、夜分に申し訳ない」

戸外から呼びかけてきた。この声は豹弾である。桜暁丸は太刀を腰にねじ込んで答えた。

「いかがされた？」

「申し上げにくいのだが……貴殿を捕らえる。抵抗すれば御使者殿が命を落とすことになる」

使者の居場所も解らないのでは、突破して掻っ攫うこともままならない。豹弾の手口にも腸《はらわた》が煮えくり返る思いであったが、それよりも己の甘さに憤《いきどお》った。

「捕らえてどうする。最初からそのつもりであったか」

「当初は無傷でお帰り願うつもりでしたが、些か事情が変わりました」

外で金属の擦れ合う音がする。戸に鎖を巻き、閉じ込めようとしている。

「数日のうちに、朝廷軍が身柄を引き取りに来られる。それまで大人しくしていて下され」

「何だと……貴様！」

戸に向けて体当たりを見舞ったが、頑強な作りでびくともしない。

「ここに向かうまで、丹波の村で道を尋ねなさったな。その者どもが郡衙《ぐんが》に報せたらしい」

確かに思い当たる節があった。丹波に入って間もなくの村で、大江山までの道を訊いた。豹弾の話では、郡衙は京に報せ、その風貌からそれがどうやら消息を絶っていた花天狗であるらしいと見た。そこで京から大江山に急使が来たという。長年条件が折り合わず暗礁に乗り上げていた和議だが、花天狗を差し出せば大幅に譲歩するというのだ。

「貴殿には恨みはないが、大江山安泰の人身御供《ごくう》となって頂く」

豹弾は毅然と言い切ると、配下に見張りに付くよう命じた。複数の跫音《あしおと》が離れていく。人の怖さは重々知ったはずである。それでも人を信じたいと願う自分がいる。悔しさとやるせなさに襲われて、桜暁丸はぺたりと尻餅をついた。

五日の時が流れた。日に二度の食事がしっかりと出るため、躰の衰えはない。それでも裏切りを見抜けなかった自身を責め、まともに眠りにつけなかった。

六日目の夕刻、戸の前に豹弾が立った。

「物見によると、昨日、朝廷軍は丹波国衙を発った。明日にはここに着くだろう」

「この期に及んで物見を出すとは、よほど用心深いようだ。これからは見習おう」

精一杯の強がりを見せたが、豹弾はくすりとも笑わなかった。

「用心深くもなる。特に京人は少しも信じておらん」

「ならば何故、京人に与《くみ》する」

「儂は兄上の負ける姿をただの一度も見たことがなかった。十人の猛者を相手にしても、蠅《はえ》を払うが如く打ちのめした。そのような兄上でさえ、奸計に嵌《はま》り命を落とされた」

ただでさえよく錆《さ》びた声が一層低くなり、豹弾は続けた。

「それで学んだのだ。決して人は信じまいと……そして京人には勝てぬと。それにしてもお主、相当な大物らしい。朝廷は五千の軍勢を引き連れてきたぞ」

「五千だと。ここを攻めるつもりではないのか」

葛城山や竜王山との関係も露呈しており、毬人や皐月らが奪還に来ると踏んでいるのか。仮にそうだとしても己一人に五千の軍勢は多すぎる。

「心配無用。いざとなれば我らは一万の軍勢が来ても撥ね除ける」

豹弾の言葉は強がりではない。大江山四里四方にある見張り小屋、狼煙台が、京人の不穏な動きをすぐさま伝達するようになっている。加えて大江山は葛城山を凌ぐ天険の地である。各所に小砦や柵が築かれ、彼らのみ知る抜け道で敵の背後を攪乱《かくらん》する。そのうちに敵の士気は下がり、兵糧は尽きる。長きに亘り、これで撃退してきたという。

「降ってどうなる」

桜暁丸ははっとして目を見開いた。

「それだ。奴らは待っているのだ。全ての小屋が潰れる時を！」

一瞬その場の皆が凍りついた。その中で最も早く豹弾が口を開く。

「矛盾している。軍が動いていないのにどうやって小屋を潰す。核になる小屋には十人ほど詰めている。兵を動かさずにやれるはずない」

今度は皆が一斉に胸を撫で下ろす。この山での豹弾の発言力を物語っているとも言えるが、一方で豹弾に依存し切っているようにも思えた。桜暁丸は眼を瞑《つぶ》って、細く長く息を吐いた。

「かつてそれを成し遂げられる男がいた。他にいても何らおかしくない。ともかく様子を――」

様子を見に走ろうとした者が屋敷の開き戸を開け放つ。外から一気に吹き込んだ風は、森の音をも運んでくる。騒めく木々の音に紛れて、異様とも思えるほど鳥が鳴いていた。

「待て‼　かなり近くまで来ている……全ての小屋がやられたということだ」

桜暁丸の言葉に恐怖する者、逃げるための嘘だと罵る者、ただ周りに流されて右往左往している者、広間は混乱の坩堝《るつぼ》と化した。

歩み寄る。

「静まれ」

一斉に静まった。声の主は今まで一言も発しなかった虎前である。虎前は檻の傍に歩み寄る。

「桜暁丸殿、何が来ているというのだ？」

「あの鳴き声……鳥ではない。あれは夜雀《よすずめ》だ」

虎前は知らぬようで首を捻ったが、豹弾の顔は青を通り越して、紙のように真っ白になっていた。その時である。山の見張りが走り込んできた。

「朝廷軍が進軍！　すでに眼下に見えるほど迫っています！」

「まだ分からぬ……こちらから攻めることは慎まねば……」

豹弾は平静を装っているつもりであろうが、明らかに動揺している。間を空けず矢継ぎ早に伝令が駆け込んでくる。

「麓の堀を越え、柵を引き倒しました！　守りの者は為す術なく、討ち取られております！」

「奴らはやる気だ……豹弾、腹を括れ」

桜暁丸の言葉に、豹弾は耳を貸す気はないようだ。目を細めて次の伝令を待っている。

「敵軍は山に分け入りました！　反撃の許可を！」

最早、伝令は迫りくる者を敵軍と呼んだ。誰もが和議を反故《ほご》にされたと理解している。

「雨のように矢を射掛け、第二の柵で止めよ！　その間に森に分け入り背後を衝くのだ」

「すでにここから狼煙を上げて指示を出しましたが、応答がありません！」

「仕上げにかかったのだろう。夜雀も山中に入り込んだようだ」

「各々の判断で守るしかないということか。ならば勢いのまま山の中腹までは取られてしまう。そうなれば数に押されていずれは……」

苛立ちを抑えきれず地団太を踏む豹弾に向け、桜暁丸は静かに言った。

「俺を出せ。大和まで走り、援軍を呼んでくる」

「馬鹿な。ここで逃がしては和議が……」

「まだ寝言を言うか！　奴らは俺もろとも、粛慎を根絶やしにする気だ」

「お主だけ逃げるつもりだろう。それに畿内を横切ってここまで軍を出せるはずがない！」

豹弾は唾を飛ばして反論する。虎前も含め、周りはそれをただ見守るのみである。

「考えがある」

桜暁丸は己の策を語った。畝火の大部分で南都《なんと》を急襲し、京に攻め上る構えを見せる。そうすれば朝廷は急いで派した軍を戻すだろう。そう上手くいかずとも、何割かは帰還させると予想出来る。そちらに引き付けている間に、少数精鋭で大江山の救援に駆けつける。これに賭けるしかなかろうと考えていた。それでも豹弾は煮え切らない。桜暁丸は再び口を閉ざしている虎前に呼びかけた。

「虎前殿、もはや和議はない。貴方はどうしたい」

「俺は……」

眉を寄せて虎前は苦渋の色を浮かべた。檻越しに見ているからか、むしろ虎前のほうが囚《とら》われの身であるような気がしてならない。

「鉄に向かうことが楽しい。俺はそれを嗤《わら》いはせぬ。俺も創ろうとしている」

「戦のない世などと、戯言を申すまいな」

柔和を通り越して暗愚にすら思えた虎前であったが、決して凡庸というわけではないらしい。桜暁丸は格子越しに虎前を見上げて片笑んだ。

「その戯言を作るのさ」

虎前は瞑目して唇を噛みしめる。そして目を見開くと格子の鎖に手を掛けた。止めに入ろうとした豹弾を手で制し、みるみる鎖を解いていく。

「戦がなくなれば、皆好きなことに打ち込める世になるか」

「ああ。子は無邪気に虫を追い、翁《おきな》や媼《おうな》は日向ぼっこをしてそれを見る。お前のような鍛冶好きは、日がな一日　鉄《くろがね》を打って暮らす。そんな日々がいつか来ると信じている」

「壮大なことだ……千年掛かるかもしれぬな」

「今日がその一日目だ」

桜暁丸がそう言った時、鎖は音を立てて床に滑り落ちた。

「この包囲を抜けられるか？」

「二十日の間、耐えられるか？」

二人の視線が宙で交わり、どちらからともなく微笑み合った。

桜暁丸は山を駆け下った。取り上げられていた神息《しんそく》は、主人の腰に戻っている。

「類まれなる名刀だ。お主に寄り添っているように思える」

太刀を返す時、虎前が押し戴くようにして言ったのを思い出した。思えば共に数々の修羅場を潜りぬけ、多くの血で穢してきた。神息はそんなこと気に留めるなと言わんばかりに、今なお青光りしている。斬れば斬るほどに、己の中の何かをも切り捨てていったように思う。

虎前に語った夢に向かうには、まだ多くの血を流さねばなるまい。これからも力を貸してくれと語りかけ、神息の鐺《こじり》を柔らかく擦った。その時である。空気の僅かな揺れを感じ、桜暁丸は横に大きく跳んだ。地には一本の矢が突き立っている。桜暁丸の腰間《ようかん》から音もなく神息が解き放たれ、風を切り向かってくる第二の矢を叩き落とした。

――チチチッ、チチッ。

頭上で奏でられているのは聞き覚えのある声である。桜暁丸は耳を欹《そばだ》てた。一所に止まらぬように移動している。声は三つ。桜暁丸はその一つを追って高く舞い上がると、木の枝を摑んで身を引き上げた。半弓を持った男はぎょっとして、となりの木に飛び移ろうとするが、それよりも速く桜暁丸の手が男の腕を摑み、掌で口を覆った。

「夜雀の男よ。弓を捨てよ」

夜雀という言葉に、男はびくりと肩を強張らせ、桜暁丸を激しく振り払おうとした。

「主らの苦しい立場は解っているつもりだ」

男は小刻みに震え出した。桜暁丸の指を生温かい水が伝う。男は泣いているのだ。

「俺はこのような世に抗っている。追わないでくれ」

男がこくりと頷いたことで、ゆっくりと掌を離した。決して信じきった訳ではなく、不審な動きがあればすぐ様、絞め殺すつもりであった。

「お主の跳躍、我らの技だな」

「そうだ。すまぬ、もう行く」

「待て……」

男はそう言うと、再びあの特有の囀《さえず》りを始めた。仲間を呼んだのかと警戒したが、その疑惑はすぐに晴れた。残る二名が離れていく気配がしたのだ。

「別の方角へ逃げたと伝えた」

「助かった。他人の戦で命を落とすな」

桜暁丸はそう言い残すと隣の樹へ飛び移った。男は囁き声でなおも呼びかけてきた。

「夜雀とは別に、山の抜け道を押さえている者たちがいる。気を付けろ。恐ろしく腕が立つ」

「犬神か」

桜暁丸は振り返り言った。男は犬神も知っていたかといった様子で驚きの色を見せた。恐ろしくも思ったのも束の間で、すぐに脳裏に笑う保輔が過り、不思議と心が軽くなった。

——尾けられているな。

気付いた時にはすでに遅く、繁みから飛び出してきた黒い影が桜暁丸を襲った。最初の飛び蹴りを躱したが、敵は息つく暇も与えず拳と足を繰り出してくる。肩に重い一撃を受け、桜暁丸は蹌踉《よろ》めいた。しかしそれと同時に神息が敵の指を一本喰らっていた。

「かなり遣うようだな。何者だ……」

敵の声は地を這うように低く、無造作に結んだ髪は、脂が巻いているのか艶を含んでいる。

「誰でも良い。犬神よ」

男の表情がさっと変わり、指から滴り落ちる血もそのままに再度攻撃してきた。

「主らの苦しい立場は解っているつもりだ」

先刻、夜雀の男に掛けたのとそっくり同じ言葉を放ったが、その反応は対照的であった。犬神は喉を鳴らして猛攻を続ける。腕を取られ投げられそうになると、桜暁丸は敢えて自ら地を蹴って宙を舞った。

「夜雀……ではないな。刀の扱いが上手すぎる。それにその風変わりな顔は……」

「お主らと同様、虐げられてきた者だ。大江山を救う。道を空けてくれ」

男は貪婪《どんらん》な笑みを見せた。口中に泡が溜まっており、割れた木通《あけび》のように気味悪く見えた。

「お前が花天狗か！」

男の鋭い貫手《ぬきて》が、桜暁丸の脾腹《ひばら》を襲った。しかし抉ったのは袖のみである。桜暁丸は咄嗟に刀を振るい、男の右手は無残に宙を舞い、朽《く》ち葉の中へ突き刺さる。

「京人に利用されているのが解らんのか！」

「黙れ、黙れ！　お前を討ち取れば、俺は検非違使に取り立てられるのだ！」

残る左手と両足を駆使し、男は攻撃を続けた。出血が酷く、止血をせねば長くは持たない。

「死ぬぞ！　退け！」

男の眦《まなじり》は釣り上がり、眼には狂気を孕《はら》んでいる。桜暁丸は懇願し続けながら、ひたすら避け続けた。男の技量は保輔とそう変わらぬように思えたが、不思議と負ける気はしない。

「死ね……死ね！」

気が狂れたように連呼する男を見て、桜暁丸は覚悟を決めた。

――すまない……。

心の中でそれだけを念じて腕を振った。鋒《きつさき》は光芒を放ち、ふわりと男の喉をなぞる。男の泣き顔が足元に向けて沈んでいき、鈍い音が響き渡った。桜暁丸は下唇を嚙みしめ、ゆっくりと神息を棲家へと帰した。

*

桜暁丸が去って今日で二十三日目である。敵の猛攻に晒されて、多くの死傷者が出た。初日に早くも山の中腹まで攻め込まれ、京人はそこに陣を築いてさらに上を窺っている。日に日に山は蝕《むしば》まれ、いつ陥落してもおかしくはなかった。当初の見立てでも抵抗出来る限界は長くて二十日と考えていた。桜暁丸もそれを日限に山を下りた。途中で馬を手に入れても、山深い丹波を抜けることを考えれば葛城山まで五日は掛かる。また即座に行動に移しても、戻ってくるまで軍の足並みでは十日、慎重に動くならばそれ以上かもしれない。

「やはり騙された！」

豹弾は板壁を殴りながら叫んだ。当初は信じて宥めていた虎前だが、期限を三日も過ぎ、正直諦め切っていた。虎前は桜暁丸から今まで逢った如何なる者とも違う激情を感じた。故に理屈ではなく信じる気になったのだ。だがそれは幻想であったということなのだろう。

父は京人の奸計に陥り殺された。それは解ってはいるが、どうした訳か怨むことはなかった。父の顔も覚えていないため、どうしても実感が湧かなかった。哀しさや寂しさも特段感じなかった。叔父の豹弾は父代わりとなり、慈しみ深く大切に育ててくれた。山の仲間も同様である。

物心ついた時より、虎前は鍛冶がたまらなく好きだった。

「我らは鉄を打つことで神と繋がると考えてきた。謂わば鍛冶は粛慎の神事。兄上もお好きであったよ」

豹弾は微笑みながら、幼い虎前の頭を撫でてくれたのをよく覚えている。子のいない豹弾は実の子のように大事にしてくれていたように思う。またある日はこう言った。

「兄上は凄まじくお強い御方だった。儂は兄上に近づこうと散々武芸に励んだが、終ぞ追いつくことはなかった。悔しがる儂に兄上は優しくこう言ったのだ。お主はお主の好きなことに打ち込め。それが何であろうが、お主を嗤う者は俺が許さん……とな」

父は独自の考えを持っており、人は好きなものに打ち込んでこそ、その一生が輝くと言っていたという。故に年々背丈が伸び、豹弾を抜き去っても山の諸事は任せきりになっていたが、豹弾始め皆はそれでも嫌な顔一つしなかった。

さすがに申し訳ないと武芸にもそれなりに勤《いそ》しんだ。桁外れの大きさの虎前が金棒を振るえば、皆受けることもままならず、齢十七になった時には誰にも負けなくなった。しかしそのことに達成感や優越感はなく、やはり鉄に向かい、新たな物を生み出す愉悦には遥かに及ばなかった。

「叔父御……すまぬな」

怒りで眉間に皺を寄せる豹弾に、虎前は呟いた。

「頭のせいでは……やはり儂が止めていればよかった」

豹弾は嘆くが、虎前は小さく首を振った。

「そうではない。今まで色々世話をかけた」

「何を……まさか――」

「北側はまだ手薄なようだ。女子どもを引き連れて落ちて下され。俺が引き付ける」

「この老いぼれよりも、お主が生きねば意味がない！」

「叔父御は老齢だが、それでも俺よりは粛慎を上手く導けよう」

虎前は食い下がろうとする豹弾を退け、大音声で命じた。

「叔父御をお連れしろ。これより俺は討って出る。今までお主らに何もしてやれなかった情けなき男に、付いて来てくれる殊勝な者がおれば名乗りを上げよ！」

詰め寄ろうとする豹弾の両肩を配下が押さえ、次々と申し出る者が現れた。

「待て！　虎前」

「叔父御……ありがとうございました」

虎前は言い残すと、勢いよく戸を開け放ち、表に飛び出した。戸外にも声が響いていたのだろう。すでに兵たちがわらわらと集まり、獣のような目でこちらを見ている。

「約定を破りし、卑劣な輩どもを屠《ほふ》る！　ついてこい！」

普段温厚な虎前であるだけに却って猛々しく見え、その豹変は配下の心を激しく揺さぶった。それぞれの咆哮《ほうこう》が一つに纏まり天を衝く。山肌を凄まじい勢いで下り、敵へ襲いかかった。突然の襲来に、敵も慌てて弓をかまえるが、それよりも速く粛慎は攻め込んだ。柵を抜き取っては投げる者、勢い余って敵と団子のように転がる者、敵の喉笛に噛み付く者、粛慎の兵は狂乱して敵を襲った。中でも虎前の働きは際立っており、木枝を扱うが如く自作の金棒を振り回し、次々と敵の命を摘んでゆく。

それでも多勢に無勢で、態勢を立て直した朝廷軍が矢を射かけてくれば、粛慎の兵は全身に矢を受けて倒れていく。虎前は助けに行こうとするのだが、蟻のように湧いてくる兵を仕留めるだけで精一杯であった。血が霧のように漂い、返り血で視界が悪くなる。一人、また一人と倒れていく配下を横目で見ながら、虎前は死を覚悟した。

山頂より雄叫びが聞こえ、次第に近づいて来る。豹弾らを逃がした後、残る僅かな兵が突進してきたと思った。その意気に心震えたが、焼け石に水であろう。そう思って振り返ると、百ほどの兵とともに豹弾が駆け下りてきている。

「叔父御！」

「虎前、賭けはお主の勝ちぞ。見よ！」

豹弾は細身の刀で眼下を指した。土煙を上げて移動する軍が、木々の狭間よりはきと見えた。五百ほどの軍勢が、朝廷軍の背後より錐《きり》を揉むように突貫している。突然現れた増援に朝廷軍は混乱し切っている。眼前の敵もそれに気づき、激しく狼狽えていた。

「今こそ逆落としじゃ！　ここしか勝機はない」

豹弾は掠《かす》れた声で喚き散らしながら、虎前の背に寄り添った。それはさらに敵の動揺を誘う。

「虎前……いくら勢いがこちらにあるとはいえ、そう上手く挟み撃ちは出来ん……老兵を引き連れて儂が先に下る。一息ついてあの男の方へ向けて突貫せよ」

「それでは叔父御が……」

「あのような男と一緒ならば、儂も戯言のような世を目指したやもしれぬな」

豹弾の声は先ほどとは打って変わって、丸みを帯びた穏やかなものである。虎前がはっとして振り返った時には、豹弾はすでに再び駆け出していた。

「祀衆《まつりしゅう》は我に続け！　たたら場衆は虎前のお守でもしておるがよいわ！」

粛慎では若い働き盛りを、鍛冶場を意味する「たたら場衆」といい、年を経《へ》て祭事に携わる者を「祀衆」という。京人には何のことか解るまいが、粛慎にはそれで充分であった。白髪交じりの老兵ばかりが集う。豹弾は右手で剣を掲げた。

「虎前！　好きな生き方を守りたければ闘え！」

高らかに言い放つと、左手で髭をしごいて、にかっと笑った。虎前は何度も名を呼んだ。しかし豹弾は振り返ることなく、怒濤《どとう》の勢いで斜面を下って行った。

光に群がる蛾の如く、敵がそれを覆ってゆく。くたばれ、汚らしい、化物、鬼め。様々な罵声が飛び交う。その蠢《うごめ》きから目を離すと、虎前は天に向けて咆哮した。

「虎節の子、豹弾の甥、粛慎の頭虎前なり！　京人よ、鬼とはお主らの心に巣食う魔物と知れ！」

山を震わせるほどの鬨の声が上がり、若き粛慎たちは狩人となって、駆け下りて獲物を追いに追った。金棒を血に濡らせば濡らすほど、虎前の頬も涙に濡れていった。

＊

突如現れた畝火の軍が背後を衝いたことにより、朝廷軍は大混乱した。それに合わせて修羅の如き粛慎が山を下って反攻に出たことで完全に勝敗は決した。朝廷軍は総崩れになりながら逃げ惑い、畝火と粛慎は一つになって二里に亘って追いまくった。

「虎前、深追いは無用だ！」

桜暁丸は集団の中からようやく、金棒を振りかざす虎前を見つけると声高に叫んだ。

「許さん！　賽《さい》の河原まで追い立ててやる！」

「これ以上追えば、我らにも被害が出る。落ち着いてくれ！」

徒歩で猛進する虎前に馬を寄せると、桜暁丸は飛び降りて立ちはだかった。それでようやく正気を取り戻したのか、虎前は歩を緩めて肩を落とした。

「叔父御……」

大きな躰に似合わず涙を溢す虎前を見て、桜暁丸は豹弾の死を悟った。

朝廷軍は三里後方に再度陣を敷いたが、翌日の朝には忽然と姿を消していた。

「父が上手くやって下さったようですね」

欽賀が嬉々として言った。此度の援軍には欽賀、星哉兄弟を連れてきている。

「もう少し痛い目に遭わせてやりたかったな」

星哉は口惜しそうに膝を叩いた。毬人が本隊を率いて南都を窺う素振りを見せてくれたのである。こうなれば大江山どころではなく、一兵でも多く京に張り付けたいところだろう。

朝廷軍が去り、大江山でも兵をまとめ、引き上げが開始された。豹弾の骸《むくろ》が見つかったのは翌日の夕刻のことである。周りには豹弾の細剣に斬られたであろう敵兵の骸が散乱し、豹弾は躰に数十もの傷を負っていた。致命傷と思われるものだけでも四か所あったということは、最後の最後まで倒れることなく奮闘していたのだろう。豹弾の顔は眠ったように穏やかで、今でも生きているかのようであった。

虎前は遺骸の前に跪《ひざまず》くと、人目を憚ることなく哭いた。その声は大江山四山に響き渡り、それに誘われたか吹き抜ける風も哀しい声で鳴いた。

畝火の兵らは大江山で歓待され、三日の時を過ごした。虎前が切り出したのは、明日には大和に向けて帰るという別れの宴席でのことであった。

「桜暁丸、大江山に加わってはくれぬか？」

この唐突な申し出に困惑していると、虎前はさらに付け加えた。

「叔父御の世を見る慧眼《けいがん》と軍才があってこそ粛慎は守られてきた。京人との和議が反故となった今、お主のような男が必要なのだ」

「大江、葛城、畝傍、竜王での連携は承知するということか？」

「無論。今では他に生き残る道はないと思っている。それに……父上や叔父御の仇を討ちたい」

早くに父を亡くした虎前にとって、豹弾は実の父のような存在であったのだろう。それを失ったことでようやく実父への感情も湧き上がってきたということか。

「補佐しろというのだな」

桜暁丸は低く唸り声を上げた。現在、自身は毬人の補佐役であり、欽賀と星哉を託されて畝傍山に籠もる約束である。いくら盟約が成るとはいえ、毬人の了承なしには答えられない。

「違う。お主が大江山の頭となればいい」

その奇想天外の発言に、杯に口をつけていた桜暁丸は思わず酒を噴き出した。

「何故……そうなる」

咳き込みながら何とかそう言うと、虎前は鷹揚《おうよう》に語りだした。粛慎の頭の選出は複雑であった。基本は当代の頭の血縁者が跡を継ぐが、当人が辞退した場合や、その者が適任でないと粛慎の大半から判断される場合、他の者が頭に選出される。現に虎前の一族も四代前に頭の座を譲られたというのだ。

「天地の理《ことわり》に人が寄り添うというのが、我ら粛慎の考えなのだ」

桜暁丸は話を聞くにつれ、それが大陸の王朝における禅譲に似ていると思った。大陸に祖を持つ彼らならば同様の考えを持っていても何ら不思議はないのかもしれない。

「俺は粛慎ではない」

「それを申せば、今の粛慎に純血の者などいない。桜暁丸ならば皆が受け入れる。叔父御も最後にはお主を認めていた」

虎前がそう言うと、宴席に出ていた主だった者たちも思い思いに頷く。欽賀と星哉は桜暁丸を取られるのではないかと心配げに見つめている。

「ありがたい話だが……俺は畝火に恩がある。遠く離れていても共に戦うことは出来よう」

それでも諦めまいと虎前は食い下がったが、遂には説得出来ぬと悟り、

「時ではなかったということか」

と、棚上げするように話を締めた。それでも虎前がいかにも残念そうにしているので、桜暁丸は好ましげに微笑んだ。

翌朝、別れを惜しむ虎前らに手を振り、桜暁丸ら一行は帰途に就いた。

*

「ついに出来たか」

毬人は笑みを浮かべて杯を傾けた。桜暁丸は手酌で酒を注ぐと一気に呑み干す。大江山より戻って三月《みつき》、長保五年も暮れにかかって遂に畝傍山砦が出来上がったのである。毬人は熟柿《じゅくし》の息を吐いて数度頷いた。千年前に畝傍山を失って以来、初めて勢力下に取り戻したのだ。感慨深いものがあるのだろう。

「三山の盟約も成った。これがなければ決して叶わなかっただろう」

桜暁丸の脳裏に虎前の姿が浮かぶ。あれから三月の間、虎前からひっきりなしに文が来る。返書の前に些細なことも書き送っているのだ。文に目を通す度、桜暁丸は微笑んでしまった。虎前はとにかく字が下手なのである。それは何も虎前に限ったことではなく、粛慎は文字をほとんど使うことがないという。その分、己が発する言葉に神の力が宿っていると信じていた。

豹弾は例外で、将来京人と交渉するにあたり必要と感じ、先んじて習得して虎前にも仕込んでいたのだ。それが幸いして文を送ることが出来る。ともかく連絡が密に取れていることは望ましいといえよう。

「竜王山はともかく、大江山と葛城山が結んだことは露見した」

毬人は先ほどとは打って変わって渋い表情になった。

「仕方あるまい。しかし竜王山にはゆとりが生まれ、続々と兵が戻っている」

竜王山滝夜叉は、今まで脱落した畿内の者に加え、かつて平将門《たいらのまさかど》の乱に加わり東国に下向した者にまで檄《げき》を飛ばして兵を集めている。文によるとその数はすでに五百に迫るという。

「例の新頭領はやり手らしいな」

毬人がくすりと笑った。新頭領になった葉月に短剣を突き付けられた話はすでに伝えてある。

「ふざけた女だ」

桜暁丸は吐き捨て、そっぽを向く。あの日から葉月は何度も夢に現れているのである。それが何を意味するものか、己でも解っていたが、認めたくないでいる。

――首に刃を当てられて惚れる馬鹿がいるか。

鼻を鳴らして再び前を向くと、毬人がにんまりとしながらこちらを覗き込んでいる。

桜暁丸は咳払いをして話を戻した。

「ともかく……明日から俺は畝傍山に行く。互いに連絡は欠かさぬよう心がけよう」

「わかった。息子たちを頼む」

毬人は一人の父親の姿に戻り、深々と頭を下げた。

——さて、何と慰めるか。

毬人宅からの帰路、桜暁丸はぼんやりと考えていた。葛城山に援軍を呼びに来た桜暁丸は満身創痍、傷の手当もそこそこにまた丹波に取って返したのだから、穂鳥はひどく心配していた。

「もう会えないかと思った……」

大江山から帰った桜暁丸の胸板を、穂鳥は涙しながら何度も叩いた。泣き止むまでその黒髪をそっと撫でてやった。それが僅か三月前の話で、今回畝傍山に赴くにあたり穂鳥は残していくと伝えてある。いつ何時、京人の来襲があるとも限らず、落ち着くまでは畝傍山から離れる訳にはいかない。次は一年後かも知れぬし、五年後かもしれぬ。堂々と独立を宣言し、京人に対峙するとはそういうことである。それを伝えて以降、穂鳥は何を話しかけても素っ気なく答えるのみで、完全に拗《す》ねていた。

「今戻ったぞ」

「お帰りなさい！」

ここ数日間とは違い、明るい声が飛んできたので拍子抜けしてしまった。見ればすでに食事が用意されている。それも汁芭《ちさ》、牛蒡《ごぼう》、独活《うど》、芹焼《せりやき》、銀杏、焼栗、胡桃《くるみ》に山桃《やまもも》とあまりに豪勢なことに驚いた。さらに釜からは白米の匂いまで漂っている。

「これはどうした？」

「桜様に美味しいものを食べさせたいと相談したら、毬人様が下さったの。さあ座って」

穂鳥は白飯をよそって差し出した。桜暁丸は箸を取り、思い切り頰張った。

「美味い」

「よかった！　あれも食べてみて。あとそれも……」

穂鳥は忙しなく話し続けた。

「お前も食え」

「私は残り物でいいの。遠慮しないで」

何度勧めても断るので、仕方なく桜暁丸は箸を動かし続けた。

「明日から……」

「お務めに励んで下さい」

桜暁丸が言いかけるや否や、穂鳥は遮ってそう言い切った。

「お務め……なのかな？」

穂鳥にそう言われて桜暁丸は首を傾げた。己が畝傍山に籠もるのは務めなのか。少なくとも飯を食うための生業でないことは確かである。だからといって酔狂でもないし、京人の天下を奪おうとしている訳でもない。また、自衛のためと言い切るには攻撃的な活動である。

「俺は何をしているのだろうな……多くの者を巻き込んで……」

大層な理想を掲げ、己がしようとしていることは多くの死者をも生み出すだろう。もしかしたら父や師、兄者を奪われた恨みを晴らしたいという怨念を、美言で飾っているだけなのかもしれない。そっと椀と箸を置いた。汁茛からは湯気が上がり、桜暁丸の鼻先で宙に溶けて消える。

「桜様は私を救ってくれたじゃない。他に苦しんでいる人も救ってあげて」

「全ての命は救えないだろう……」

穂鳥は俯《うつむ》いて目を伏せながら首を横に振った後、改まった口調で話し始めた。

「桜様は命も救ってくれたけど……それだけでは生きていけませんでした。このような私でも生きていていいのだと教えてくれたのです」

桜暁丸は無言で聞き続けた。いよいよ一歩踏み出すという前夜、その期に及んでの躊躇《ためら》いを見透かしたかのように穂鳥は続ける。

「この十五年間、何度も聞かせてくれましたね。人は生まれ落ちた時には何ら違いがなく、それを分け隔てるのが京人だと。いつかそれを止めさせ、皆が手を取り合う日が来ると」

「あくまで理想だ。それも途方もない……」

「私はその理想を作るのが、天が人に与えられた務めだと信じています。それは御父上やお師匠様、袴垂様から託された務めです」

「天に与えられた務め……」

穂鳥には学はない。だが決して阿呆ではない。十五年共に暮らしてきてそれは重々知っていたつもりだった。穂鳥はここ数日桜暁丸が僅かに抱く不安や、恐れ、そして迷いを敏感に感じ取っていたのだ。桜暁丸は口元を綻ばせて、己の両頬に手を打ちつけた。乾いた肌の音が立つ。

「先は見えぬ。が……やってやる」

「その意気です！」

「お前が妹でよかった」

桜暁丸はそう言うと再び箸を取り、思い切り汁を啜《すす》って飯を口に放り込んだ。それを見つめる穂鳥はにこやかではあるが、どこか寂しげに見えたのは気のせいであろうか。

翌日、桜暁丸は欽賀、星哉と共に四百の兵を連れて畝傍山に向かった。穂鳥は木々に遮られ見えなくなるその時まで、大きく手を振っていた。最後に何か叫んだようであるが、それは喧《やかま》しい小鳥たちの囀りに紛れ、はきとは聞き取れなかった。恐らく「桜様」と呼んだのであろう。

第六章　流転《るてん》

長保六年は七月に改元があり、寛弘《かんこう》元年となった。

——これはいける。

元年も暮れて二年に変わった頃、桜暁丸《おうぎまる》はそう確信した。畝傍山《うねびやま》に拠点をかまえて一年、京人《みやこびと》による攻撃を三度撥《は》ね除けたのである。一度目は春で、何の通達もなく千の軍勢に取り囲まれた。倍の敵であったが、桜暁丸には単独で守り切れるという自信があった。

それほど高くはない畝傍山であるが、完全に要塞化している。山を七重に取り囲む柵や堀は、師である蓮茂《れんも》の出身地、近江三上山《おうみみかみやま》を模した。頂上付近で傾斜は緩やかになり、七十以上の小砦を築いている。元々、京人が建てていた寺社を転用したものもある。

「弓馬の扱いではあちらに一日の長がある。わざわざ付き合う必要はない」

桜暁丸は逸る欽賀《きんが》と星哉《せいや》に言い含めた。美しくうねる畝傍山では馬を自在に操ることは難しく、また当然であるが弓矢で下から上を狙っても、まともに当たらない。山裾に群がる朝廷軍に対し、畝火《うねび》が使用したものは大量に持ち込んだ礫《つぶて》と岩である。山肌を削った切通しを登ろうとする敵に目掛けて岩を落とし、礫を見舞った。

苦戦を強《し》いられた朝廷軍をさらに悩ませたのは、畝火が最も得意とする縄術《じょうじゅつ》である。蔦《つた》で編み込んだ網で集団を搦《から》め捕《と》ると、すぐさま松明《たいまつ》で火を点けた。蔦にはたっぷりと油が染み込ませてあり、瞬く間に火達磨となる。未だかつて受けたことのない攻撃に晒され、朝廷軍は総崩れとなった。

二度目は夏、三度目は冬であったが、いずれも朝廷軍は引き上げていった。三度目の攻勢は、凍《い》てつく風が吹き始める冬、二月《ふたつき》前のことである。今度は三千の兵が動員され、葛城山《かつらぎさん》と畝傍山の二手に分けて向かってきた。両山で戦闘が行われたが、包囲から二十日ほど経過すると朝廷軍は退いていった。京より兵が派せられると解った時点で、竜王山《りゅうおうざん》、大江山《おおえやま》に急使を送っていたのだ。竜王山は葉月《はづき》率いる三百が、摂津《せっつ》国江頭の国衙《こくが》を急襲し、大江山は虎前《こぜん》率いる七百が丹波《たんば》盆地に南下して京を窺った。これにより朝廷は軍を引き戻したのである。

寛弘二年に入っても畝火、粛慎《みしはせ》、滝夜叉《たきやしゃ》における三山同盟は鉄壁だった。一方を叩けば、残る二方が動き、そちらの対応に追われると、先ほどまで籠もっていた一方が後方を攪乱《かくらん》する。

朝廷からすれば藪蚊《やぶか》を追うようにきりがない心持ちであろう。もっとも藪蚊にしては厄介過ぎるもので、この春四千の兵を起こして大江山を攻めた時などは、畝火の兵五百が宇治《うじ》に現れたものだから、京は上を下への騒ぎとなった。平野部での正面衝突は分が悪いと、南都を避け伊賀《いが》に抜けて回り道をしたのだ。

またもや朝廷は進むか退くかの二択を迫られたが、この時ばかりは苦労して大軍を動かしたとあって、大江山攻略に乗り出した。桜暁丸は宇治に派兵された朝廷軍の先兵を蹴散らすと、またもや山間《やまあい》に身を隠した。そして信楽《しがらき》から朝宮《あさみや》に抜け、大津《おおつ》に進出、北から京を窺ったのである。朝廷からすれば正に神出鬼没に見える。

その頃には摂津の滝夜叉が丹波口に繰り出し糧道《りょうどう》を断つ。こうなれば寄せ手も不安から来る恐慌状態に陥り、粛慎に散々に打ち破られた。独立を宣言してから二年目も、そのように優勢のまま終わるものと思われ、桜暁丸は安堵していた。

――今年の秋には葛城山にも顔を出せるだろう。

葛城山と連絡を取る度に、穂鳥《ほとり》からの言伝《ことづて》が付いてきた。大半が無理をせず、躰《からだ》に気を付けろという他愛のないものであるが、身を案じてくれていることは十分に伝わっていた。一度は帰って安心させてやりたい。実の妹同然の穂鳥に対し、そのように思っている。

その時には打ち明けたいこともある。欽賀が穂鳥を好いているというのだ。星哉がその話を洩《も》らしたので問い詰めると、欽賀は少年のように身をよじり赤面した。

穂鳥もすっかり大人で、婚姻の適齢期はとうに過ぎている。いつまでも己の世話ばかりさせている訳にもいかない。毬人《まりと》にそのことを文で問い合わせると、

——穂鳥ならば申し分ない。こちらこそお頼み致す。

と、快諾してくれた。兄代わりを務めてきた桜暁丸として、これが穂鳥にしてやれる最後のことだと心を躍らせていた。

今年も半ばを過ぎ、木々の葉もすっかり色付いてきた。いよいよ葛城山へ赴こうと支度を始めた頃、畝傍山に竜王山の者と名乗る男が飛び込んで来た。夜はとっくに更けており、男の顔が青いことからもただ事ではないと察した。

「桜暁丸殿にお取次ぎを……」

「俺がそうだ。慌てていかがした」

床に入ろうとしていた桜暁丸は、薄手の寝間着だけの姿である。

「竜王山の兵四百が京に向けて進軍中……御助力を賜りたい！」

「何だと⁉」

桜暁丸は吃驚《びっくり》して左右を見回す。欽賀は呆然となり、陽気な星哉でさえ唾《つば》を呑《の》みこんでいる。項垂《うなだ》れる男に対し、桜暁丸は矢継ぎ早に問いを投げかけた。

「誰が率いている。何が起こった！　御大は承知か！」

「率いているのは頭領の葉月様……皐月《さつき》様はお止めになりましたが……」

男の話に耳を傾けると事の次第が審《つまび》らかになってきた。仲間が急激に増加した滝夜叉は、山での自給自足が追いつかず、奪った品物を金銭に換えるべく月に一度山を下りる。一行は正体が割れぬように、行商人に姿を変え、子どもを連れて出る徹底ぶりである。しかしある日、山を下りて商いに出ていた滝夜叉の者たちが戻って来なくなった。心配した葉月が探索したが、一向にその足取りは掴《つか》めない。そんな時、朝廷より竜王山に一通の書状が届いた。

「子ども含め、皆を処刑するだと……」

桜暁丸は口中の肉を嚙《か》みしだいた。朝廷は三山の中で最も小規模な竜王山に目を付けており、見張りにより行商の顔も頭数も摑んでいたという。そこでその者たちをかどわかしたというのだ。

「処刑は通達より十日後の夕刻……あと六日しかございません。皐月様は罠《わな》であるから苦しくとも何も出来ぬと説かれましたが、葉月様には通じず……」

現在の滝夜叉の多くは、葉月の代になって加わった者である。五百の内、皐月の説得に応じたのは百名足らずということだ。

「分かった。こちらも手を打つ。戻って御大にそう伝えよ」

「皐月様から言伝が。万が一の折、一条戻橋《いちじょうもどりばし》に行け。そこに住まう者が力になってくれると」

「一条戻橋……名を何という。洛中に配下を忍ばせているのか？」

男は頭《かぶり》を振って一歩進み出ると、そっと耳打ちしてきた。昔、どこかで聞いた名であったが、それが何時だったのか思い出せない。だが確かに頭の片隅にあるのだ。

「せいめい……」

桜暁丸は記憶を呼び覚ませぬかと、名を口に出してみた。外で秋風が哀しげな音を奏で、桜暁丸の曖昧《あいまい》な呟《つぶや》きも、その音に遮られ、ふわりと宙へ消えていった。

馬上疾駆する桜暁丸の後ろには、同様に馬に乗った三十騎が続く。久世《くせ》郡を北へ北へと猛進する。いよいよ明日は朝廷が出した期日である。欽賀、星哉の兄弟は畝傍山に置いて来た。星哉は唾を飛ばして駄々をこねたが、桜暁丸が一喝して黙らせた。畝火の正統な後継者はこの二人しかおらず、決して無謀な戦《いくさ》には加えることは出来ない。

現在は寺田郷《てらだごう》の側を過ぎたあたりであろうか。目指す滝夜叉は山陽道を進み、乙訓《おとくに》郡《ぐん》に至るはずである。四百の軍勢ならば足並みも遅い。急げば間に合うかもしれない。

――穂鳥は怒っているだろうな。

穂鳥の故郷である殖栗郷《えくりごう》は同じ久世郡にあるためほど近い。この一件で葛城山行きは当然中止となり、事が収まっても早々には帰れそうにない。それどころか明日の我が身さえ危ういのだ。

乙訓郡に出た時には夜は更けており、辺りに軍勢の気配が一切感じられなかった。すでに通過したのか、村々に聞き込みたいが、安易には行動に移せない。今の自分は朝敵の首魁なのだ。

桜暁丸は敢えて配下全員を連れて村に入った。地方郡衙からの応援を装うつもりである。手に握られた松明が薄らと建屋を照らす。村は静まっているが、方々からこちらを窺《うかが》う視線を感じた。一際大きな家を見つけ、桜暁丸は木戸を叩いた。

「我らは紀伊名草郡《きいなぐさぐん》の健児《こんでい》である。お尋ねしたいことがある」

木戸が少しだけ開き、顔の半分が見えた。三十ほどの男である。村長かその息子かもしれない。未だ警戒心を持たれていると見て、桜暁丸は穏やかに話しかけた。

「心配なさるな。何も危害は加えぬ」

「桜暁丸？」

桜暁丸は飛び退いて腰の神息《しんそく》に手を掛けた。似絵でも出回っているのか。

「お前……京人になったのか」

この男は己《おのれ》のことを知っている。桜暁丸は手を挙げて配下を退却させようとした。

「勘違いではないか。私は紀伊の……」

「いや、確かに桜暁丸だ。京兆様《けいちょう》と共にいた……俺だ。忘れたか。須倉《すくら》だ」

須倉と名乗った男は、掌《てのひら》に指で字を書きながら言った。

「あっ——須倉か！」

袴垂《はかまだれ》と名乗った保輔《やすすけ》と共に回った数々の村の中に、確かにそのような名の者がいた。村長の息子で、桜暁丸と同年ということもあり、数度ではあるが話したこともある。桜暁丸が字を書けると聞いた須倉は、俺にも何か良い字をあてくれとせがんだのを思い出した。

「大和葛城山の賊、首謀者の中にお前の名があった。違うのか？」

桜暁丸は返答に窮して俯《うつむ》いた。須倉とは十七年ぶりに会った。その頃と人が変わっていても何ら不思議ではない。そもそも数度遊んだ程度の仲なのだ。それを察したか、須倉も落ち着いた声で重ねて尋ねた。

「訊きたいことは何だ」

「軍がこの近くを通らなかったか……摂津の方角から来たはずなのだ」

「賊軍……だな」

賊という言葉が重く圧し掛かり、桜暁丸は身を小さくして口を噤《つぐ》んだ。

「朝廷が言うところの、だ。助けに行くのだろう」

はっとして桜暁丸は顔を上げる。目の前の須倉は僅《わず》かに笑っていた。

「二刻前、洛南には大軍がいると見たか、西の桂《かつら》のほうへ向かっていった。信じられぬか？」

「いや……そういうわけではない」

「京兆様に受けた恩を忘れてはいない。お陰で飢饉も乗り越えられた。それにお前は俺の文字での名づけ親だ」

須倉は昔と変わらぬ笑顔を向けている。

「分かった。信じる」

「表立っては言えぬが、痛快に思っている者も多い」

「お主も葛城山に……」

桜暁丸は誘おうとしたが、須倉は首を横に振った。

「京の御膝元である乙訓の者はそう簡単に逃げ出せない。それに父の体調も芳しくない」

「助かった。須倉も達者でいろよ」

「ああ。頼むぞ」

桜暁丸は振り返ると馬に跨《また》がり、洛西を目指した。

――兄者は間違っていなかったぞ。

保輔は己の為したことを意味がなかったと断じたが、その想いが未だ生き続けていることが嬉しかった。それに須倉が最後に言った、頼むという言葉も心に響いた。密《ひそ》かに自分たちに心を寄せてくれている民も確実にいる。僅かな希望が見えてきた気がして胸が震えた。

桜暁丸らがようやく追いついたのは東の空が白む払暁《ふつぎょう》であった。すでに滝夜叉の兵は桂川《かつらがわ》を南から北に渡ろうとしていた。桜暁丸は大きく舌打ちして手綱を絞ると、そのまま川に馬を乗り入れた。多くの松明が掲げられているのか、辺りが仄《ほの》かに明るくなっている。それは昼夜厳戒態勢で待ち構えられていることを意味した。渡河先は梅《うめ》宮《みや》の社《やしろ》を建造するために材木を運び込んだ船着き場であり、梅津《うめづ》と呼ばれている地である。桜暁丸は後方の兵に向けて呼びかけた。

「畝火の桜暁丸だ！　葉月殿はいずこに」

「おお、援軍か！　頭は先陣を駆けておられる」

援軍と勘違いした滝夜叉たちが歓喜の声を上げ、前を走る者たちへ伝播《でんぱ》していく。その喧騒の中、耳を澄ませば怒号も微かに聞こえてくる。すでに先頭では小競り合いが始まっているのだろう。

――今ならばまだ間に合う。

桜暁丸は鬣《たてがみ》を撫でて馬を労り、一気に川を渡りきった。予想通り梅津では戦闘が始まっている。敵の数はそれほど多くはなく、滝夜叉が押している。いくら京人が固く備えていたとはいえ、京の十六方を完全に守ることは適うまい。最も手薄なところを突いたことで生まれた一時の優勢であろう。馬上で二振りの短剣を巧みに操る葉月を見つけ、桜暁丸は一心不乱に馬を寄せた。

「葉月殿！」

「畝火の……何故ここに！　先ほど後ろから上がった声はこのためでしたか」

そう答える間にも葉月は徒《かち》武者の喉笛を搔っ切った。

「退け！　これは罠だ！」

「知れたことです。皆の者行くぞ！　目指すは右獄《うごく》だ！」

「やはり……獄舎を急襲するのか」

京には左獄《さごく》と右獄という二つの獄舎があり、葉月が言うには竜王山の者は、西堀川《にしほりかわ》小路《こうじ》と中御門大路《なかみかどおおじ》が交わるところに位置する右獄に囚《とら》われているという。近くには御所があり、最も厳重に警戒されている場所である。

「止め立てしても無駄です。力を貸すならばよし、違うのならば早々に退いて下さい」

「お主を失えば竜王山は瓦解《がかい》し、三山の連携も崩れる」

「桜暁丸殿は己が描いた絵図を守りたいだけですか。見損ないました！」

馬を並走させながら押し問答を繰り返す。前を遮る敵兵を、桜暁丸と葉月は交互に仕留めた。

「違う、しかし二十数人の命を救うのに、四百を犠牲にするのか。それで頭が務まるか！」

「たった二十人を救えぬ者に、どうして何百何千の人を救えましょう！」

その一言に桜暁丸は胸を鷲摑みにされたような強い衝撃を受け、黙り込んだ。損失の多寡を考えなくてはならないのは、人を率いる者として当然ではある。しかし己が目指そうとしているものは果たしてそのような道なのか。自問自答した桜暁丸は沈黙の末に口を開いた。

「分かった。力を貸す」

葉月はさらに馬を駆って前に出ると、身を捻って振り返った。

「ありがとう」

葉月の眼差し《まなざ》しには蠱惑《こわく》の色が宿り、それでいて天女を彷彿《ほうふつ》とさせるほど優しいものであった。

内匠町に差し掛かったあたりで敵の抵抗は激しさを増し、滝夜叉の猛進も勢いを失い、乱戦となった。右獄まではあと五町ほどなのだが、この五町が今までの道程《どうてい》よりも遥かに遠く感じた。どれだけ斬っても湧いてくる敵に辟易しつつ、桜暁丸は前方を睨《にら》み据えた。

「来る……葉月来るぞ！」

敬称を付けることも忘れ、桜暁丸は声高に叫んだ。

「何が来るのです！」

葉月は双刀を疾風の如く振るい、撫で斬りにされた敵兵は悶絶して地に転がる。聞き覚えのある甲高い奇声が敵兵の背を越えてきて、桜暁丸は確信した。

「頼光《よりみつ》の手下だ！」

血飛沫が舞い上がり、滝夜叉の猛者たちの悲鳴が上がる。中でも金切り声を上げながら、葉月目掛けて突進してくる男は、他の追随を許さぬ強さである。葉月は繰り出された刺突を左の短剣でいなし、右の短剣で斬りつけるが、仰《の》け反って躱《かわ》す男の顔には余裕すら感じられた。

「若き滝夜叉の頭領。くたばれ」

先ほどよりもさらに鋭い斬撃が葉月を襲う。その刹那《せつな》、化鳥のように舞った桜暁丸が、男を馬上から蹴り落とした。馬首を巡らせていては間に合わぬと見て、足で駆け出していたのである。

「よう。貞光《さだみつ》」

「花天狗‼」

顔面を強《したた》かに打った貞光は、鼻を押さえながら身を起こすとすぐさま斬りつけたが、桜暁丸は軽やかな足取りでそれを避ける。そして神息が唸《うな》りを上げて貞光を襲った。急所は躱されたものの、左肩に僅かに突き刺さった。貞光は引き抜きながら素早く後ろに飛び退いた。

来た。

「その足捌《さば》き、綱《つな》と……いや袴垂と同じか」

肩には血が滲《にじ》んでいるのにもかかわらず貞光は嬉々としている。

「葉月、右獄は目と鼻の先だ。先に行け！」

葉月が頷《うなず》き、馬首を巡らした時、前方から馬に跨った複数の禍々しい殺気が迫って
「貞光。先に行ってその様なら世話ないな」

乱闘の声の中でもよく通る声の主は卜部季武《うらべのすえたけ》。

「おい、金時《きんとき》！　花天狗だぞ」

驚きを隠せぬといったように横に話しかけているのは渡辺綱《わたなべの》。

「乱を鎮めるまたとない好機ですな」

長大な斧を肩に担ぎ、馬の足並みを抑えているのは坂田金時《さかたの》である。桜暁丸は背中に冷たい汗が流れてゆくのを感じた。

〈葉月……俺が食い止める。脇道を抜けて行け……〉

小声で囁《ささや》きかけた。尋常ならざる殺気に当てられたか、葉月は硬い表情で頷いた。

「葛城、大江、畝傍と、どの戦場《いくさば》にも現れなかったお前らが雁首揃えてお出ましか。我らを恐れて震えているのかと思ったぞ」

こちらに注意を引きつけるべく桜暁丸は痛烈に挑発した。それに答えたのは綱である。まるで旧知の者に久しぶりに会ったかのように鷹揚《おうよう》に話しかけてくる。

「まあ、そう言うな。貞光は大蛇《おろち》と呼ばれる者どもを征伐すべく上野《かみつけ》に張り付き、同じく金時は相模《さがみ》の海鬼《かいらぎ》を、お主らを怖がる御公家様は、残る我ら二人をなかなか離してくれぬ」

その間に葉月が横をすり抜けようとするが、季武がにゅっと手を伸ばし、首根っこを摑んで地に引きずり下ろした。

「行かせはせぬ」

尻餅をついた葉月は立ち上がると、桜暁丸の横にぴたりとついた。形勢は圧倒的に悪く、味方は次々に討ち取られていく。

「葉月……退け。俺が何とかする。これでは救えぬまま本当に皆殺しだ」

「退け！　竜王山までひたすら駆けよ！」

葉月の号令で皆が一斉に退却を始めるが、追う朝廷軍に背を斬られる者が続出し、絶望感が場を支配してゆく。

「貴方や婆様の言う通り、私が間違っていました……」

「いいや。俺が間違っていた」

それでも桜暁丸は不敵に笑うと、首を僅かに傾けて葉月に耳打ちした。

〈一条戻橋……〉

「俺もすぐに行く。行け！」

逃げる葉月を季武が追おうとするが、桜暁丸はその前に立ちはだかった。

「まとめて相手をしてやる」

「お前も袴垂と同じく頭が足りぬらしいな」

神息の刀身がうねり、季武の鼻柱を斬りつけた。すかさず金時が長板斧を打ち下ろすが、桜暁丸は体《たい》を開いて避け、反撃する。息つく間もなく斬り上げる貞光には当て身を喰らわせ、三人を無視して綱に向かう。綱は旋風《つむじかぜ》のような足払いを仕掛けるが、桜暁丸は跳び上がると塀を蹴って頭上から刀を振り下ろした。がちんと不快な音が響き、鍔《つば》迫《ぜ》り合いとなった。

「昔とは比べ物にならんくらい強くなった」

「お前こそ齢《よわい》を重ねて犬神になったか」

綱の拳が脾腹を捉え、貫くような衝撃と共に後ろに飛ばされた。仰向けになると、串刺しにしようとする貞光が目に入り、桜暁丸は土埃を立てながら転がった。季武と金時の斬撃を横転しては避け、払っては受けながら再び立ち上がる。周りに味方はほとんどおらず、余裕の出来た敵兵は己らで敵わぬと見て四天王に託し、遠巻きに囲んで逃げ場を塞いでくる。

——もう駄目だ。

もう限界だと思われた時、背後に馬の嘶《いなな》きが聞こえた。敵の新手か、それとも追撃に出ていた者が戻ってきたのかもしれない。

「何だ、あれは——」

季武の表情を見て、背後で奇怪なことが起こっていると察し、前への警戒を怠らぬよう振り返ってみた。百騎ほどの兵が真一文字に突貫してきている。半数ほどは手に土器《かわらけ》を携え、次々に地に叩きつけていく。割れると中から灰神楽が立ち、辺りは粉塵《ふんじん》に包まれていった。薄く、容易く壊れる瓶子《へいし》に灰を詰めてあるのだ。一団の中には皐月の姿が見えた。

「御大！」

「飛び乗れ！」

桜暁丸は蝶のように舞い、皐月の後ろに飛び乗った。辺りには目を開けていられぬほど灰が立ち込め、涙を流す者、咳き込む者が続出している。

「皐月殿！」

敵中から声が掛かったのでぎょっとした。目を擦りながら呼びかけたのは綱である。さらに、配下に向けて混乱を来《きた》さぬようにその場から動くな、追わずともよいと指示している。

「生き恥を晒しておるわ」

皐月は綱に迫るとそう言い放った。

「生きようとする者はそれだけで美しいかと」

「違いない」

すれ違った綱は追おうとはしない。綱の姿が徐々に薄れ、灰神楽の中に溶け込んでいった。桜暁丸は皐月の細い腰に摑まりながら、顔を少し擡《もた》げた。その頰《ほお》を眩《まばゆ》い朝日が染めてゆく。

一条戻橋の側に佇《たたず》む大きな屋敷に駆け込んだ時には、陽はすでに高くなり始めていた。

「すでにお姫《ひい》様は中に」

従者と思しき者に案内され、二人は屋敷の中へと足を踏み入れた。広い一室に案内されると、そこには総白髪の老人が立っている。整った相貌には気品が漂い、若い頃はさぞかし美しく整った顔立ちであったに違いない。

「久しぶりだな。皐月」

「このような時だけ頼るとは申し訳ございません」

「若い頃のお主にそっくりの娘が転がり込んできて、お主の孫と名乗った時には胆を潰した。今は奥で休ませてある。当人は何が何だか解らぬであろうよ」

「この御方は……」

どこの誰とも知れぬのでは気の許しようもない。桜暁丸は遠慮がちに話を割った。

「申し遅れた。安倍播磨守晴明《あべはりまのかみはるあきら》だ。皐月殿とは色々と縁があった……いずれここも露見するだろう。日が暮れれば葉月を連れて発つがよい。それまでは暫《しば》し休め」

晴明は柏手《かしわで》を打って従者を呼び、屋敷の外を厳重に見張るように指示した。

「お髪が真っ白……」

「八十五になる。お主は確か七十六。互いに齢《よわい》を重ねたな」

晴明は口回りの皺をなぞりながら微かに笑った。二人のあいだに余人には窺い知れぬ何かを感じ、桜暁丸は席を外すと、葉月のいる奥へと向かった。葉月は夜具に横臥して可愛らしい寝息を立てており、先刻まで鬼神のように暴れていた女と同一人物とは、とても思えなかった。ひっそりと歩み寄ったが、葉月ははっとして身を起こした。

「すまぬ。起こした。御大が助けに来てくれた」

「婆様が――」

葉月は夜具から這い出ようとしたが、桜暁丸はそれを制した。

「積もる話もあるようだ。安倍様は何故助けて下さる」

「私も知りません。ただ……幼き頃より万が一の時は一条戻橋のこの屋敷を頼れと婆様が言っていました。それを桜暁丸殿に言われて思い出しました」

「そうか。夜には皆で京を出る。それまで眠っておけ。俺がここで見張っておく」

「しかし……その傷……」

「よいのだ。こんなもの唾を付けておけば治る」

有無を言わさずに夜具に押し込む。そして自身は神息を腰から抜いて抱えると、壁にもたれ掛かって座り込んだ。暫《しばら》くするとまた寝息が聞こえてきた。それはやがて小さな鼾《いびき》に変わり、桜暁丸は穏やかに微笑んだ。半刻ほど過ぎた頃、皐月が粥《かゆ》を携えて入って来た。それを貪《むさぼ》るように喰っていると、皐月がぽつりと言った。

「安倍様はこの子の祖父にあたる」

桜暁丸は粥を噴き出して床にまき散らした。

「では亡くなった如月《きさらぎ》様は……」

「私と安倍様の間に生まれた子だ」

それから皐月は晴明との過去を少しずつ語り始めた。四半刻ほど過ぎて桜暁丸は冷えた粥の残りを流し込むと、眉《まゆ》を上げて言った。

「将門《まさかど》公の曾孫とは知っていたが、安倍様の孫でもあるとは驚きだ。しかし何故そんな話を当人ではなく俺に？」

「知らぬ方がよい。この子には反骨の血が流れている。ただでさえ京人を激しく憎む子だ……知らせれば心の火に油を注ぐことになる。だが誰かに知っておいて欲しかった」

皐月は老境にあり、晴明はそれ以上に老いている。決して長い命ではないだろう。それ故に己が生きた証《あかし》について、誰かに伝えたかったのかもしれない。

「従者が見張ってくれる。お主も少し眠れ」

皐月はそう言って部屋を後にした。

日が落ちて辺りが暮れて来た頃、出立は夜半と聞いていたにもかかわらず、早くも皐月が蔀戸《しとみど》を開け放った。それも尋常の勢いではない。

「夜陰に紛れるつもりが……直にここは囲まれる。まさか尾けられているとは」

「奴らは夜雀《よすずめ》を抱えておる。あり得るやも知れん」

「ともかく、すぐに支度をせよ」

皐月はその場を去ろうとしたので、慌てて葉月が呼び止めた。

「婆様はどうなさるのです！」

「ここで食いとめる」

「私の頸《くび》に短刀を押し当て、人質を取ったように見せかけよ。少しは時を稼げよう」

ふと気づくと晴明が立っている。皐月が何か言おうとするのを、晴明は制して話し続けた。

「老いさらばえた命、何を惜しむことがあろうよ。天文も馬鹿には出来ぬな。この数日、天を眺めれば吉の予兆があったのよ」

子どものような笑顔を見せた晴明であったが、居住まいを正すと桜暁丸に深々と頭を下げた。

「皐月殿に聞いた。桜暁丸殿……すまなんだ」

唐突にそう言われても本日が初対面であり、謝られる謂《いわ》れなどない。そう言ったのだが、晴明は首を横に振り、苦渋の表情になって続けた。

「貴殿が生まれ落ちた日。それを本朝始まって以来の凶日と定めたのは私だ」

「何……」

何故この容貌に生まれたかを怨めば、父や一度も見たことのない母を怨むことになる。そう悟ってからは気にせぬようにしていった。だが出生の日のことだけは、今なお呪い続けていた。

「私はあれが自然の理《ことわり》が為すものと知っていた。だがその又とない機会を利用したのだ」

晴明はなぜ凶と決めたのかを語った。安和《あんな》の変に関わり、獄につながれた者、遠流《おんる》に処された者、追捕《ついぶ》を受ける者、それらを一気に恩赦するために朝廷を謀《たばか》ったという。この男のせいで己の半生は大きく狂った。今までやり場のなかった怒りが晴明に向けて集約し、零れ落ちそうになった。桜暁丸の拳が震えているのに気づいたか、晴明は穏やかに言い放った。

「今、ここで斬りなさい。それで貴殿の気が少しでも晴れるならば、私は本望だ」

桜暁丸は別の感情が沸々と湧き上がってくるのを感じた。師匠である蓮茂があの日、大赦を受けたと笑っていたのを思い出していた。

——俺が生まれた日は、多くの者の人生が再び始まった日だった……。

蓮茂だけではない。皐月は追捕の手が休まり、無事に孫の葉月が生まれた。また豹《ひょう》弾《だん》は幼き虎前を抱えながらも、山を立て直すゆとりが生まれた。若き毬人は先祖発祥の地を奪還する礎《いしずえ》を築いた。そう思えば何と希望に満ち溢れた日であったろうか。

「俺は確かにまだ見ぬ貴方を怨んだ。しかし歓喜し、安堵した者もいる。よくぞ凶日と言ってくれました」

桜暁丸は深々と頭を下げた。長年胸に閊《つか》えていたものが霧散した心地である。

「ありがたい……ささ、早く行きなさい。もう時はない」

晴明は皐月に目配せしながら、人差し指で己《おの》が頸《くび》を二度叩いた。頷く皐月は、葉月の肩に手を回してぐっと抱き寄せた。

「いいかい葉月。生きている限り機会が巡ってくる。助けられなかったことを、恥などと思う必要はない。懸命に生きておくれ」

声にならぬ声を発して頷く葉月の目から、止めどなく大粒の泪《なみだ》が零れ落ちる。皐月はさらに強く抱きしめると、肩越しに語りかけた。

「桜暁丸、この子を頼む」

「分かった。命尽きるまで守りきる」

皐月は笑みを浮かべながら葉月を離すと、桜暁丸のほうへと押しやった。桜暁丸は雪のように白い手を掴むと、部屋の奥へと引っ張っていく。天文異変を観測するために屋根に上がる隠し梯子《ばしご》がある。そこから屋根を伝い、北へ逃げるようにと言われていた。力が抜けた葉月を励まし、屋根に出ると、すでに屋敷の正面では晴明を人質に取った皐月と追手の兵が押し問答をしていた。乗り出そうとする葉月の頭を抑え込み、逃げ出す機会を探った。兵は三、四十人。この程度ならば切り抜けられると思ったのも束の間、砂塵を立てて近づく新手が目に入り、思い止まった。

「安倍播磨守を無事に放して欲しくば近づくな！」

皐月のしわがれ声が辺りに響き渡る。その後、皐月はちらりと屋根の方へと目をやって、菩薩《ぼさつ》のように穏やかな顔で頷いた。

*

先程見た時には桜暁丸と葉月は屋根にいたが、もう一度横目で見るとすでに姿はなかった。兵の視線を一身に集めている間に、きっと上手く逃げ出せたのであろう。

〈安倍様……もう行ったようです〉

耳朶に口を添えて、晴明だけに聞こえるように囁いた。ここで晴明を突き放して、兵に斬りかかれば、一人二人なりとも道連れに出来よう。

「もう少しこのままで。何……時はどれほど稼いでもよかろう」

それはもっともなのだが、これ以上時を掛ければ、痺《しび》れを切らした兵は晴明もろとも仕留めに来るかもしれない。晴明は怯えている様子を演じながら、小声で話しかけてくる。

「皐月。すまなかった。私は……」

「わかっております」

「企てた訳ではないとはいえ、見殺しにしたのは事実……」

「もうよいではないですか」

悟られぬように表情こそ変えぬが、皐月の声に笑みが含まれていることは、昔馴染みの晴明ならば気付いてくれるだろう。

「男は過去のことをいつまでも引きずるのだ」

「女はそれでは生きていけませぬ。心の奥にそっとしまっておくのです」

「くくく……左様か」

「これ、お笑いになっては感付かれます」

すでに兵は弓に矢をつがえ、狙い定めている。

「播州《ばんしゆう》殿、お上手でございますな」

豪奢な甲冑に身を包み、ざわめく兵を分けて中央に進み出てきたのは源頼光である。

傍らには頼光四天王と呼ばれる猛者たちが付き従っている。安和の変で味方を装い裏切った頼光ならば、晴明が関与していたことを摑んでいるかもしれない。妖《あや》しく輝く目がそう物語っていた。

「頼光……人を人とも思わぬ。そんな世は穢れていると思わぬか」

「はて、人を虐《しいた》げたつもりはございませんが。我らと異なり人ならざる者を懲らしめたに過ぎない。そこにおる者もそうでしょう？」

皐月には嗤《わら》う頼光こそ人外の者のように見えて仕方なかった。これ以上の問答は晴明を危険に晒すだけ、そう思い定め、皐月は手を離すと、ただ頼光だけを目掛けて斬り込んだ。

頼光が手を下ろすと無数の矢が放たれた。皐月にはそれが宙に浮かんだ点描《てんびょう》のように見え、生々しい音と共に身に吸い込まれていく。膝から頽《くずお》れ、口いっぱいに土の臭いが広がった。視界がぼやけ、複数の足が目に入る。そのうちの一人が傍に駆け寄り、手から短剣をもぎ取られた。敵が奪ったのだろう。その時である。声高に叫ぶ晴明の声が聞こえた。

「各々方！　あれが来る……陽が喰われるぞ！　しかも前回よりも禍々しい気を纏《まと》っておる！」

衆から悲鳴に似たどよめきが湧き起こる。

——これで安倍様は助かる。

薄れゆく意識の中、皐月は考えた。晴明は陰陽寮《おんみようりよう》始まって以来の天才である。信心深くなくとも厄災を逃れる術を聞いておきたいのが人情だろう。これで危害は加えられぬはずだ。

「まさかまた凶兆と言うか。そのように都合良く起こるものか！」

頼光が配下の動揺を抑えようとするが、晴明が天文の権威であることを皆知っており、恐慌は一向に収まらない。

「間もなくだ。必ずまた陽は覆われる。右獄に囚われたる者を解き放て。さすれば天帝は呪いの矛を収めるであろう！」

兵の中には頼光を放り出して逃げ出す者が続出した。右獄の囚人を解放せよと注進に向かっている。これではとてもではないが桜暁丸らを追うことは出来まい。

「まだ虚言を弄するか！　取り消せ……嘘と申せ！」

頼光はこればかりはどうにもならぬと悲痛な声で訴える。

「物言わぬ屍がどうやって取り消す」

「播州……待て‼」

生温い水滴が皐月の頬を濡らした。次の瞬間、目の前に横たわったのは、皐月が生涯ただ一人恋した男であった。首からは止めどなく血が溢れている。不思議と哀しくも恐ろしくもなかった。男の差し出した手が背を伝い、ゆっくりと摩《さす》られたことがただ嬉しく、皐月は年甲斐もなく乙女のように微笑んだ。

*

桜暁丸は抜け殻のようになった葉月を連れ、丹波亀山《かめやま》を経て摂津竜王山に辿り着いた。山に戻って来ていた兵の数は三割に満たず、その多くは手傷を負っていた。残った者と併せても二百強、今攻められれば壊滅は必至である。桜暁丸は項垂れる葉月を励ました。

「恐らく時を置かずに大軍が攻め寄せてくる。苦しいと思うが、頭のお主がしかとせねばならぬ」

こくりと頷く葉月の頬はこけ、目の下には隈が浮き上がっていた。

「最後の最後まで戦い抜く。弔《とむら》い合戦です」

「いいや……山を捨てよう」

「何故なのです！　大江、葛城両山は力を貸してくれるのではないのですか！」

葉月は髪を振り乱して詰め寄った。

「竜王山が虫の息と知れている今、朝廷軍は背後の攪乱《かくらん》をものともせず来るだろう」

「もう結構です……竜王山単独でも戦う。私は婆様を始め、多くの者を死なせた……」

伏し目になった葉月の長い睫毛が震えていた。仲間の命を救うためとはいえ、無謀な戦いに臨み、多くの命を散らせた責めを負うつもりなのだ。

「それではまた血が流れる。御大の死を無駄にするな。御大が何を望んでおられたか」

葉月はぽろぽろと涙を零し、下唇を噛みしめながら頷いた。

大急ぎで竜王山退去の支度が進められた。本当ならば葛城山に連れて行きたいが、こののっぴきならぬ状況では、より近い大江山にすべきだろう。桜暁丸は虎前への文を書き殴って葉月に手渡した。自身は単騎で葛城山に戻り、態勢を立て直すつもりである。

「気を付けて行け。虎前は善き男だ」

「桜暁丸殿……ありがとうございます。また……」

「懸念せずともまた会える」

桜暁丸は颯爽《さつそう》と鞍に飛び乗り、馬を駆った。向かい風が胸に当たり、脇をすり抜けていく。それを全身で感じながら、桜暁丸は夕日に照らされた稜線の狭間《はざま》に飛び込んでいった。


摂津から河内に出て大和を目指す。交野《かたの》の山間を抜けていると、天《あま》の底が抜けたかと思うほどの豪雨に見舞われた。木々は音を刻み、桜暁丸の濡れた躰は、ここ数日の絶え間ない酷使も相まって、傷《いた》んだ綿のようになっている。

この辺りは岩の船に乗って天火明命《あめのほあかりのみこと》が降り立ったことから磐船《いわふね》と呼ばれていた。その前は何と謂う地であったのか知るよしもない。思えばこの国の大部分には、京人に由来する名が与えられており、古い地名は次々と失われていっている。

——俺たちの末路を暗示しているのか。

などと、縁起でもないことが頭を過り、桜暁丸は顔の水滴を払った。

大和に入れば畝火の者が詰めている小屋がある。大江山に倣い、探りを入れるため各地に設置していた。桜暁丸が目指したのは生駒《いこま》山麓にある隠れ小屋である。

味方であることを伝えるため、小さく三回、大きく二回、そしてまた小さく二回戸を叩く決まりになっている。中で人の気配がしてゆっくりと戸が滑り、隙間から覗いた男は驚きの色を見せた。

「桜暁丸様……」

「お主は？」

「加英《かえい》と申します」

「お主……まことにここの番人か」

桜暁丸はそっと神息の柄に手を掛けた。

詰番は経験豊富な者を当たらせるように命じたのは、何を隠そう桜暁丸自身なのだ。齢三十以上の者が選出されるはずなのだが、加英と名乗ったこの者はどう見ても二十歳程にしか見えなかった。何より詰番は最低でも二人いるはずである。しかし加英の背後に人の気配はしない。

「葛城山に大軍が攻め寄せて、今はどうなったか……」

「何だと⁉　どういうことだ！」

桜暁丸は躰中から飛沫を上げながら、加英の襟首を両手で摑まえて揺すった。

「私がここに来たのは大江山へ繋ぐため。ここのお二人は私に居残るように命じて、一昨日の朝発たれました」

葛城山が突如として大軍に囲まれたのは六日前、桜暁丸が竜王山に逃げ込んだ日と同日であった。しかも畝傍山も同時に攻撃を受けたというのだ。過去類を見ない猛攻に危機を感じ、大江山に繋ぐため、加英がこの小屋に派されたという。

「今までとそこまで異なるか」

「はい……まず途方もない数なのです。それだけでなく凄まじい手練れが多数おり、悪鬼羅刹《らせつ》のように暴れ回っておりました。素手で顎の骨を砕き、藁人形のように投げ……」

「犬神だな」

「さらに京人の猛将も。葛城山には卜部季武、坂田金時。畝傍山には碓井貞光。南都に留まり、総指揮を執っているのは……」

「頼光……いや奴はこの機に手柄を誇示することに忙しく、出張っては来るまい。渡辺綱といったところか」

「いいえ。左大臣藤原道長が家司《けいし》、藤原保昌《やすまさ》。藤原家の私兵も動員しております」

「兄者の兄上か……」

加英は意味を解しかねたようで首を捻った。保昌は桜暁丸が敬愛する藤原保輔の実兄である。飛ぶ鳥を落とす勢いの藤原道長の家司になったということは聞き及んでいた。

「よくぞ語ってくれた。それで全てか？」

「はい。紛うことなき真実でございます」

「そうだろうな。そうでなくては俺が油断せぬからな」

「は……何を――」

鞘《さや》から光が迸《ほとばし》り、加英の右腕を撥ね飛ばした。凄まじい悲鳴が小屋に響き渡る。濡れた床に血が滴り落ち、清濁《せいだく》曖昧な模様を描いた。

「何をなさるのですか‼」

「まだ演じるつもりか。犬神の若いの」

加英の左脚が旋風のように襲ってきたが、身を引いて躱すと、残る左の手首を叩き落とした。悲鳴とも怒声ともつかない声で加英が喚いた。

「何故分かった！」

「この十年、年に一度、畝火で供養の祭りを行ってもらっている。俺が兄者と呼ぶ者が誰か知らぬ民はおらぬ」

加英が膝蹴りを繰り出したが、ひらりと避け、柄頭でこめかみを殴打する。

「お主らの先祖が泣くぞ。洗練された技はどこへいった。誇り高き心はどこへいったとな」

「黙れ！　この汚らしい蜘蛛が！　忌まわしい鬼が！」

「それにお前は血の臭いがしすぎるのだ」

飛び掛かった加英の首がすとんと落ち、歯を剝いた形相のまま床を転がった。

――それは俺も同じか……。

感傷に浸ったのも束の間、桜暁丸は神息を納めると屋外に飛び出した。葛城山が危ういというのは事実だろう。犬神を送って見張り小屋を急襲するのは、大江山の時に取った策と同じである。京人は滝夜叉との野戦に勝利した後、返す刀で攻め込んだということか。

――やつらの目的はこれであったか。

そもそも竜王山の者を捕縛したことこそ、葛城山攻略の布石だったということなのだ。三山の連携とはいえ、大江山と葛城山は地理的にも遠い。その間に竜王山があるからこそ効果があった。その竜王山を落とせば、俄然攻めやすくなる。葛城山総攻撃こそ真の目的であったのだ。

一両日考えを巡らせている桜暁丸の下で馬が息を弾ませている。強行に付き合ってくれた馬である。これ以上無理をさせれば潰れてしまうだろう。平群《へぐり》を越えて、藤山《ふじやま》に差し掛かったところで、気配を感じて馬の脚を緩めた。感じる気配は一つや二つではない。軍のそれである。まだ半里はあると見た。

桜暁丸は大地へ降り立つと馬を放し、茂みに身を隠した。暫くすると列を成した軍の先頭が目に入った。次の瞬間、桜暁丸は転がるように道へ飛び出した。

「平尾《へいび》、仁珪《じんけい》、那《な》拓《たく》！　皆の者！」

「桜暁丸様！」

「何故ここに。毬人は⁉」

皆が振り返り、衆が分かれた間から毬人が姿を現した。土蜘蛛独自のものだろう。鎧に身を固め、その上に前の開いた長い着物を着用している。純白に晒した美しい物であるが、裾は泥に汚れきっていた。毬人がここにいるということは、考えられる理由は一つである。

「桜暁丸、すまぬ……葛城山は落ちた」

全身から力が失せ、膝が折れてその場に屈み込んだ。

「皆は……穂鳥は……」

「ここにいる者が全てだ。畝傍山はまだ独力で戦っているが、敵は山野を埋め尽くし、助けに行くこともままならぬ……」

桜暁丸は気が狂れたように喚き散らした。何度も叫んではぬかるんだ大地を拳で叩く。まさか天がその様に恐れをなした訳ではなかろうが、次第に小雨へと変わっていき、やがて雲間から光さえ差し込んできた。生まれてこの方、どこまでも心と寄り添わぬ天にさえ怒りが込み上げてくる。毬人は膝を突くと、慟哭する桜暁丸の肩を抱き、共に哭いた。

敵の猛攻を防ぐため、毬人が残る兵たちを率いて前衛に向かおうとした時、穂鳥の姿を見たという。穂鳥は親のいない里の子どもたちが怯えているのを、一箇所に集めて励ましていた。

「その姿はまさしく母であった」

そう毬人は表現した。穂鳥は出撃する毬人に気付いて呼びかけた。

「毬人様！　心配せずともよろしゅうございますね」

「ああ。我らに任せておけ」

「桜様も必ず戻ります。そうなれば、ばったばったと倒してくれるのだから。ね？」

子どもに話しかけ、気丈に振る舞う穂鳥も実は恐ろしかったのであろう。か細い肩が小さく震えていた。そこからさらに三刻、休みなく戦いが続き、遂に東方が破られて山頂まで敵が雪崩《なだ》れ込んだ。北側で陣頭指揮を執っていた毬人は、頂上に戻って敵を退けると宣言した。

しかし配下は懇願して退却を勧めた。正面に加え、山頂からも攻撃を受ければ、殲《せん》滅《めっ》の憂き目に遭う。苦渋の選択を迫られた毬人は、西方に退くことを決した。

己らの棲家が炎に包まれ、濛々《もうもう》と黒煙が上がっているのが見えた。伝令により畝傍山はまだ戦いつづけていることを知ったが、敗残の兵だけではどうすることも出来ず、西へ退いて竜王山、大江山の助力を得ようとしたところで、桜暁丸に遭遇したということらしい。

「畝傍山を救う」

正気を取り戻した桜暁丸が口にした第一声はそれである。畝火の二つの山が健在であってこそ、三山の連携は絶大な防御力を誇る。畝傍山単独ではそう長く耐えられないだろう。桜暁丸は続けた。

「畝傍山の死守、葛城山の奪還は絶望的だ。欽賀らを助け出してそのまま落ちるしかない」

「落ちる……どこへいくというのだ?」

「大江山。童《わらべ》たちの最後の砦だ」

桜暁丸は敢えて「童」という言葉を使った。京人の中では今でも僕《しもべ》や奴婢《ぬひ》といった意味で使用されている。だがそれを桜暁丸は純なる者という意味で使っている。たった今も脳裏に思い描いていたのは、好物の山苺を口いっぱいに頰張っていた在りし日の穂鳥であった。

毬人は細い目を瞑《つぶ》り、一度小さく頷いた。

大和国に大軍が満ち溢れているとはいえ、全てを覆うことは適わない。己たちの庭であるこの国の間道は知り尽くしていた。敵の物見を避けてぐるりと回って南側から迫っていく。

敗残兵は三百足らず。数千の朝廷軍とは比べ物にならない。全滅を覚悟で一度きりの奇襲に賭けるしかない。さして天然の要害とも言えぬ畝傍山がなおも耐えているのは、大小夥《おびただ》しい山砦群に加え、籠もる者たちの士気が頗《すこぶ》る高いからであろう。

山のあちこちから細々とした煙が上がっており、激戦が繰り広げられていることが見てとれた。森林の中を進んできたが、これより進めば敵に発見される恐れがある。

「今一度言う。南から背後を衝き、敵を分けてそのまま山に登る。そこで合流を果たしてさらに北へ向けて突破するのだ」

「そう上手くゆくか？」

毬人は沈痛な面持ちで眉を垂らした。葛城山での敗北が気弱にさせているのかもしれない。

「他に策はない」

出来うる限り落ち着いて言い放ったものの、内心は身を刻まれるほどの哀しみと、腸が煮えくり返るほどの怒りが混濁していた。

「誇り高き畝火の者どもよ！　同胞を救え！」

桜暁丸は高らかに吠えると、鬱蒼とした森から飛び出した。畝火の兵が吶喊《とっかん》の声を轟《とどろ》かせてそれに続く。突如現れた敵勢に朝廷軍は混乱を来した。

先頭を行くは僅か十騎残った騎馬。その中に桜暁丸も、毬人もいた。白衣を靡《なび》かせながら毬人は剣を振るい続けた。途中、目の端に見覚えのある敵を捉えたが、一切かまわずに前だけを見据えて道を切り開く。

山裾に到って馬から飛び降り、斜面を駆け上がった。敵を無我夢中で斬り、ただただ脚を回した。前方の敵は慌てふためいているため、さして苦労はしないが、態勢を立て直しつつある背後の敵が迫り、後ろからは味方の断末魔の叫び声が聞こえてくる。

「星哉」

「桜兄。父上もご無事で」

星哉は左手で敵の髪を摑み、曲刀で喉を掻き斬ったところであった。

「ついて来い！　このまま北へ逃げるぞ！　欽賀は？」

「兄上は……」

星哉が刀で指す先に欽賀はいた。微塵《みじん》で首を搦め捕っては、短刀で脳天を突き、腰から鋲を取り出しては飛散させて敵兵を絶叫させている。欽賀の顔は目鼻立ちが分からないほど血に濡れていた。そして何かに憑《つ》かれたように死ねと連呼している。

「欽賀、退くぞ！」

桜暁丸が呼ばわったが、欽賀はこちらをちらりと見るだけで敵を求め続けた。

「葛城山の者が殺されたことで……穂鳥殿が殺されたことで、兄上は……」

近寄り難いほどの殺気を出して敵を屠り続けている欽賀に、何と声を掛けてよいものか解らず、桜暁丸は下唇を強く噛んだ。その時、毬人がずいと進み出て、野を散策するかのように欽賀に近づいてゆく。行く手に入った敵は毬人の一撃に沈む。毬人は傍まで行くと、欽賀の首根っこを摑まえて後ろに引き倒した。

「父上……」

「馬鹿者！　今すぐ兵を纏めて北へ行くぞ」

「しかし……皆の仇を討たねば！」

「お主は畝火の継嗣だ。逝った者を胸に秘め、生き残った者のことを考えよ！」

毬人は欽賀の手を取って引き起こし、残る手で斬り掛かってきた敵を返り討ちにした。

「急ぐぞ！　下からの敵勢が凄まじい。このままでは退路を断たれる」

桜暁丸は早口で呼びかけるが、毬人は落ち着き払っていた。

「欽賀、星哉、先に行け。俺は敵に一撃を加えて時を稼ぐ。桜暁丸、手伝ってくれ」

「わかった。早く退け！」

兄弟は頷いて仲間と共に山頂を目指す。そのまま山を越えれば逃げられるはずである。毬人は手勢に集まるように命じ、迫り来る敵に立ちはだかった。その横に寄り添いつつ、桜暁丸も敵を防ぐ。神息は多くの生き血を吸い、それでもなお妖しい光芒を放ちつつ獲物を求めた。

「さて……桜暁丸」

「分かっている」

即答した桜暁丸は、言葉通り全て分かっていた。昔の己ならばきっと分からなかっただろう。歳月を重ね、今では保輔の歳も超え、父の歳ともそう変わらない。毬人がここに向かうまで何を想い、何を託したのか理解しているつもりである。

「すまんな。二人で始めたことを半ばで投げ出して」

「言うな。俺は葛城山、竜王山、大江山と厄災を撒き散らしているのかもしれぬ」

毬人股肱《ここう》の者たちは、頭が何のために残ったのかを悟っている。その上で壁となり一人、また一人と倒れてゆく。

「それは違う。俺の夢でもあったのだ」

毬人の横顔は悲哀に彩られていた。郷の者たちの死を最も悼《いた》み、最も悔やみ、最も怒り、最も責を感じているのは毬人であろう。これ以外の始末の付け方を知らぬように見えた。毬人は片眉を上げて白い歯を見せ、さらに続けた。

「お主は全ての童の希みだ。純なる者の……な。そろそろ行け」

「毬人、さらばだ」

視線が交わり、どちらともなく頷き合った。桜暁丸は身を翻し、皆の後を追う。そして二度と振り返ることなく突き進んでいった。桜暁丸の濡れた背に陽が降り注ぎ、淡く輝いている。

「ああ。さらばだ。童の神よ」

毬人はそれを見つめながら、黎明《れいめい》の山鳩《やまばと》のようにひっそりと呟いた。

*

桜暁丸は欽賀、星哉の兄弟に追い付くと、このまま北進する旨を伝えた。

「父上は……父上はどこですか⁉」

取り乱した星哉に対して、欽賀の態度は打って変わって冷静そのものである。

「思うところがあってのことだろう。我らは我らの為すべきことを為す」

星哉に向けて、欽賀は首を横に振った。星哉は口惜しがって何度も腿を叩きながら走っていた。誰かが背後を指差したので振り返った。畝傍山から焔が上がっている。瞬く間に全山に広がったことから、戦闘による失火ではなく毬人が付けるように指示を出したにちがいない。

畝火の語源は揺らめき、形を変え続ける炎。いかなる時代が来ようともそれに適応し、それでいて情熱を失わないこの民を見事に表している名であろう。

彼ら発祥のこの山と共に毬人は逝った。全ての志《こころざし》を同じくしていた毬人であったが、根無し草の桜暁丸とはその点だけは大きく違った。前を見据えて腕を振る欽賀と、憚ることなく涙を流す星哉、それに続く二百余人を引き連れて桜暁丸は北を目指した。

大人数での移動、人目を避けて山間を行くしか術がない。川があれば畝火得意の投網でもって魚を獲り、木の実や山菜を腹に入れながら山野を歩んだ。敗残の一行がいると聞きつけ、葛城山、畝傍山から逃れた女や子どもが集まって来て、河内に入った時には四百人を超えていた。

「穂鳥を見なかったか」

新たな者が加わるたびに、桜暁丸は尋ねたがどの者も消息は知らなかった。

摂津国富田《とんだ》に入った時に朝廷軍の追撃を受けた。この行軍に限界を感じた桜暁丸は、家族毎に大江山を目指すように伝え、自身は欽賀と星哉、独り身の者を中心とした百余人で殿軍《でんぐん》を務めた。

丹波に入っても百や二百単位の追撃は続き、遂に指令が出たのか近隣の郡衙《ぐんが》の健児までもが襲ってくるようになった。皆疲れきっていた。中でも桜暁丸の疲弊は一際であった。京で滝夜叉と共に戦って以来、この二月の間休むことなく戦い続けている。昼間から涎《よだれ》を垂らして眠りこけた。それでも躰は生きようとしているのか眠りながら足を動かす。

丹波も半ば過ぎ、大江山まではあと一息という時、恐れていたことが起こった。長途、京からの追撃軍、方々の郡衙の兵、それに加えて丹波国衙の兵まで現れたのである。敵は一千を超え、こちらは怪我人も併せて百。強気な星哉でさえ、悲愴感に打ちひしがれていた。

「桜兄……ここで散っても、もう父上は怒らないよな」

これまで星哉の愚痴を叱りつけてきた欽賀も、何も言わずに目を伏せた。

「まだ諦めるには早い」

桜暁丸は零れ落ちる前髪を掻き上げた。すでに諦めかけている己を鼓舞するためであったかもしれない。千の軍勢が地を鳴らして向かってくる。弦の緩くなった弓に矢をつがえ、刃の毀《こぼ》れた刀をかまえる。これが最後の戦になるだろうと誰もが思った。敵の足並みが遅くなった。よく見ると視線が己らの背後に注がれている。桜暁丸ははっとして振り返った。

山々の稜線にびっしりと旗が立っている。赤旗に縁は黒。中央に大きく「粛」と書かれていた。旗が蠢き、一斉にこちらに向けて下ってきた。その音は敵の跫音よりも遥かに大きく、地響きを上げている。朝廷軍の顔が引き攣《つ》り、進行方向を変えて引き返しだした。取り乱した者などは、鬼が出たと繰り返しながら腰を抜かしている。桜暁丸らは全身から力が抜け、それを呆然と眺めるのみである。

「桜暁丸。たたらでも踏んでいたかのように汚い面だぞ」

豪快に笑いながら横を駆け去ったのは虎前である。自慢の金棒で蠅《はえ》を叩き落とすかのように、敵を馬上から飛ばしていく。その後を桜暁丸は追いかけた。虎前は団欒《だんらん》の時のような語調で話した。

「狼煙台が逃げる畝火の民を捉えたのが先刻。来るのが遅うなってすまぬ」

「すまない。竜王山のことも罠だった。葛城山は先兵の犬神に見張り小屋がやられた」

「犬神め。京人の飼い犬が板についてきおった。竜王山の一件は聞いている」

見下ろした虎前は顎をしゃくった。朝廷軍の退路になる森からまたもや無数の旗が立ち上がる。喚声を上げて突貫してきた。

「皆殺しにしろ‼」

叫びながら先頭を馬で疾駆するは、短剣を諸手に握った葉月である。物騒な言葉、休むことなく迸らせる血刀に似合わず、一つ結びにした長髪は風に揺れ、優雅ささえ醸し出している。

「我らも加わるぞ。地獄の底まで追い落とせ！」

桜暁丸が吠えると、畝火の者も先程までとは別人のように躍動した。欽賀は得意の微塵で敵兵を引きずり回し、星哉は曲刀を水車の如く旋回させて討ち取っていく。

「葉月、無事だったか。案じたぞ」

乱戦の中、桜暁丸は葉月に呼びかけた。

「自分の身をお案じ下さい。膝が笑っておられます」

くすりと笑った葉月は、めぼしき敵を見つけると馬から馬へ飛び移って首を刈った。

「さすがは滝夜叉姫だ」

からかい交じりに言うと、葉月はむっとした顔でこちらを見た。

「その名で呼ばないで下さい。貴方こそ京人から何と呼ばれているかご存知ですか？」

花天狗。と言いかけたが、その蔑称は葉月も知っているため、わざわざ問う必要はなかろう。首を傾げながら敵の脇腹をなぎ払った桜暁丸に、葉月は再び微笑した。

「酒呑童子《しゅてんどうじ》。御大層な名です」

葉月は言い残すと、再び乱戦の中に斬り込んでゆく。

「しゅてん……どうじ」

生糸の束のように靡《なび》く葉月の髪を目で追いながら反芻《はんすう》した。

＊

朝廷軍は散々に打ち破られ、這《ほ》う這《ほ》うの態で逃げていった。大江山に辿り着いたのは葛城山陥落から実に二十四日後のこと。粛慎の歓待の宴もほどほどに、桜暁丸は床につくと貪るように眠った。この激動の二月による疲れがどっと押し寄せてきたのである。

悪夢を見た。己と共に生きた人々が次から次と現れ、血を流して倒れて行く。それだけでなく、今まで己が斬った者も現れた。どの者も恨めしそうにこちらを睨み付けている。

中には最近斬った、加英と名乗った犬神もいた。

――俺とお前で何が違う。

怨嗟の言葉を吐かれたところで目が覚めた。慌てて身を起こすと、そこには寄り添うように座る葉月がいた。桜暁丸の様子に葉月は驚いている。

「酷くうなされて、汗を掻いておられました」

葉月の手には乾布が握られている。汗を拭いてくれていたということか。

「どれほど眠っていた」

「丸一日。私が様子を窺いに来た時にはすでに苦しそうでした」

「夢を見ていた」

「どのような夢です」

「忘れた」

そう惚《とぼ》けて視線を天井へやった。桜暁丸は身の毛がよだつほど恐ろしかった。ふと気づけば両手が些か震えている。そこに葉月の白い手が差し出され、重なった。

「何ともない。眠り過ぎて躰が鈍っているだけだ」

強がってみせたが、葉月は何の反応も示さずにこちらを見据えている。その視線に堪えかねて桜暁丸は再び上に目をやる。

「ふふふ……柄にもないぞ。まさか俺に惚れたか」

心配かけまいと口元を綻ばせると、目一杯からかってやった。

「ええ。惚れました」

聞き違いではあるまい。耳朶に柔らかな音の感触が残っている。恐る恐る視線を下げてゆく。

葉月は泣いていた。理由は分からない。男などは大概そのようなものである。そう己に言い訳しながらそっと肩に手を回した。葉月は戦場とは別人のようにたおやかに倒れ込むと、子どものように声を上げて泣いた。ここで京人のように恋歌を詠むか、そうでなくても気の利《き》いた言葉でも掛けてやればよいのだが、生憎《あいにく》己にはその素養もなければ、繊細な心も持ち合わせてはいない。ただ捻り出したたった一つの言葉を添えて、思い切り抱き寄せた。

「何があろうともお主は生きよ」

ゆっくりと口を重ねると、唇でほんの少し嚙んでみた。

――餅に似ている。

頭に過ったのは、保輔に食わせてもらった餅の味であった。京人は恋に長《た》け、この感触や味も艶やかに表現するだろう。これを餅に譬える己は、つくづく京人とは違うのだと妙に納得して、桜暁丸は自嘲気味に微笑んだ。

＊

桜暁丸は椅子に腰かけ、卓に頰杖をついて周りを見回した。桜暁丸を除く者たちで議論が紛糾している。口を出したいのは山々であるが、先刻、この議題に関してお主は黙っておけと虎前に釘を刺されたばかりである。何も話さずにいると眠気に誘われ、欠伸《あくび》をしてしまった。

この椅子というものは遣唐使が持ち帰ったらしいが、この国の民には合わなかったらしく普及はしていない。粛慎たちは遣唐使が持ち込む遥か以前よりこれを使用していたらしい。

桜暁丸にとって椅子は心地良いものであった。卓と呼ばれるこの台に突っ伏せば、座りながらにしてよく眠れるだろう。そのようなことを考えながら話の成り行きを見守った。

――大江山の頭を新たに桜暁丸とするか否か。

この一件がこじれているのだ。これだけを聞けば、粛慎の者が反対していると思うであろうが、現実は正反対である。現頭の虎前を始めとする粛慎の幹部、竜王山から逃れてきた葉月を始めとする滝夜叉が賛成し、欽賀、星哉兄弟と畝火が猛反対している。

虎前は血ではなく、優秀な者が皆を導くという粛慎特有の考えを前面に押し出し、今は亡き叔父豹弾も認めていたと熱弁を振るった。同意する葉月はといえば理論的ではない。要約すれば、ただ桜暁丸が良いという感情的なものである。

一方の欽賀、星哉の論は、畝火はまだ再興の芽が絶たれた訳ではなく、いずれは葛城山を奪還する。その時に桜暁丸がいなくては覚束ない。つまり粛慎に奪われたくないというものであった。桜暁丸は就任を固辞したが、黙っておれと一喝された。仮にも己が頭に推す者にその言はないではないかと思い、桜暁丸は苦笑して押し黙っていた。しかしこのままだと何夜経っても結論は出そうにはない。

「お主らの申すことはよく解った。粛慎の皆がそこまで推してくれるならば吝《やぶさ》かではない。だが俺は毬人には十七年もの間世話になった。畝火再興の折にはそちらへ行く。それでよいではないか。今は力を合わせて事に臨む時だ」

場を上手くまとめ上げたことで、虎前は己の目に狂いはないと称賛し、欽賀らは渋々ながら承諾した。

「桜様ならば間違いありません」

葉月は熱っぽい目を向ける。偶然にも穂鳥と同じ呼び方である。一瞬穂鳥のことが頭を過ったが、今はその時ではないと振り払った。

――上手くまとめ上げられればよいが……。

強烈な個性を持つ面々を順に眺めながら、桜暁丸は指でこめかみを掻いた。

*

年が変わると大江山は新体制となった。推されるがまま頭領の座に就いたが、あくまで軍を統括する者といった意味合いで、粛慎の頭はこれまで通り虎前が務め、同時に補佐役にも当たる。欽賀、葉月、星哉の順で続き、その後に粛慎の旧来幹部という席次だ。

余所《よそ》から来た者に手厚く、望外とも言える席次となったのには、葛城山、竜王山が奪われたことで、間もなく大江山にも難が及ぶだろうと危機感が高まっていたからである。豹弾存命ならばまだしも、今の大江山に大局を見据えられる者はおらず、このままでは座して滅亡を待つばかりと粛慎の者は考えていた。最も有能な者が指揮を執るべきという粛慎の考え方の特異性、寛容性が根底にある。

もう一つ最大の理由があった。京人は夷、土蜘蛛、鬼などという蔑称で呼ぶ。屈した者には童と名付けて己たちの奴婢として扱う。さらに穂鳥のように戦わぬ者にまで危害を及ぼす。それは桜暁丸だけでなく、皆に大きな変化をもたらした。己らの営みを守るだけではなく、この世の全ての童を救うという目標が暗黙の内に皆の心に宿ったのである。それを初めて口にしたのは桜暁丸であった。

「罪のない命を奪われるくらいなら、戦って死んだほうがどれほど良いだろう」

畿内周辺で抵抗を続けているのはこの大江山だけになった。だが東国や西国筋や四国、遠くは陸奥《むつ》や九州には同じように朝廷に服さぬ者たちが少なからずいる。大江山はその者たちの最前線であり、希望の象徴になると信じていた。

「全ての童と呼ばれる者たちへ檄を飛ばす。この国に問う。人はどうあるべきかを」

桜暁丸は主だった者を集めてそう宣言した。それは連なる四山に分かれて住まう兵総勢千五百、その家族数千に伝えられ、皆の総意となった。

寛弘三年（一〇〇六年）、春の訪れを感じさせる如月のことであった。

第七章　黒白《こくびゃく》の神酒《みき》

金時《きんとき》はかつてないほど疲弊し、かつてないほど危機感を抱いていた。それは金時だけではなく、京に住まう全ての武官がそうだろう。

寛弘《かんこう》二年の大征伐まではことは上手く進んでいた。竜王山《りゅうおうざん》の賊を誘《おび》き出して桂川付《かつらがわ》近で殲滅《せんめつ》。途中、邪魔が入ったことで頭《かしら》こそ取り逃がしたが、多くの兵を討った。

「竜王山は瀕死の状態。精兵を送らずとも落ちます。今こそ大和《やまと》の化外《けがい》の者どもを滅ぼしましょう」

主君頼光《よりみつ》は左大臣藤原　道長《ふじわらのみちなが》公にそう進言して容れられた。

葛城山《かつらぎさん》攻めの大将は卜部季武《うらべのすえたけ》、畝傍山《うねびやま》攻めの大将は碓井《うすい》貞光《さだみつ》、金時は葛城山攻め副将として配されていた。

本拠である葛城山のほうが先に落ち、金時は頂上まで駆け上がった。

——このようなものを作れるのか。

金時が抱いた率直な感想はそうだ。葛城山は自身が住んでいた足柄山《あしがらやま》よりも数倍大規模であり、それは砦《とりで》でありながら町であった。

土蜘蛛《つちぐも》の家族が逃げ惑い、肩を寄せ合うようにして震えている。季武は静かに虐殺の指示を出した。此度の征伐に際し、動く者は草木であろうとも根絶やしにしろと命じられている。

――本当にこれが帝《みかど》の御意思なのか……。

金時は疑問を持ち続けている。元来化外の民である金時にとって、当初、帝が崇高なものであるとは感じなかった。だが何十年と京に住まい、皆が帝を心の拠り所にする訳が分かった気がするのだ。勿論拝謁《はいえつ》したことなどはない。それでも京にいると得も言われぬ安心感というものがあり、それは幼児のとき母に抱かれる感覚に似ていた。

金時はこの下命は道長の意思だと考えている。道長は政敵を次々に排除し、もはや京でその地位を脅かす者は一人もいない。その道長が唯一恐れているものこそ彼ら外敵の存在であろう。まさか京を奪われる事態にはなるまいが、彼らが跋扈《ばっこ》すれば己の政《まつりごと》の是非が問われる。

「卜部様、追い散らしましょう」

「金時、武人は命《めい》にただ従うものぞ」

季武は常通り言葉少なく答えたが、その表情には若干の翳《かげ》りが見えた。

――渡辺《わたなべ》様ならば、必ずそうなさるはずだ。

金時はなおも食い下がった。綱《つな》は桂川での一戦で滝夜叉《たきやしゃ》の頭を故意に逃がしたことを巨細《こさい》漏らさず報告され、謹慎を言い付けられていた。また綱自身もそれを受け、隠居を仄《ほの》めかしている。

「金時……これ以上は無用だ」

季武は話を打ち切り、配下の者に殺すよう命じた。

「皆の者、殺すな！　逃がせ！」

説き伏せることは無理と見て、金時は独断で指示を出した。季武は激怒し詰め寄ってきたが、それを無視して己《おのれ》の手勢には逃げる者を追わぬように命じた。

「これは謀叛《むほん》と取られかねぬぞ！」

「彼らは兵ではない。過ぎた殺しは帝の御名に傷がつきます！」

「お主が帝の御心を推し量るなど、出過ぎた真似ぞ！」

季武が抜刀したので、金時も長板斧を引き寄せて睨《にら》み合った。その様子を見ておろおろする息子の金太郎《きんたろう》に命じた。

「逃がせ。父が全ての責を負う」

「その覚悟ならばもはや言うまい。俺は殺す。お主は逃がす。それでよい」

季武はそれきり押し黙り、重ねて指示を出すことはなかった。それも幸いして半数以上を山から落ち延びさせることが出来た。

残るは畝傍山であったが、陥落間際という時、背後より三百ほどの一団が奇襲をかけてきたのである。それは落としたばかりの葛城山の残党であった。

「お主の甘さがこのような事態を招く」

季武は愚痴を零しながら防戦の指示に当たる。一団は脇目も振らず畝傍山を目指して過ぎ去っていく。中にはあの花天狗と呼ばれる桜暁丸《おうぎまる》の姿もあった。

「背後を衝《つ》くぞ。金時、手伝え！」

金時も吼《ほ》える貞光に続いて山肌を駆け上がる。どうやら敵は山に籠もる者と合流し、そのまま北方へ落ちていく算段であるらしい。金時は葛藤《かっとう》した。先ほどの奇襲により配下にも被害が出ている。季武の言う通り己が甘かったのかもしれない。それでも兵でない者を殺さないという選択だけは間違ってはいないと信じた。

敵は潮が引くように頂上に吸い込まれていくが、僅《わず》か五十ほどが踏み留まって殿《しんがり》を務めている。その中の頭と思しき男は、雪を彷彿《ほうふつ》とさせるほど白い衣服に身を固めていた。

「おい、貴様！　俺と闘え」

やはり貞光は齢《よわい》を重ねても大将に向く人材ではない。我慢していた鬱憤を晴らすかのように刀を抜いて近づいてゆく。白衣の男の銙帯《かたい》には精巧な竜文《りゅうもん》の鉸具《かこ》が付いており、只者ではないことが見て取れた。

「よかろう。掠奪者の将よ」

「碓井貞光という名がある。お主も名乗れ。墓は作ってやらぬがな」

「毬人《まりと》、お主ら京人《みやこびと》が反逆の首魁《しゅかい》と呼ぶ者よ」

貞光の笑いは忍び笑いから高笑いに変じた。それとは対照的に金時は驚きを隠せない。

「毬人殿、何故謀叛を企てるのでありましょうや」

金時が進み出たことで、貞光は大袈裟《おおげさ》に舌打ちし、毬人は片笑《かたえ》んだ。

「遥か昔、我らの先祖はある御方に救われた。その御方は全ての民が和さねばこの国は成り立たないというお考えであった」

どれほど昔の話をしているのか摑《つか》めず、首を捻《ひね》る金時に、毬人は澱《よど》みなく語り続けた。

「その御方は大陸の争いに介入せず、この国の民が手をとり合うことに力を注ぐべきだと進言したが、汚名を着せられて討たれた。そして故郷から離れた地で多くの命が徒《いたずら》に消えたのだ」

「白村江《はくすきのえ》……」

それは敗北の歴史であり、現在《いま》では口にするのも憚《はばか》られるとかつて綱は言っていた。

「世の人々が何と申せども、我らを手厚く遇して下されたことを忘れはせぬ。以後、その恩義から朝廷の潮流に逆らい続け、我らはこうなった」

「もう良かろう」

貞光は言うや否や雷撃の如き突きを繰り出す。毬人は剣でそれを受け流して応戦する。共に並みならぬ達人であるが、僅かに貞光の力量が上か。次第に押されて毬人の剣が宙を舞った。その刹那《せつな》、腰の細工金具を外して貞光の頬《ほお》に突き刺す。それでも貞光の手は緩まず、渾身の一撃を繰り出した。胸から腹にかけ斬られた毬人は二、三歩よろめいて仰向けに倒れた。満足げに眺める貞光の脇を抜け、金時は毬人の元へ駆け寄った。

「何か言い残すことは！」

「今でも我が畝火《うねび》は入鹿《いるか》様の示された道を諦《あきら》めぬ……」

「やはり……」

金時は話の途中から毬人がある御方と呼ぶのが何者であるか、察していた。

「畝火の遺志は、次に託された……やつは俺よりももっと諦めが悪いぞ」

毬人は血糊が付いた口元を綻《ほころ》ばせて朗らかに笑うと、ゆっくりと目を閉じた。

綱は馬鹿々々しくなったか、謹慎が明けても隠遁《いんとん》を決め込み、故郷の摂津に帰ってしまった。

それから早六年。以降、朝廷軍が大勝を得たことはただの一度もない。

各地で頻発する反乱は、北は陸奥《むつ》、南は九州薩摩《さつま》に及び、勢いは止まることを知らない。どうやら大江山に逃げた桜暁丸が全国各地に向けて、檄《げき》を飛ばしているらしい。

金時に生涯で最も多忙な時が訪れた。東国の常陸《ひたち》へ派遣されて戦い、京に戻ったのも束の間、今度は四国伊予《いよ》に行くように命じられる。またそれが終われば九州日向《ひゅうが》、信濃《しなの》、周防《すおう》、時には海を渡って佐渡《さど》の鎮撫に向かったこともある。嫡男金太郎の助けもあったが、まだまだ独り立ちさせるには心許ない。激務に次ぐ激務の中、金時は疲れ果てていた。肉体的なものよりも精神的な理由が大きい。

――いつになれば終わるというのだ。

金時、季武、貞光の三人が、京で一堂に会する機会があった。寛弘八年（一〇一一年）秋、この三人が揃うのは実に三年ぶりのことであった。

「実に久しぶりだ。お主らの手柄話を聞かせてくれ」

そう言って季武は杯を傾けた。

「薩摩での話だが、これが強いの何の。最後には見事平らげてやったがな」

などと敵の強弱ばかりを論ずる貞光。二人の会話に入らずに、金時は手酌で杯を重ねた。

「妙に気落ちしているな。どうかしたか」

貞光の問いに対し、金時はゆっくりと杯を置いた。

「私たちは正しいのでしょうか……」

ぽつりと呟《つぶや》いた言葉に二人は押し黙った。昔ならばお主がそちら側の出自だからと面罵されたかもしれないが、多くの死線を共に潜り抜け、金時の忠義を知った今、そのような反応はない。

「命じられればやる。いつかも申したが、我らにはそれしかない」

「しかし……彼らは……」

金時が言いかけた時、割って入ったのはこのような話題には普段興味を持たない貞光である。いつになく神妙な語調であった。

「奴らは堂々としているな。朝廷の新兵とは比べられぬほどに。卑怯な真似などされた覚えはない。それだけは自ら刃を交えた俺には解る」

「むしろ詐略に嵌《は》めて討ち取っているのは我ら……」

再び静寂が訪れた。暫《しば》しの無言の後、それを打ち破ったのは季武であった。

「それほど奴らが強いということだ。全てを正面から当たっていてはこちらが負ける。奴らには奴らの想いがある。我らには我らの想いがあり、鎬《しのぎ》を削っているに他ならん」

確かに立場が違えば物の見方も変わり、生き方も様々なはずである。虐《しいた》げられた者の中には、己や犬神《いぬがみ》のように京人に従うことで一族を守ろうとしている者さえいる。

「中でも酒呑童子《しゅてんどうじ》は一段違う。花天狗と呼ばれていた小僧の時に仕留めておくべきだった」

季武は少し口惜しそうに言った。朝廷は大江山を見過ごしていた訳ではない。この六年の間に十一度の遠征を試み、いずれも完膚《かんぷ》無きまでに敗れている。そのうち金時は一度、季武も一度、貞光に至っては三度も大将を務めて負けていた。金時は溜息交じりに言った。

「大江山は葛城山、竜王山と比べられぬほどの要害。容易くはありませんな」

「それにあそこはどいつも一騎当千。俺は一度目、虎熊《とらくま》童子という恐ろしく大きな男と戦い、二度目は金熊《かなくま》童子、星熊《ほしくま》童子の土蜘蛛兄弟に翻弄《ほんろう》された。三度目は……胸糞悪い」

「茨木《いばらき》童子。女子に負けたのであろう」

貞光にそれは禁句となっていると聞いていたが、季武は何の遠慮もなく言い放った。

「気をとられているうちに退路を断たれただけ。もう少し時があれば確実に仕留めていた」

この場にいる者は皆、夜雀《よすずめ》の働きによりそれらの敵の前身を知っている。虎熊童子とは大江山の前頭領である虎前《こぜん》。金熊童子、星熊童子は葛城山の毬人の息子である欽《きん》賀《が》と星哉《せいや》。茨木童子とは摂津茨木竜王山の元頭領、葉月《はづき》。

「ところで何故そのような大層な名を付けたのだ」

貞光は急に気になってきたようで首を捻った。

「上の決めることはよく分かりません。が……おそらく熊という字を入れることで恐ろしさを示して警鐘を鳴らしているようです。童子は言わずもがな……あくまで彼らは京人の奴婢《ぬひ》であるということを示しているのかと」

金時の解説に一旦は納得したものの、貞光はさらに疑問を投げかけた。

「では茨木童子はなんだ。熊が入っておらん」

「いばくま童子では語呂が悪いからではないか？　それに茨木は地名よ。お主は熊の字のない者に負けたことになる」

季武がにこりともせず即答したので、貞光は頭を掻《か》きむしって憤慨している。

「では酒呑童子は何だ！　たかが桜暁丸だろう」

これに対しては季武も唸《うな》って考え込むばかりで答えなかった。この名だけは帝が「酒呑」と呼ばれ、後に廷臣が童子を付けたと聞いている。帝の考えを推し量ることすら憚られるが、金時も同様に考えたことがあった。茫《ぼう》と杯に手を伸ばし、口をつけた間際、金時ははっとして杯を落とした。何事かと二人が顔を覗《のぞ》き込む。おそらく己の顔は真っ青になっているだろう。

――帝はまさか……。

酒は神事とは切っても切れぬものである。それは内裏《だいり》でも同様であり、即位の儀式でも重要な位置を占める。まさか帝が酒を呑むということを、酩酊《めいてい》し見苦しい様などという風には連想すまい。神事における酒は神酒《みき》と謂《い》い、米から作られた白酒《しろき》と、そこに灰を入れて醱酵させた黒酒《くろき》がある。田と畑の統合を表しているとする説や、清濁併せて世を一つに平らしむという説など、諸説あるが金時如きがその真意を知るべくもない。少なくとも帝にとって酒を呑むとは、その儀式が最も身近であるはず。なら

ば酒呑が意味するものとは、

「民の和同……」

思わず口から滑り出たが、金時は慌ててごまかした。心ここにあらずという金時に、季武が話しかけた。

「近く筑紫《つくし》に行くらしいな。彼の国の反乱は大江山に次ぐ大規模なものとか。気をつけよ」

「はい。こんな時、渡辺様がおられれば心強いのですが……」

「綱は悠々自適を決め込んでおる。あのような暮らしのほうが性に合っているのだろう」

「卜部様は伊豆《いず》、碓井様は飛驒《ひだ》でしたかな。お二人もお気をつけて」

金時は背筋をぴんと伸ばした後、二人に向けて深々と頭を下げた。身分の違いを慮《おもんぱか》ってのことではない。ただ老いても戦い抜く武人に敬意を表しただけである。そんな時も頭の片隅には酒呑童子の由来のことが過《よぎ》っていた。

＊

――乱世が続けば、いつか必ず朝廷は席につく。

古代以来の反乱の多さに、廷臣の中には辟易している者もいよう。屈する訳ではなく、対等な和議を結ぶ機会も必ず訪れると見ていた。その時まで、この流れの象徴である大江山が負ける訳にはいかない。十度防ごうが、百度勝とうが、次の一戦に負ければすなわち変革の火は消える。そのためにも軍備には特に力を注いでいた。

「頭、ようやく整いました」

配下の者の得意げな報告に、桜暁丸も微笑した。一年半前より構想し、準備してきたことがついに完成したのである。正殿の前の馬場には十騎の騎馬兵がいる。常のものと異なるのは、馬が鎧冑を装着していることである。さらに馬体は畿内、西国で産するものよりも一段二段大きく逞しい。大江山の秘策となる鉄騎兵である。

粛慎《みしはせ》、畝火、そして東の豪族の流れを汲《く》む滝夜叉の融合は、軍事において革新をもたらした。畝火はその昔、蘇我《そが》氏に従っていたこともあり高句麗《こうくり》の文化が残っていた。欽賀や星哉もかつて渡来した眉庇付冑《まびさしつきかぶと》を代々受け継いで使用している。

また葛城山陥落の時、毬人が何とか持ち出すように命じたのは、先祖代々受け継いだ馬具である。それは鏡板《かがみいた》付きの轡《くつわ》、鐙などの実用的なものから、雲珠《うず》、杏葉《ぎょうよう》のような装飾用のものもある。中でも桜暁丸が目をつけたのは馬甲、馬冑と呼ばれるものであった。馬甲は鉄を薄く折り重ねたもので腹を守り、馬冑は顔にすっぽり被るようにして使い、頭を守る。これならば馬を標的にされても耐えうるはずであった。

「何故このようなものを持っていながら使わなかった」

桜暁丸の問いに欽賀が答える。

「これは全て大陸より渡ってきたもの。我らにはこれを造る技も、鉄も足りません」

虎前が馬冑を手に取り、まじまじと見ながら言った。

「我らならば造れる。鉄も腐るほどある故、問題はなかろうよ」

「しかしそれが造れても大陸の馬と違い、この国の馬は小さすぎて重さに耐えられないだろう」

星哉は悔しそうにもう一つの叶わぬ訳を唱えた。

「それならば何とかなるかもしれませぬ。御存知のように曾祖父は平将門《たいらのまさかど》。未だ東国、陸奥に地縁があります。勇壮な駒を手に入れてみましょう」

幸い大江山の目と鼻の先には海が広がっている。葉月がその段取りをつけられるならば、海路にて安全に手に入れられるだろう。

「よし……やってみよう」

桜暁丸の決断により計画は始動し、今日を迎えたのである。

「現段階で二百騎。あと百騎は増やす。陸奥の駒は躰が大きい分、飼い葉もよく喰らう。そこらが妥当だろう。乗り手の選定は事前に話し合った通り虎前に任せる。訓練に励んでくれ」

個々の特性、才覚に合わせて軍の再編も行っている。馬をいくら鉄で固めても、乗る者が軽装備ではそこを狙われる。故に畝火が持つ高句麗由来の重装備に身を包む必要がある。ならば巨軀の者が多い粛慎こそ適当である。

また鉄騎兵とは別に、従来の軽騎兵は機動力を最優先する。長年夜盗をしてきた滝夜叉こそ適任と見て、葉月が三百騎を率いる。

六百の歩兵は星哉が率いる。星哉は面倒見が良く、如何なる者からも好かれている。それぞれの一族の混成からなる歩兵を纏めるには向いていた。

飛び道具は常に敵との距離を測らねばならぬため、冷静沈着な欽賀に任せた。弓矢だけでなく、畝火の者が使う鋲や綱、微塵などもここに含まれ、緊急時には砦の修復も行う。その数は五百。

最後に桜暁丸が率いる近衛兵が三百。これは武芸に長《た》けた者を集め、そこに師匠である蓮茂《れんも》から授かった剣技、保輔《やすすけ》から習った夜雀の技を仕込んだ最精兵である。

こうして寛弘八年の夏、大江山は桜暁丸の思い描いていた軍備を整え終えた。

＊

松虫が鳴き始めた夏の終わり、遥か西の彼方、筑紫から豊国《とよのくに》に跨《また》がる求菩提山《くぼてさん》より大江山に使者が訪れた。正使と副使の格好を取っているのか、使者は二人である。

彼の地には熊襲《くまそ》の流れを汲む者たちが住まい、京人からは「不知火《しらぬい》」あるいは「赤足《あかあし》」などと呼ばれていた。不知火は求菩提山に連なる英彦山《ひこさん》、犬ヶ岳《いぬがだけ》も棲家としており、それらが相互的に機能して守りを固めているという点において、葛城山と畝傍山に似ていた。

不知火は百年以上前に朝廷に服属していたとはいえ、長年京人の出先機関である大宰府《だざいふ》との諍《いさか》いが絶えなかった。うら若き女子が嬲《なぶ》られたこと、些細な理由から斬り殺されたことなども多々あったという。我慢の限界に達していた時に、丁度大江山からの檄文が届き、立ち上がったという経緯があった。

使者は桜暁丸を拝して悲痛な声で訴えた。

「我らは大宰府の兵と張り合うだけで精一杯。京では出師《すいし》の御触れが出され、この秋には畿内三千の兵が当地に向かって参ります。当山に援軍をお送り頂けないでしょうか」

桜暁丸は小さく唸って考え込んだ。使者が口にしたことは想定内であり、何か方策はないものかとすでに思案していた。遥か西方の求菩提山まで援軍を送るというのは現実的ではない。そこに至るまで多くの国を越え、一体何度戦を経なければならぬか想像もつかない。

今では大江山の兵は二千に迫るとはいえ、半数も割けばここの守りにも支障が出てくる。しかし九州の雄である不知火を見捨てては、その影響は九州全土に及ぶ。

「お聞き届け下さらねば、当山は再び屈するか、滅ぶほかありません!」

返事が芳しくないと見たか、副使が堪りかねたように叫び、それを正使が慌てて咎《とが》めた。

「分かりました。手を打ちましょう」

二人の使者は感嘆して頭《こうべ》を垂れた。

「求菩提山までは行けそうにない。だが畿内からは一兵たりとも筑紫へ送らせぬ。これまで通り大宰府のみに向かって下され」

使者はなおもその方法を聞かせてくれとせがんだが、それだけは明言しなかった。桜暁丸としても決めかねていたからである。だが確約することで使者らは安堵の表情を見せ、一夜を過ごした後帰って行った。

京に放った斥候により、筑紫鎮撫軍の陣容が審《つまび》らかになった。それを受けて主要な者を集めて緊急の軍議が行われた。

「兵の数はおおよそ三千。大将は坂田金時《さかたの》」

桜暁丸が状況を説明すると、皆はそれぞれ異なった反応を見せた。

「坂田と言えば、一昨年攻めてきた将だろう。あの時のように軽く粉砕してやるさ」

若い星哉などは、これまでが連勝続きで少々気が大きくなっているのか大口を叩いた。

「星哉、驕《おご》るな。決して楽な戦などない」

慎重な欽賀はすかさず弟を窘《たしな》める。

「とはいえ、いかなる敵であろうが倒さねばならないことに変わりはない」

葉月の言葉に星哉は目を輝かせて同調した。

「前回は俺が矛を交えたが、並々ならぬ腕力に舌を巻いた」

粛慎の中でも図抜けた怪力の虎前がそう言うのだから間違いはない。

「あの男の真の恐ろしさは心の強さであろう。奴は俺たちと同じ出自。侮蔑《ぶべつ》や嘲笑に負けず、一手の大将を任されるまでになった。昨今の戦振りを伝え聞いても、用兵にも通じている。よほど勉学に励んだに違いない。俺が出逢った頃とはまるで別人だ」

金時がここまで出世する苦労は、この場にいる者なら容易に理解出来る。

「俺が腹案はこうだ」

桜暁丸は卓に広げられた絵図を指差しながら、滔々《とうとう》と策を語った。皆が身を乗り出して話を聞き、時に意見を言い合いながら軍議は実に六刻（十二時間）に及んだ。

播磨《はりま》国の国境、佐用《さよう》を越えたあたりで、金時は高熱を発して軍を止めた。しかし心配する息子や配下をよそに、一晩ゆっくり眠ったらば、昨日の不調が嘘のように復活した。

「もう一日休んでもよいのではないでしょうか？」

眉を下げて尋ねる金太郎は齢二十四、立派な武人へと成長していた。頼光《よりみつ》の推薦で蔵人所《くろうどどころ》の下で内裏の警護にあたる滝口《たきぐち》武者に選抜されたことから、専《もっぱ》ら蔵人《くらんど》と呼ばれている。

「心配はいらぬ。むしろ常よりも調子が良い。若き頃を思い出すほどにな」

金時は快活に笑うと寒空の下、諸肌を見せてざぶりと水を被った。言ったことは嘘ではない。昨夜久しぶりに母の夢を見た。今までの夢の中では涙する姿しか見たことがなかったが、この度は初めて笑っていたのだ。天の母に向け、己らの生活を壊した京人に加担していることを詫びなかった日はない。それが今日、初めて赦されたような気がした。

「美作《みまさか》を一気に渡り、一日の遅れを取り戻そうか。この老兵に付いて来られるか？」

金時が戯《おど》けて言うと、配下の者はわっとさざめいた。五十路も半ばを迎え、決して若くはないのだが、些かも衰えぬ金時の体力を皆よく知っている。

——もう迷いはせぬ。

馬に揺られ、天を仰ぎ見た。澄み渡る冬空は、今の心境を表しているようであった。

金時は身分の高い者、低い者、出自が京人である者、童と呼ばれた者、多種多様な人材を配下に抱えていた。これは金時が望んだことであり、他の軍に比べても混成ぶりは群を抜いている。それが軽口一つでどっと沸く。同じものを見て笑い、同じものを見て泣く。人としての違いなど感じられなかった。

当初は金時の下《もと》に付くことを拒む者も続出した。それでも根気よく説き、来てくれた者には胸襟《きょうきん》を開いて接した。そしていつしか真の家族のように心を通わせていった。境遇で括れば、大江山や葛城山、これから向かう求菩提山の者たちに同情する。彼らが何を求め、何のために戦うのかも理解出来る。そうであっても戦になれば、己が家族とも思う配下の命を奪いに来るのだ。金時は歴史や、血を同じくする者よりも、縁あってここで共に生きる者こそを守ると決めていた。

「麻佐利《まさり》。子は健やかに育っているか」

金時が近衛兵の一人に声を掛けた。満面の笑みを向けてくる麻佐利は確か当年二十九。脂の乗り切った時期である。金時は麻佐利の実直さを見込んで、近衛兵に加えた。

「はい。お陰さまで。母子共に病もなく」

「そうか。それは良い。そろそろ二人目も考えてはどうだ?」

「それが……実は腹の中に嬰児《ややこ》が……」

「それはめでたい。早く帰りたいであろうな」

「妻は決して若くはないので、心配しております」

「此度の戦が終われば暫《しばら》く休むがよい。気にするでないぞ。これは命《めい》である。妻を労《いたわ》り、たっぷりと可愛がってやれ」

麻佐利は恐縮して身を縮めて顔を赤らめた。麻佐利の妻は京人が童と呼ぶ者であったと聞く。自身は決して高位ではないが、歴とした武人の家系であるのに、周囲の反対を押し切って娶《めと》ったと聞き、金時は深く感銘を受けた。今では子宝にも恵まれ、仲間内でも有名な仲睦《なかむつ》まじい夫婦《めおと》として知られている。

――これも正しい道ではないか。桜暁丸よ。

遠く大江山にいるはずの桜暁丸に向けて心で呼びかけた。

美作路を三千の軍勢が行く。隘路《あいろ》も多いが、この辺りでは開けた場所に差し掛かった。疎《まば》らではあるが人家も見え、集落を成している。左右の者に何という地か尋ねたが知る者はいない。大将が興味を持っているということが伝わったか、軍列の後ろより一人の兵が駆け上がってきた。聞けば彼の者は美作国の出身らしく、周辺にも詳しいという。

「ここらは勝田荘《かった》と申します」

「勝田か……それは何とも縁起が良いではないか」

豪快に笑い声を上げたその時である。金時の耳朶が微かな異変を捉えた。北の丘陵に目をやると、稜線が波打っているような気がする。

「奇襲だ‼」

金時が大音声で言い、兵たちにどよめきが起こった。

「父上、美作で反乱は起きていません。何かの間違いでは――」

蔵人の言葉は右から左へと流れて行った。長年戦場《いくさば》で培った直感は己を裏切りはしない。

「あやつ……我らと並走しておったか！　急ぎ応戦の支度をせよ！」

その時には丘の先に幾本もの旗が見え始めていた。蹄《ひづめ》が地を蹴る音、嘶《いなな》きまで聴こえる。直前まで音を消していたということは、馬に沓《くつ》を履かせてきたということだ。相当な準備をしてきたことが窺《うかが》える。赤旗に縁は黒。中央には恐らく「粛」の字が染め抜かれているはずだ。近づくにつれ旗に記された文字もはきと見えてくる。

「童……だと」

今までと異なる。旗に記されている字は「童」であった。急いで弓隊を前面に出して防戦の指示を出す。驚きはそれでは終わらない。迫ってくる騎馬が南からの陽を受け煌《きら》めいていた。よく見ると馬体が大きく、鉄《くろがね》を纏《まと》っているではないか。こちらから射掛けた矢はそれらに弾かれてほとんど効果を得られなかった。

「二百騎ほどだ。落ち着いて当たれば問題はない！」

敵の騎馬隊が自陣に乱入した。刃も通らずに苦戦する者が続出する中、金時は馬を走らせ、すれ違い様に長板斧でもって殴り飛ばした。

「斬るのではなく殴れ！　落として突き刺すのだ！」

金時の指示により、配下も三、四人で一騎に迫り、しがみ付くようにして引きずり降ろしていく。被害は大きいが、一定の効果を上げていることで胸を撫で下ろしたのも束の間、今度は西側から新手が現れた。

——ずっと尾けられていたという訳か。

こちらの騎兵は先ほどとは異なり、軽装である。その分、迫る速さが凄まじい。気付いた時には横槍を受けて押されてゆく。このまま流れに身を任せ、東側に進んで軍を立て直すべきであると判断した。目の前には川があるが流れも緩く、さして深くはないだろう。

「東へ進め！　川を越え二方からの攻めを一手にまとめて受けるのだ」

じりじりと東へ押されてゆくが金時は冷静であった。所詮併せても五百騎程、落ち着いて対処すれば問題はない。

——大江山から長駆、騎兵だけで来たのか……。

ふと不安が押し寄せて来る。攪乱や兵糧の略奪だけならばそれもあり得るだろう。しかし大将を務めるようになって、最悪の場合を想定して物事を判断する癖がついていた。

「気を引き締めよ！　まだ敵には奥の手が——」

言いかけた時に東へ逃れた先頭から悲鳴が上がった。川向こうの繁みや家屋から湧き出た敵が網を投げて身動きを止めると、散々に射掛けてきたのである。何とか躱した騎馬も分銅のついた縄に脚を取られて横転する。敵は美作路を行くことを読み切って、先に罠を張っていたのだ。

「大将！　南に安蘇《あそ》と呼ばれる地があります。そこを目指しましょう！」

先ほど美作出身と言っていた兵である。肩や背に幾本もの矢を受けながらも、進言するために戻ってきた。

「父上、それしか道はございません！」

蔵人も懸命に訴えかけてきた。金時は群がる敵を長板斧で仕留め、静かに言い放った。

「南も来るだろう。ほれ……申しておる間に来た」

南北に流れる川沿いに土埃を上げて向かってくる一団がいた。それらの者は陽を背負ったことで色彩を失い、黒影《こくえい》が向かってくるように見えた。その時、金時の頭に過ったのは黒酒のことである。恐らく陽に照らされた我らは白く輝いているだろう。

新手は歩兵主体の五百。大江山から離れたこの地に実に千五百もの兵をつぎ込んでいる。残してきた兵は僅かであるはず。つまり敵は乾坤一擲《けんこんいってき》、己を打ち滅ぼしに来ている。

「西だ！　蹴散らして京までひた走れ！」

軽騎兵主体の西側が最も脆《もろ》いと見て、自身も含め西側へ突き進んだ。

「坂田金時！　婆様の仇だ！」

「茨木童子……滝夜叉姫か！」

双刀を振りかざして向かってくるは葉月。無闇に戦っている暇はない。すれ違ってやり過ごそうと小回りの利《き》かぬ長板斧を下げた。一太刀は躱したものの、二太刀目は頬を抉《えぐ》る。

金時は無心に西方を目指し、ようやく打ち破って退路を確保した。背後から間断なく敵が襲ってきて次々に味方が討たれていく。

「金太郎。無事な者を連れて撤退せよ」

「なりませぬ！」

「お主では到底持ちこたえられぬ。行け！　父の頼みだ！」

金時が馬首を転じて踏み止まった時、目に飛び込んで来たのは桜暁丸であった。

「皆の者、手を出すな。無駄に命を落とすことになる」

「しかし桜兄、大将を出す訳には……」

横で止めに入った若者は曲刀を携えていることから、畝火の星哉であろう。桜暁丸は高い鼻梁を手の甲で擦ると、馬から飛び降りた。踏んだ場数から貫目のある己と馬上で戦うのは不利だと熟知している。

「俺以外の誰が殺せる」

不敵に笑う口から八重歯が覗いた。桜暁丸は夜雀の技を遣う。こうなれば小回りの利かぬ馬上にいるほうが危険である。金時は長板斧を地に突き立てて馬から降りた。

「二十年前とは格が違うようだ」

「それはお互いであろう。迷いのない目をしている」

戦況は絶望的であった。周りで討死してゆく配下に、胸の内で何度も詫びた。

先に仕掛けたのは桜暁丸であった。大地を蹴ると一瞬で間を詰めて斬りかかった。柄で受け、頭突きを見舞う。桜暁丸はふっと全身の力を抜いて屈むと、電光石火で斬り上げ、金時は一歩下がりつつ長板斧を振り下ろした。得物どうしが絡まり合い、地に押し付ける格好となった。

次の瞬間、金時はがくんと前のめりに体勢を崩した。何と桜暁丸が刀を手放し、長板斧の柄に足を掛けて、高く宙に舞い上がっていた。腰から抜いた短剣が、金時の首の付け根に深々と突き刺さる。景色がゆっくりと流れ、目の端が霞《かす》む。止めを刺そうと、拾い上げた太刀を振りかぶる桜暁丸の姿が映った。

「坂田様‼」

声が聞こえた。片膝を突いて傷口を押さえながら頭を擡《もた》げると、そこには桜暁丸に対峙《たいじ》する麻佐利の姿があった。

——麻佐利……止《や》めよ。お主では勝てぬ。

制止しようとするが、喉《のど》がひりついて声にならない。二、三合刃を交えたが、桜暁丸の太刀が胸を切り裂き、麻佐利は魂が抜けたように倒れ込んだ。次に見たものは驚愕する桜暁丸の姿であった。

「まだ立つか……」

「もう止め……ようでは……ないか。俺を最後にしろ……」

長板斧を杖に仁王立ちした金時は、掠《かす》れた声で途切れ途切れに言った。頸《くび》から止めどなく血が溢《あふ》れ、胸の辺りまで生温かい感触が走る。

「攻めて来るのはお主ら京人であろう」

桜暁丸は己を京人と呼んだが、何の嬉しさも感じなかった。視線を落とせば横たわった麻佐利にはまだ息がある。今手当をすれば一命を取り留めるだろう。

「別の……道もある。そこの者の……妻は……我らと同じ童と呼ばれる者ぞ。頼む……子どもが生まれるのだ。助けてやってくれ。他の者も息がある者は救ってやってくれ」

間もなく消えるであろう己の命が、最後に燃え上がっているのか。話すにつれ、己でも不思議なほど声が出るようになった。

「分かった。誓おう……そのまま逝くか？」

「まさか。柄にもないことを申すな。桜暁丸よ」

金時は声をたてて笑った。桜暁丸も口元を緩め、ゆっくりと太刀を構え直した。長年共に戦ってきた長板斧をちらりと見て引き寄せた。

「さらばだ」

桜暁丸の声が届いた時、目の前は真っ暗になった。己は彼らと同じなのか、それとも京人になったのか。薄れゆく意識の中そのようなことを考えた。

——いや……生まれた時からただの金太郎だ。

躰から何かが剝がれてゆくのを感じながら、金時はゆっくりと眠りについた。

*

——頼光四天王、坂田金時死す。

その報は瞬く間に伝わり、京は蜂の巣を突《つつ》いたような騒ぎとなった。それを裏付けるように金時配下の将や兵が這《ほ》う這《ほ》うの態で逃げ帰ってきたことで、さらなる動揺が走った。三千の兵を動員して、戻ってきた者は千にも満たない。朝廷は事態を重く見て、京の入り口を固めて兵を迎え入れた。その上で坂田金時は熱病にて死んだことにし、箝口令《かんこう》を布いて一切語らぬように釘を刺した。

とはいえ人の口には戸が立てられないもので、大江山の鬼の襲撃を受け、こちらが多勢だったにもかかわらずに壊滅したと噂《うわさ》が広がった。中でも貴族たちなどは口さがない。金時が無能だから、童出身だから学がなかった、敵に内通して騙されたなどと勝手に噂した。

——鬼を我が手で討つ。

父の悪評を耳にする度、蔵人は口惜しい思いをした。父は配下の者を守って死んだ。謂《いわ》れのない汚名だけは何としても濯《すす》ぎたい。その思いは日に日に募っていった。

父の死から三月、蔵人は未だ喪に服していた。ある日、起きがけに家人が血相を変えているので、何事かと尋ねると、家の前に父が愛用していた長板斧が置かれていたという。その他に両手に載るほどの木箱もあり、恐る恐る開けると中には髪束が入っていた。

それから暫くして一条戻橋に老鬼が出没するという噂が立った。我が家に遺品を届けた者と何か関係があるのではないか。そう考えて蔵人は足を運ぶことにした。

——やはり根も葉もない噂か……。

そう思い、諦めかけた三日目の深夜、こちらに近づいて来る影が見えた。男である。半月のため、明かりが足りずその相貌までは確かめられぬが、薄雲を透き通す仄かな月明かりは、男の頭髪を僅かに銀色に輝かせていた。橋の袂《たもと》に身を隠し様子を窺っていると、男は橋の中央で止まり、月を仰ぎ見ていた。

「大江山の鬼だな……」

蔵人は長板斧に巻いた白布を取り去ると、低く呼びかけながら近づいていった。男は川面《かわも》に視線を移すだけで何も答えない。その横顔に見覚えがあった。

「あなたは……」

「金太郎。いや……今は蔵人と呼ばれておるらしいな」

白銀の髪に、老いてなお鋼の芯が入ったような体軀。父が生涯勝てぬと讃《たた》えた武人、渡辺綱である。今では摂津で隠遁生活を送っているはずであった。

「渡辺様が何故このようなところに。しかもこんな夜更けに……」

「金時が逝ったらしいな」

綱は再び天を見て細く息を吐いた。息は白く浮かび、やがて闇に溶け込んでゆく。

頷く蔵人に綱は続けて語りかけた。

「この一条戻橋が奴を討つ最後の機会であった。その日、俺は竜王山頭目をわざと見逃し、行かせてはもらえなかった。もし俺がいればどうなったか……」

一人想い耽るためにこの時刻を選んでいたということだろうか。

「父の仇を取りとうございます。お力添え願えませぬか」

ここで逢った縁を逃すまいと、蔵人は頼み込んだ。

「それはどちらのことだ？」

綱は全てを見通している。蔵人が鬼を怨み、同時に京人のことも怨んでいることを。

「そのどちらも晴らすためには、酒呑童子を討つほかありません」

「酒呑童子か……そのつもりで摂津より来たのだ。逢いに行こうか」

遠くを見つめる綱は討つと言わなかった。だからと言って見逃すという訳ではあるまい。何故その言葉を使ったのか蔵人には量りかねたが、深々と頭を下げて礼を言った。

風に吹かれて雲が流れ、顔を見せた上弦の月が、一条戻橋に佇《たたず》む二人を照らしていた。

*

大江山では議論が紛糾していた。息のある者を助けたものの、今後の対応に意見が分かれたのだ。そもそも戦傷者を遠く美作から連れて来るだけでも大変で、中には傷が深く途中で息絶える者もいた。辿り着いたのは百二十七人。これらを即刻放てと主張したのは欽賀である。山に長く置いておけば、砦《とりで》の構造や兵力、武器兵糧に至るまで多くの機密が漏洩することを恐れた。故に傷の回復を待たず山から追い出すべきという考えである。弟の星哉はそもそも生かしていることすら気にくわぬようで、この頃はずっと不機嫌であった。

一方、虎前は丁重に送り返すべきという考えに固執した。治療を放棄し、放り出せば京に着くまでに死ぬ者もいよう。助けた以上、最後まで面倒を見るべきと主張した。

「これを見殺しにしては奴らと同じではありませんか……」

葉月がぽつりと漏らした一言に、皆神妙な面持ちで押し黙ってしまい、方針が決した。傷が癒えた捕虜は一所にまとめて監視し、重傷の者は別の場所で山の女たちが交互に看護する。桜暁丸も日に一度は見廻るようにしていた。

「まだ目を覚まさぬか」

未だ一人、うなされて目を開けぬ男がいた。金時を救わんと向かって来て、己が深々と斬った男であった。

「はい。譫言《うわごと》は申しますが……先刻からも……」

看護に付いている女が言ったその時、丁度男の口から譫言が飛び出した。

「ほとり……ほとり」

顔からみるみる血が引いてゆくのを感じた。聞き間違いではない。確実に「ほとり」と呼んでいる。ただ己の知っている穂鳥と同じ人物なのかどうかは解らない。

「必ず生かせ。よいな」

厳しい口調で言い残し、桜暁丸はその場から離れた。

男が目を覚ましたのはそれより二日後。峠は越えたようで、すでに重湯を口にしていると報告が入り、桜暁丸は急いで男の元を訪ねた。男は最初こそ取り乱していたらしいが、今では落ち着いている。歳は己より十ほど下であろうか。引き締まった躰を見ても、相当の武人であることが窺えた。

「俺を覚えておるか」

「酒呑童子……」

男は恐怖を顔に出さぬように必死に我慢しているように見えた。京ではそう呼ばれ、人をとって喰うだの、解体して愉悦に浸るだのと噂されているのを知っている。

「名を何と謂う」

こうなれば己への恐怖を利用してやろうと、ことさらに声低く尋ねた。しかしそれは逆効果だったようで、男は口を真一文字に結び、何も話すまいとした。どうやら優しげな顔に似合わず胆が太い。桜暁丸は軽く笑ってみせた。

「名くらいあるだろう？　訊きたいことがある。なに、軍のことではない」

「麻佐利……」

「麻佐利。うなされていた時、何度もほとりと呼んでいた。誰だ？　どのような字を書く」

麻佐利は伏し目になり、少し迷いながら話した。

「妻だ。稲穂の穂に、空を翔《か》ける鳥。それがどうした」

桜暁丸は目を瞠《みは》った。いよいよ核心に迫る問いをしなければなるまい。

「その女子《おなご》、葛城山にいた者か？」

麻佐利は勢いよく顔を上げた。その目には不安の色が宿っている。

「やはりそうか……いつ夫婦になった。仔細を教えてくれぬか。教えてくれたならば、必ず無事に妻の元に帰すと約束しよう」

朗らかに言ったことで、ようやく麻佐利の強ばりも取れ、少しずつ語り始めた。

麻佐利は葛城山攻めに金時の配下として参加していた。金時は朝廷の命令を無視し、出来うる限りの命を救うことに努めた。その時に子どもたちを守っていた穂鳥も連行されたらしく、彼らを護送したのが麻佐利だった。京に連れていったものの、その後のことに困った。土蜘蛛の子などは誰も貰い手がなく、童として売ることしか出来ない。金時は伊賀国《いが》ならばそれなりに暮らせる伝手《つて》があると言った。そこで里親を見つけては、少しずつ里子に出していった。穂鳥は即刻解き放たれたのだが、

「最後の一人まで私は見届けねばなりません」

と、言い張った。

麻佐利はその気丈さに打たれ、洛外のぼろ家を借り受け、そこに匿ったらしい。そして最後の一人を送り出した日、麻佐利は求婚した。わが身のことよりも子どもたちを想う姿に、いつしか惹かれていたのである。身内からの反対も押しのけて麻佐利は懇願した。穂鳥も当初は戸惑っていたもののそれを受けた。

「それが六年前。今は四つになる男の子が一人。今、腹の中にはもう一人宿っている」

「妻に戦の話をするのか？」

「妻は身重。そうでなくともわざわざ心配をかけることは口にはせん。それに……」

麻佐利はそこで一度話を止め、大きく溜息をついた。

「一度大江山……お前たちの話をした時、穂鳥は哀しい目で遠くを見つめていた」

「そうか……ご苦労だった。もう眠れ。歩けるようになれば帰す」

背を向けて歩き出すと、麻佐利が呼び止めた。

「お主は何が望みなのだ」

桜暁丸は少し首を傾げて考えた後、振り返ると頰を緩めた。

「お主のような者ばかりの世にすることだ」

麻佐利は呆然とし、それ以上は何も言うことはなかった。

日が経つにつれ、捕虜を次々に解放していった。目隠しを施した上で山から下ろし、僅かではあるが京までの路銀まで持たせてある。戦というものの盤外では決して命を奪わぬということに徹した。すっかり癒えた麻佐利を解き放ったのは二月後のことである。

「これを頼めぬか。お主が取り返したことにして手柄にせよ」

桜暁丸が別れ際に手渡したのは、金時の遺髪と長板斧である。

「坂田様は時と場所、出逢う人が違えば俺が酒呑童子になっていたやもしれぬと仰《おっしゃ》いました。なぜ私だけにそのようなことを……今となっては解りません」

「奴と対峙する時、俺も同じことを考えていた」

麻佐利の口調は丁寧なものになっている。言葉の端々から敬意が感じられた。金時が麻佐利に語った訳は、桜暁丸には解るような気がした。周囲の反対に押し負けず、穂鳥を娶ったことに起因しているのだろう。

「ここにはもう来るな。戦場では容赦せぬ。戦とはそういうものだ」

桜暁丸が言うと、麻佐利は複雑な表情で頭を下げた。穂鳥の喜ぶ顔が目に浮かぶようである。京人の元に嫁いだことを裏切りなどとは思わない。人とはそれでいいのだ。一所に止まらず、決して戻らぬ者を待つより、戻ってくる者のほうがよいに決まっている。

「達者でな」

遠く離れた京にも届けと願いを込め、桜暁丸はその言葉で送り出した。

第八章　禱《いの》りの詩《うた》

寛弘《かんこう》九年（一〇一二年）は暮れになって長和《ちょうわ》と改元された。国政の全てを牛耳っているといっても過言ではない藤原道長《ふじわらのみちなが》は「寛」という字をひどく好み、「寛仁《かんにん》」を主張したが通ることはなかった。

——帝《みかど》が長和を望んでおられる。

というまことしやかな噂《うわさ》が広がっていたのである。一条《いちじょう》天皇に代わって即位した新たな帝は親政を志《こころざ》し、道長とは折り合いが悪い。そのためか噂が伝わるのは早かった。元号が発する気分に誘われただけではなかろうが、朝廷には厭戦の流れが生じ、戦《いくさ》の頻度は極端に減った。それどころか、

——大江山《おおえやま》をはじめとする「まつろわぬ者」と、融和の道を探ろう。

という論が廷臣の中に浸透し始めた。まつろわぬとは、屈さぬ者という意味で、夷《えびす》や童《わらわ》などの言葉に比べ侮蔑の色は薄い。そういう言い換えが起こるあたりにも何かしらの変化が生まれつつある。道長や頼光《よりみつ》にとってはゆゆしきことで、その論の出所を

探ろうとしたが、一向に明らかにならない。まるで本当に天帝の御意思であるかのように、凄《すさ》まじい勢いで広がっている。

そして不思議なことに、それに符合するかのように「まつろわぬ者」たちの乱も終息しつつある。終息といってもそれぞれの地に盤踞《ばんきょ》していることは変わらないのだが、郡衙《ぐんが》や国衙《こくが》が急襲される、集落が略奪を受けるなどといったことはなくなった。攻めて来ないならば、こちらから仕掛けることはないと宣言しているかのようであった。

そのような情勢で迎えた長和二年（一〇一三年）、小競り合いはたまに起こるものの、戦はほぼなくなっていた。長き戦で古参の兵が多く戦死し、補充が間に合わず朝廷軍の疲弊も甚《はなは》だしいのである。

「卿は何故、融和をお嫌いになるのでしょうか」

蔵人《くらんど》は怪訝《けげん》に思い、綱《つな》に尋ねてみた。皆のあいだに和議を望む気運が生じていることをひしひしと感じていた。蔵人所《くろうどどころ》の同僚の中にも戦を嫌い、和平を主張する者が少なからずいる。しかし朝廷の長たる道長だけは断固として討伐を主張していた。

「仇を討つのではなかったのか？」

綱は白く染まった顎髭《あごひげ》をなぞりながら聞き返した。

「その心は失った訳ではありません。しかし勅命が出ぬことには戦う訳にもいきませぬ。それに、無用な血が流れぬことは父の望みであったような気もします」

二年の間、胸の中に残る父に問いかけてきた。未だ答えは出ていない。様々な考えに至るが、それも含めて己で決めよと言われているような気がしている。

「卿は人の醜《みにく》さを知っておられる。蔑《さげす》む者がいてこそ、民の心は安らぎを得ることを。そうでなくては民に生まれる不平不満は行き場をなくして上へ向かう。さすれば一族の万世の安寧はないとお考えだ」

妙に説得力があった。確かに人とは己より下の層があってこそ安定する側面がある。

「しかしそれでは……」

「そうだ。それではいつの世も変わらない。それを桜暁丸《おうぎまる》は変えようとしている。そして今一人……この京に変えようとしておられる御方がいるようだ」

「まさか……真に……」

絶大な権力を誇る道長の反対を行き、ここまで世の流れを変えたのは何者か。今まで考えはしたが、答えは出なかった。だが綱の口調からある人物が浮上した。

「俺はそれ以外あり得ぬと考えている。それは卿もすでにお気付きではないか」

「ならば我が主君もそれを妨げる不敬に荷担されていると」

「あくまで俺の推論でしかなく、真のことは解らぬ。だが……この機を失っては二度と融和の機は訪れぬのではないか」

綱はそう言ったきり、そのことについては何も語ろうとはしなかった。

＊

長和三年（一〇一四年）に年が改まり、まだ日も経っていない睦月《むつき》（一月）のこと。大江山を一人の京人《みやこびと》が訪れた。男は一通の書状を手渡すと、自らは何も語れぬと辞した。

「ついに来た」

桜暁丸は届いたばかりの書状を広げて呟《つぶや》いた。跳び上がるほどの喜悦を懸命に抑え、躰《からだ》を激しく震わせる。丁寧に書状を畳むと、足早に正殿へと向かいつつ、主だった頭《かしら》の集合を命じた。

興奮が顔に滲《にじ》み出ているのだろう。これほどまでに気を高ぶらせることは珍しいため、着座した皆が訝《いぶか》しんでいる。

「先刻、京から書状が届いた」

それだけでは要領を得ない。星哉《せいや》は焦れったそうに膝《ひざ》を揉《も》んでいる。しかし虎前《こぜん》だけはいち早く気付いたようで、天井を仰いで深く息を吐いた。

「和議か」

「ああ。それもただの和議ではないぞ」

一斉に色を作《な》して立ち上がり、桜暁丸の横に張り付く。荘厳な書状に目を通し、思い思いに感嘆の声を上げた。

「詔勅《しょうちょく》ですか」

欽賀《きんが》は身を震わせながら顔を覗き込む。詔勅とは帝の意思を表したものである。

「いや、綸旨《りんじ》だな」

「蒙綸旨云」の四字から始まっている。これは綸旨の形式である。太政官が手続きを踏まねばならぬ詔勅、上卿や弁官などの稟議《りんぎ》を経る宣旨《せんじ》に対し、綸旨は蔵人という役人のみで発せられるため重さは一等二等下がる。とはいえ、帝の意思を表したものであるには違いない。

「かの者が和議を望んでいる……」

葉月《はづき》はか細く言った。京人からすれば不敬極まりなかろうが、葉月に限らず、大江山に生きる者は帝とは呼ばない。では何と呼べばよいか。己たちを虐げているのは、その傍に侍る者たちであることは知っている。意思を封殺されているであろう者に、一抹の哀憫《あいびん》を感じているのも事実であった。故に困り果ててそのように呼ぶ。

綸旨には過激な文言はなく、ただ国を安んじるために和議を結びたいということのみが記されている。和議の具体的な内容は以下である。

一、他国と同様に一定の租税を納めること。
二、毎年交代で一部、九州防人《さきもり》を務めること。
三、定められた地域では国衙の支配を受けずに自治を認めること。
四、いかなる者も本朝の民と等しく扱うこと。

土地を奪われ、奴婢《ぬひ》に落とされてきた今までと異なり破格の条件である。特に等しく扱うという項に関しては、桜暁丸だけでなく、志半ばで倒れた保輔《やすすけ》や毬人《まりと》が渇望したことであった。桜暁丸は腹を括った。

「これを受ける」

「お主が決めたことに従うさ」

虎前は間髪入れずに言い切った。

「しかし……これはどう致します。」

和議に至る項目は四つではない。最後の一つが極めて難題である。

五、上洛を望む。

帝は禁裏において、国の安寧を願い、三日の間祈禱《きとう》を執り行う。もし願いが届くならば、大江山の民が上洛するであろうと予言する。もしこれが叶いたる時は、神仏の名の下に和議を結び、共に生きる道を模索する。この禱《いの》りが通じぬ時には、帝の器にあらずとして、早々に譲位の支度に移る。

――帝はこれ以外に取る道がないのだ。

政治は道長に完全に壟断《ろうだん》され、帝といえども口を挟むことが出来ずにいる。施政者としての権を奪われた帝に唯一残された権威。それが天地を祀る神官としての側面である。帝はその最後の権をもって、和議を画策している。道長は己の意に添わぬ今の帝を、早く廃したいと思っていると聞く。道長にとっては禱るだけで大江山の者が膝を折るとは到底思えず、勝ちの見えた賭けと考えるだろう。帝はその侮りの心の間隙を衝き、驚天動地の和議を結ぼうというのではないか。

「罠《わな》ではないのか？」

星哉が訝しむのも無理はない。しかしこれが真実であるならば、このような千載一遇の機会は二度と訪れまい。

「罠であればまた戦うまでだ」

罠ならば綸旨などではなく、詔勅や宣旨を出せばよい。それが出せぬということは、周囲を忍んでいる証左ではないか。虎前の視線はすでに綸旨から、桜暁丸へと移っている。

「如月七日から三日のうちか」

その時までもう一月《ひとつき》ほどしかない。桜暁丸は一人一人の目を順に見つめていく。それぞれが頷《うなず》くのを確かめると、山に野苺を採りにいくような柔らかな調子で言った。

「逢いに行こう」

＊

洛中には兵が溢《あふ》れかえり、民も異様な雰囲気に戸惑いを隠せないでいた。父の名跡を継いで頼光四天王に数えられる蔵人も、洛中の警護に駆り出されている。

「貞光《さだみつ》がおれば涎《よだれ》を垂らして待ち受けたであろうな」

横を歩む綱は苦笑した。四天王のうち貞光、季武《すえたけ》の両名は遠国の征伐に赴き、京に戻れてはいない。今より十二日前、突如帝より全廷臣に詔《みことのり》が出た。いや、厳密にいえば左大臣藤原道長を通じてのものである。その内容は驚くべきものであった。

――如月七日より三日の間、帝は禁裏において国の静謐《せいひつ》を禱る。全ての反乱の元凶たる大江山の酒呑童子《しゅてんどうじ》、悔恨の念が僅《わず》かでもあれば、山より出で帝の慈しみの前に屈する。さすれば寛大に迎え入れ、国より乱は去るであろう。

「まことに現れるのでしょうか」

帝を疑う訳ではないが、蔵人は到底信じられずにいた。

「多くの者がそう考えるだろう。我らの知らぬところで物事が動いているのではないか」

「帝が大江山と通じている――」

綱は短く息を漏らした。蔵人は迂闊《うかつ》な発言であったと声を潜めて続けた。

「いや……書の往来がすでにあったと」

「ありえぬと卿も思っているだろう。が、万が一に備えぬほど卿も甘くはない」

「いずれにしても、明日まで」

本日は如月八日、期日は明日である。帝の願いが届き「現れる」としても、それが何時、何処から、如何にして、どれほどの数なのか皆目見当が付かない。故に洛中は厳戒態勢が敷かれている。人の口に戸は立てられぬようで、今か今かと怖いもの見たさで往来に繰り出す民も後を絶たない。

「帝は純な御方のはず。一人で来るとお考えだろう。しかし酒呑……いや、桜暁丸も愚かではない。一人で赴けば禁裏に辿《たど》り着く前に殺されると知っている」

「では軍を率いて……」

「それもまた難しい。千や二千の軍勢で来れば、卿は害心ありとして迎え撃つように命じるに違いない」

「やはり現れないでしょう。罠であると思うはず」

「いや、来る」

躊躇《ためら》いなく言い切る綱の横顔は、何故だか少し嬉しそうに見える。仇討ちを手伝ってくれるとは言いつつも、心のどこかで和議を望んでいるのかもしれない。

——父でも同じことを言うような気がする。

蔵人はふとそのようなことを思い、祭りの前日のようにどこか落ち着かぬ人々を眺めた。

*

如月九日の寅《とら》の下刻（午前五時）、夜半から降り出した小雨がまだ止まぬ中、洛中に急遽《きゆうきよ》張られた陣で、膝を抱えるように仮眠を取っていた蔵人は飛び起きた。伝令が駆け込んできたのである。

「丹波《たんば》から千の賊軍が進軍中！　桑田郡《くわたのごおり》に現れました！」

「兵衛府《ひようえふ》の方々は⁉」

「すでに洛西桂《かつら》に向けて進発しています！」

「よし。我らも行くぞ」

「待て」

綱は鋭い語調とは裏腹に、呑気に伸びをしている。若い蔵人でも座ったまま眠るのは疲れる。もう老境に差し掛かった綱には大層こたえるであろう。腰を捻《ひね》って唸《うな》っている。それでも刀を取れば、蔵人よりも数段強いから驚きである。綱は嗄《しわが》れた声でようやく続けた。

「これは桜暁丸の策よ。西に兵を引きつけておる」

「引き付けるために千ですか……？」

大江山の全軍の半数である。山の守りに数百残してきているとすれば、残る兵は僅かでしかない。洛中を守る武官はまだ他にも多い。とても突破出来るとは思えない。

「忘れたか。やつは戦をしに来ている訳ではない。戦と思わせぬよう、最少の数で来るぞ。それでもし罠であったならば逃れられるよう、京の兵の半数を引き付けているのだ」

蔵人は唾《つば》を呑《の》んだ。ではどこから現れるというのだ。大回りに南から来るとすれば、多数の郡衙をすり抜けねばならぬが、目立った注進は入っていない。

「琵琶《びわ》の湖《うみ》の西を下ってくるかもしれぬ。はたまた船を用いて若狭《わかさ》に入り、湖東へ抜けてくることも考えられる」

つまりは綱といえどもこればかりは解らぬということである。刻一刻と時は流れるが、姿を見せたという報は届かない。

蔵人が焦れ始めた巳の刻（午前十時）、どこかから喚声が聞こえてきた。南、それもそう遠くはない。京へ至る道の全てに兵が配されているのだ。洛中に現れた訳ではなかろうと高を括っていた蔵人だが、伝令の言葉に耳を疑った。

「洛中に突如、酒呑童子が現れました。その数およそ百。先頭には騎馬の者もおります！」

「まさか……」

愕然《がくぜん》とするが、綱は不敵に片笑んでいた。

「すでに入り込んでいたようだ」

不思議なことに喚声は大きくなるも怒号の類《たぐい》ではない。恐怖に逃げ惑う声とも違う。

何か掛け声のようであり、愉しげですらあるのだ。蔵人は声の方角へ駆け出した。

*

「うまくいったな兄者」

馬に揺られながら、星哉は大笑した。

「星哉、気を抜くな。ここから禁裏まで何が起こるか分からぬ」

欽賀は横から呆れたように窘《たしな》める。葉月は悪戯っぽく笑った。

「九条はまだ人は疎らだが、これより先は蜂の巣を突《つつ》いたようになるでしょうね」

「速すぎては戦を仕掛けたと思われる。遅すぎては辿り着く前に罠に嵌まる。逸りつつ今の脚を保て」

虎前は桜暁丸が言おうとしたことを、いち早く徒歩《かち》の配下に厳命した。

「行くぞ」

桜暁丸は前だけを見据えて短く言い放った。この一月《ひとつき》、二、三人ずつ行商を装わせ
て京に向かわせた。行商ならば馬を曳いていてもおかしくない。
——兄者、帰ったぞ。
潜伏先は保輔とともに過ごした伏見《ふしみ》の塒《ねぐら》である。袴垂《はかまだれ》があれほどの盗みを行いなが
ら、終ぞ露見しなかった。小屋は朽ち果てていたが先着した者たちによりひっそりと
修復され、小屋に収まりきらぬ者たちは、近隣に火も焚《た》かずに野営させた。
桜暁丸が入ったのは如月の五日。帝の祈禱が始まる二日前のことである。そして千
の味方が桑田郡に進出するのを待った。京の人々の視線が西に注がれたその時、皆で
一斉に京の南に姿を見せた。騎馬は七騎、徒歩は八十五名、総勢九十二名である。
当初は頭の半数は残していくつもりであった。しかし虎前が、
「皆で行こう」
と、穏やかに言ったことで全首領の参加が決まった。確かにこれが最初にして最後
の機会になる。誰が残っても後は戦になる。一人や二人の首領が残ったところで、遅
かれ早かれ敗れることは決まっている。一人も欠けずに退去するならば、腕に覚えの
ある者が多いに越したことはないというのもある。
それほど危険な賭けに皆が乗る気でいる。多くのものを奪われ、長い間苦しめられ

てきた。それでも京人に一縷《いちる》の望みを抱いている。口には出さないが、皆が同じ気持ちなのだ。

「騒がしくなってきたぞ」

七条を越えたあたりから、野次馬の数がとみに増え、往来を埋め尽くしている。先頭の桜暁丸が近づくと、群衆は錐《きり》を揉み込まれたように割れていった。人々の目には恐怖の色が浮かんでいる。あからさまに蔑む目で覗《うかが》っている者もいた。民が貧しいのは鬼や土蜘蛛《つちぐも》が蟠踞し、食を奪い続けているから。そう教え込まれているのだから当然といえる。

「あれが鬼……化物め」

怨嗟《えんさ》と侮りの囁《ささや》きが聞こえてくる。星哉は眉間《みけん》に筋を立て、歯ぎしりをしていた。戦をしに来た訳ではない。何があろうとも剣を抜いてはならぬ。そう言い渡してある。女子《おなご》などは思わず悲鳴を上げて、母親と思しき者に口を押さえられていた。

群衆に紛れて礫《つぶて》を投げてくる勇敢とも怯懦《きょうだ》ともつかぬ者もいる。その一つが見事に桜暁丸の眉間に当たり、葉月は色を作《な》して人の群れを睨み回した。一瞬薄ら笑いを浮かべた者も、身を縮めて俯《うつむ》いた。

「前から目を逸らすな」

葉月は口惜しそうに頷く。桜暁丸は負の気に満ちた大路を真っすぐに見つめていた。四条に差し掛かれば、人の数はさらに増えた。大江山の鬼どもが帝に屈するその時を見ようと、眼前を通り過ぎた者たちもついて来ているのだ。悪言を吐こうが、礫を投げようが、何ら反抗せぬと気付いてか、憎悪は顕著になっていく。囁きから叫びになり、身を乗り出して小石を投げつける者もいる。

その時である。六つか七つくらいであろうか。一人の男の子が人の波濤《はとう》に押し出されて、前のめりに倒れ込んだ。桜暁丸らの道を塞ぐ恰好になる。群衆からあっと言う声が上がるが、救いの手を差し伸べようとする者はいなかった。いやただ一人、人混みに身を揉み、弾き出されたように往来に飛び出した者がいる。齢十ほどの男子である。慌てて倒れた子の手を取り引き起こすが、先頭の桜暁丸はすでに十歩（約十八メートル）の距離に迫っている。

もはや間に合わぬと思ったか、年嵩《としかさ》の子は覆《おお》いかぶさるように庇《かば》い、首を捻ってこちらをきっと睨み付けた。桜暁丸はすっと手を上げて、初めて一行の脚を止めさせた。一刀の下《もと》に斬り伏せられるかと、皆が悲痛な声を上げ、手で目を覆う。

「兄弟か？」

兄がこくりと頷く。恐ろしかろう。目に薄らと張った涙の膜が光っている。

「餅《もち》は好きか？」

この状況らしからぬ問いに、兄は一瞬の戸惑いを見せながら答えた。

「食べたことがない」

桜暁丸は口元を綻ばせて腰に手を伸ばす。今度こそ太刀を抜くものと、悲鳴と溜息が衆から零れた。しかし手の先は腰に括りつけた革袋であった。それを無造作に取ると、目配せをして放り投げた。兄は咄嗟《とっさ》に受け止めたが、きょとんとしている。

「餅だ。弟と食べよ」

「え……」

兄が革袋の口を開ける。中には拳より少し小さな丸餅が数個。子どもとは無垢なもので、先ほどまで泣いていた弟も目を輝かせている。

「旨いぞ。俺は大好きだ」

桜暁丸はからりと笑うと、兄も誘われて頬を緩める。

「怪我はないか？　どいておくれ」

兄は会釈をすると、弟の手を引いて群衆の中へと戻った。このやり取りをどう受けとめればよいのか。群衆の頭上に困惑の気が浮かびあがっている。

己たちは怖れるべき者ではない。皆と何も変わらないのだ。それを伝えたかったが、説いて回ったところでまことには聞こえないであろうと諦めていた。確かに哀しくもある。虚しくもある。こうして姿を晒すのは恐ろしくもあった。その全てを心に溶かし込み、桜暁丸は笑った。

「虎前、唄おうか」

呆気に取られたのも一時、虎前は苦笑した。胸いっぱいに息を吸い込むと、よく通る声で長く調子を取った。

「よーーーーいさっ！」

「はっ！」

屈強な粛慎《みしはせ》の男たちがすかさず合いの手を入れる。たたら場で心を合わせる時に唄うものである。勇壮であるが、どこか物悲しさも感じるその調べが、天を衝くように立ち昇った。

「もっと唄え」

桜暁丸は八重歯を見せた。このようなことを命じたのは、自棄《やけ》になっているのかもしれない。哀しさや恐ろしさを紛らわすためかもしれない。いや、俺たちも生きているのだという叫びかもしれない。己でも心の整理がつかぬまま、拳を突き上げてさらに煽《あお》った。

「よーーーいさっ！」

「はっ‼」

人々は何事かと目を丸くする。そのような中、群衆の間から可愛らしい掛け声が飛んだ。先刻まで泣いていた弟である。革袋を大事そうに抱えながら、無邪気に叫んでいる。

「上手いぞ。その調子だ」

桜暁丸が褒めると、弟は満面の笑みをつくって先ほどより大きな声で参加した。

「よー……いさ」

蚊の鳴くような声で、恐る恐る兄も試すように言う。

「そうだ。弟に負けて良いのか？」

「よーーーいさっ！」

負けじと兄が目いっぱい吠える。その懸命で愛くるしい姿を見て、媼《おうな》がくすりと微笑《ほほえ》む。

「我らも負けてられぬぞ！」

桜暁丸が驚いた素振りを見せると、配下はどっと沸き、より声を大にして掛け声を出す。年老いて怖れの心を失ったか、どこかの翁《おきな》が真似をしてみせる。

「翁、気は若いようだな」

朗らかに言うと、初めて群衆から笑い声が上がった。どの顔も大江山に暮らす者と何ら変わりない屈託のない笑顔である。桜暁丸の心は躍り、賭けにも似た一言を放つ。

「京の者は子どもと翁に任せておくのか？」

何と真っ先に続いたのは女たちであった。鈴のような声の娘から、艶のある声の年増まで、負けてはならぬと調子を取った。

「京に男はおらぬのか？　このままでは我らに負けてしまうぞ！」

どんと胸を叩いて男衆が踏み出し、猛々しい声で加わる。様々な声色が交わって一つの塊となって宙を遊び回った。男も女も、老いも若きも、生まれも育ちも、そこには人の作った忌まわしき境は何もなかった。

虎前は京の男たちと視線を交わし、欽賀はよろける媼を気遣う。葉月が髪を掻き上げると女たちから感嘆の声が上がり、星哉が指笛で掛け声を煽りに煽る。ふとしたきっかけから生まれた奇妙な一体感は、歌声をより逞しくしていった。

祭りのような賑わいのまま三条大路に差し掛かったところで、西から砂埃を立てて向かってくる一団が目に入った。洛中の警護に残っている兵であろう。人々の興奮はそれでも収まることはない。

でいる。

——相手になるなよ。

桜暁丸の目配せに銘々頷いて応えた。たとえ矢を射かけられても、悠然と進む覚悟でいる。

「酒呑童子‼」

形見として届けさせた金時の長板斧を、布で覆うこともせずに担いでいる男。噂に聞く坂田蔵人であろう。金時に似た丸い目には、憎しみや恐れも籠もっている。それ以上に戸惑いがあるように見えた。この異様な光景を目にすれば当然といえよう。

その脇に決して忘れられぬ男が立っている。桜暁丸らは並足で進み続けた。高揚から人々は考えることを止め、ただ心のままに叫んでいるといったように、掛け声は鳴り止まぬ。

蔵人は喧噪を貫くように鋭く問いかけた。

「まことに屈するつもりか！」

「いや」

桜暁丸が否定したので兵は矢を番《つが》えようとするが、蔵人は押し止めた。姿を現しても独断で仕掛けるなと命じられているのか、配下の一人を裁可を仰ぐために走らせた。

「ならば、何のために京を騒がせる！」

「共に生きるためだ」

桜暁丸は凛《りん》と言い放った。人に生まれ、どこに違いがあるのか。この様を見よ。いや、どうか見てくれ。懇願にも近い思いが届いたか、蔵人は苦悶の表情を浮かべた。

「蔵人、我らの負けだ」

綱が蔵人の肩を叩き、そう言うのがしかと聞こえた。結果的に守るべき民が盾になっているということもあろう。それよりもこの純然たる武人には真意が伝わっていると確信した。

禁裏は間もなくである。その時、異変が起こった。進む先から一筋の煙が昇り、あっという間に焔《ほのお》が上がった。人々もそれに気付いたようで、掛け声を止め、代わりに悲鳴が上がった。何者かが禁裏に火を放ったのである。

「貴様！　禁裏に火をつけるとは――」

一度は心折れかけた蔵人が憤怒の形相で吼えた。

「我らではない！」

そう言うが、恐慌に陥った人々は逃げ惑う。桜暁丸も混乱の中、手綱を操るので精一杯であった。一度は心が通じたと思ったが、信じた我らが愚かだったと痛罵する者もいた。

「綱！　あれがお主らのやり方か！」

綱は全て察したようで苦しそうに下唇を嚙んだ。彼らとて所詮は駒の一つでしかない。ここでの問答はもはや意味を成さないと悟った。このままでは間もなく追討の命が出て、屍《しかばね》を晒すことになる。

――終わった。

桜暁丸は天に向けて細く息を吐く。もともと和議はごく僅かな可能性しかなかったのだ。それに命を賭し、夢が破れたと知った。

「退くぞ！」

幸い兵たちは事態を吞み込めず、蔵人や綱も命を下さない。一団は黒つむじの如く来た道を引き返す。人々の目には再び憎しみが戻りつつある。我らではないと連呼したかった。しかしそれももはや詮無きことであろう。桜暁丸は先頭へと馬を駆る。血路を開かんと一陣の風のように疾駆する皆は、どこか名残惜しそうにも見えた。

――禁中災。

長和三年如月九日、日本紀略《にほんきりやく》と謂う歴史書にたった一文、そう記された。

長和三年（一〇一四年）の暮れ、帝は眼病を患った。そして服用すると不老不死になるという霊薬、仙丹を呑むと視力を失ったと大江山に噂が届いた。真相は解らない。症状は悪化の一途を辿り、長和五年、のちに三条天皇《さんじょう》と諡《おくりな》されるこの帝は道長の勧めに従って譲位し、僅か齢九つの皇子が即位した。

その頃より和議への気運は一変、征伐へと傾きだした。理由は京で度々起こった失踪事件であった。消えた者は二、三日後無残な姿で発見され、その傍らには必ず、

——同じ天を戴かず。

と、書かれていた。狙われる者は洛中の民、農村の民、それだけでなく下級貴族にまで及び、その数は僅か二月《ふたつき》で二百を超えた。道長はこれを大江山の鬼の仕業であると断定し、征伐する許可を求めて奏上した。

そして長和六年は寛仁元年に改元。

卯月《うづき》にはついに大江山討伐の詔が発せられた。

終章　童《わらべ》の神《かみ》

大江山《おおえやま》の桜暁丸《おうぎまる》が、詔《みことのり》が発せられたことを知ったのは桜が咲き誇る春のことであった。

――やはり交わることはなかったか。

今年に入って京で頻発する失踪、殺害事件も耳にしていた。鬼の仕業になっていることも知っている。勿論そのようなことはしていないと天に誓える。

「なかなか遠いな」

評議の場において、桜暁丸が溢《こぼ》した第一声はそのようなものであった。皆の表情も暗い。日頃から父の仇を討つと息巻いている星哉《せいや》でさえ同様である。

望んで戦《いくさ》をしたい者などいないだろう。それでも戦わなければならぬから、怨嗟《えんさ》を生み続けているに過ぎない。

「夏……秋には来るだろうな」

副将格である虎前《こぜん》が具体的な話に入る。

「かつてない大軍になるだろう。手筈通り烏ヶ岳砦《からすがだけとりで》にも人を配す。包囲されても敵の背後を攪乱《かくらん》することが出来るだろう」

桜暁丸は言い切った。大江山でも大軍ならばぐるりと取り囲まれてしまう。そこで葛城山《かつらぎさん》の防衛に倣《なら》い、大江山より南東三里、丹波《たんば》路の東に五年前より砦を築いていた。国衙《こくが》などは新たに現れたこの砦を鬼ヶ城《おにがじょう》などと呼んでいる。

「しかし規模はここに劣るため、大江山に先んじて攻められれば危ういでしょう」

冷静に分析する欽賀《きんが》は、策を練るには欠かせない存在になっている。

「その時はここから援軍を急派する。問題はその危険な務めを誰が担うかということだ」

「私が行きましょう」

即座に挙手したのは葉月《はづき》である。桜暁丸は少々動揺したが、それを悟られぬようにした。

上洛の後、桜暁丸は葉月を娶《めと》った。穂鳥《ほとり》の安否が確認出来た安心もあって、踏み切ることが出来た。子はまだ授かってはいない。意図的なことではないが、明日をも知れぬ我が身のことを思えば、それもまた良いのかも知れない。

「行ってくれるか」

妻だからこそ特別な扱いをする訳にはいかず、不安をぐっと押し込めて言った。

「はい。攪乱は私の得手。それに暫《しば》し私と離れられて羽を伸ばせるでしょう？」

その一言に皆が一斉に吹き出した。重々しい雰囲気を払拭《ふっしょく》しようとしてくれているのだ。

「世の全ての者が、我らに注目している。朝廷も威信を懸け、全力で来るだろう。これを砕けば仲間は勇み立ち、再び和議を主張する廷臣も出てこよう……どうか力を貸してくれ」

皆が力強く頷く。これまで僅かな可能性に賭け、世の変革を成し遂げようとしてきた。これからも決して諦《あきら》めることはない。こうして評議は幕を閉じ、桜暁丸はその時を静かに待った。


寛仁《かんにん》元年（一〇一七年）の秋、朝廷はついに軍を起こした。兵が動員された国は、畿内は勿論、近江《おうみ》、美濃《みの》、尾張《おわり》、伊賀《いが》、伊勢《いせ》、紀伊《きい》、播磨《はりま》にまで及び、その数は七千を超える。騎兵だけでも千二百騎というから朝廷の本気が窺えた。

大将は源頼光《みなもとのよりみつ》、副将は藤原保昌《ふじわらのやすまさ》、他に渡辺綱《わたなべのつな》、卜部季武《うらべのすえたけ》、碓井《うすい》貞光《さだみつ》、金時《きんとき》の後を継いだ坂田蔵人《さかたのくらんど》と錚々《そうそう》たる者共である。

朝廷軍は菟原中《うばらなか》より丹波へ入った。ここからは敵の庭と警戒してか、毎夜寝ずの番を置いて野営する慎重さを見せている。そのまま北上して由良川《ゆらがわ》を渡り、川北《かわきた》にまで至った時に足を止めた。この地点は葉月が籠もる烏ヶ岳に程近い。どちらから攻めるべきか、あるいは背後を攻めては来ぬか警戒しているらしい。

――朝廷軍来ず。我らにかまわず大江山を目指す。

翌日には葉月から狼煙《のろし》でそのように伝えられた。

烏ヶ岳に籠もるのは小勢と見て、本拠攻めに全力を注ぐつもりのようだ。朝廷軍は三岳山《みたけさん》の東を掠め、寛閑《かんかん》と大江山に迫った。

桜暁丸は朝日を全身に受けながら、眼下に広がる雲海を眺めていた。空山《そらやま》は雲を突き抜け、岩戸山《いわとさん》は微かに頭を見せているに過ぎない。北に目をやれば若狭《わかさ》の海が見えるはずであるが、流れる薄雲はそれもすっぽりと覆い隠している。

「来たか」

眼で捉えることは出来ずとも、すぐそこまで来ていると察した。まだ馬の嘶《いなな》きも届かず、ましてや跫音《あしおと》が聞こえる訳ではない。だが譬《たと》えようのない戦の香りが鼻腔を擽《くすぐ》る。

「持ち場につけ！」

桜暁丸はそれぞれに対し、直截に言いながら歩を進めた。

「まずは欽賀。抜かりはないな」

「二度あることは三度ある。憂いはありません」

半刻ほどすると各所の狼煙台、見張り小屋から報告が入った。

「犬神《いぬがみ》を一人捕縛！」

「よし。引っ立ててこい」

力攻めに入る前に連絡の要《かなめ》を破壊してくるのは、朝廷軍の定石である。これに備えて欽賀率いる作事隊に各種の罠を設けさせておいた。陥穽《かんせい》などのよくある仕掛けに加え、吊り上げ網、虎挟みなど粛慎《みしはせ》、畝火《うねび》の技術を結集した優れ物ばかりである。

「犬神二人を捕まえました」

「夜雀《よすずめ》と思しき輩を確保」

次々に同じような報告が入り、その全てを大江山の中心である正殿前に連行させた。縛り上げられた犬神はこちらを睨《にら》み上げ、食い縛った歯の隙間《すきま》より息が漏れている。

「犬神も随分軟弱になったものだ。軍容、戦術何でも良いから吐け」

犬神の一人が顔に向けて唾《つばき》を飛ばし、桜暁丸の頰《ほお》を濡らした。

「汚らしき童の王よ。いい気になるなよ。誰が吐くものか」

桜暁丸は唾を手で拭うと冷ややかに笑った。

「京人《みやこびと》になったような口振りだな。吐かぬならよい。殺せ」

剣をかまえた配下が進み出ると、先程まで息巻いていた犬神は狼狽《ろうばい》した。

「待て！　お主らは捕虜を殺さぬのではないのか⁉　京人さえ助け、なぜ我ら同じ出自の者を手に掛ける！」

「今度は我らときたか……」

桜暁丸は口元を押さえて忍び笑う。

「今は戦の最中《さなか》だ。そもそも我らは人を色分けはせぬ。やれ」

落とされた首が転がる。犬神の顔は絶望と恐怖を浮かべたままであった。

「話したい者はおらぬか。話した者のみ牢に繋いで生かしてやる」

桜暁丸の冷え冷えとした語調に、捕虜だけでなく配下も身震いした。夜雀の一人が口を切ったのを始めとし、挙《こぞ》って少しでも重複せぬ情報をと吐き出してゆく。

約束通り話した者は投獄し、頑なに口を噤《つぐ》む者は斬った。最早守るために迷いはなかった。

聞き出した話によると、朝廷軍は一度攻めかけて敗れた素振りを見せて退却、追撃に来たところを平野に誘い出し、野戦に持ち込むつもりであるという。千二百騎という圧倒的な数の騎兵を有効に使いたいのだろう。

「乗ってやろうか、虎前《こぜん》」

「酒呑童子《しゅてん》様の命しかと承《うけたまわ》りました。この虎熊童子《とらくま》にお任せあれ」

虎前は戯《おど》けて畏まる真似をした。肘《ひじ》で小突いてやると虎前は哄笑し、桜暁丸もつられて笑った。

朝廷軍は先兵による狼煙台の破壊が失敗に終わったと見て、一斉に大江山連山の中核、千丈ケ嶽《せんじょうがたけ》に押し寄せてきた。引き出した情報通りの動きである。

「雨の如く隙間なく矢を降らせてやれ！」

欽賀の号令で無数の矢が降り注ぐ。宙の隙間が皆無と言っても決して誇張ではない。これにも仕掛けがあった。極度に緊張している戦場において、遠近へ射《う》ち分けることは練達者でも難しい。練度の差、才能の差を鑑みればどうしてもばらつきが出る。そこで欽賀が考えたのが予《あらかじ》め弦の張り加減を変えるということであった。技術と違い、大人の筋力にはそう差があるものではない。これならば全力で引けば、後は弓が距離を決めてくれる。

「後退してゆくぞ！　星哉追え！」

「兄者、誤って背を射貫いてくれるなよ」

星哉は一笑して歩兵を繰り出した。それと同時に欽賀は全員を遠射用の弓に持ち替えさせ、朝廷軍の逃げる先に矢を降らせた。混乱する背後を星哉が容赦なく抉《えぐ》ってゆく。

「そろそろ湧いて出るか。狼煙は上げたか？」

星哉率いる歩兵の奮闘振りを見下ろしながら、桜暁丸は配下に問うた。

「半刻ほど前に」

配下の返答に、腕を組み直して頷く。桜暁丸の予測した通り、平野部まで押し切ると敵の騎馬は轡《くつわ》を並べて突撃してきた。星哉得意の指笛が山野に鳴り響く。と同時に歩兵は潮を引くように山へと戻っていく。逸る騎兵はそれを追い、反対に隘路《あいろ》に突っ込んできた。上から見れば、丁度水を張った桶の底に小さな穴を空けたように見える。押し合いへし合いしている騎馬兵に動揺の色が見えた。星哉率いる歩兵が道を外れ、岩の上によじ登り、木々の合間に溶け込んでいくと、代わりに虎前率いる鉄騎兵が姿を現したのである。

「三百一塊《いっかい》、鉄の鏃《やじり》と化して敵を穿《うが》て‼」

虎前の咆哮が山の上まで聞こえてきた。常人離れした大音声に風が震えているのを感じる。それに続いて配下の粛慎が狂気の声を発して突貫する。朝廷軍の騎馬がまるで畦《あぜ》から逃げ惑う蛙《かわず》のように散ってゆく。虎前自らも金棒を振り回して蹴散らしてゆくのが見えた。

「深入りしすぎれば取り囲まれるのでは……」

近衛兵の一人が恐る恐る進言した。桜暁丸は顧みて白い歯を見せた。

「心配はいらん。虎前は引き際をわきまえている。ほら、引き際が来たぞ」

顎《あご》で指した先は朝廷軍の背後である。山陰に見え隠れしているが、刀や矛が揺らめき、光を放っていた。先刻、狼煙を上げて知らせた先は烏ヶ岳砦であった。

葉月率いる軽騎兵が疾風迅雷駆け付けて、敵の背後に攻め掛かったのだ。葉月が率いる騎馬隊は、駿馬ばかりを集めた大江山最速の部隊である。四半刻より早く三里の道を走破してくるとは思いもよるまい。後方の混乱が前へ前へと波を打って伝わるのが見えた。それを頃合いと見た虎前は退却命令を出して山へと逃げ込んでいく。

代わりに森から再び姿を現したのは、欽賀が率いる作事隊。虎前たちが通り過ぎると、縄の両端を持った者が山道を塞ぐ。瞬く間に幾条も張られ、まさしく蜘蛛の巣の様相を呈している。虎前を追う者たちはそれがあると解りつつも、後ろからの圧力により止まることが出来ず、馬も人も足を取られて転がる。縄の持ち手にも被害が出るので矢は使用出来ない。そこで登場したのは鋲《びょう》の投擲《とうてき》に優れた一団である。山肌より剝きだしになった大岩の上から、嵐のように飛来する鋲は、敵だけを的確に捉えていった。

今度は前方から後ろへと恐慌のうねりが伝播《でんぱ》していく。それが最後方まで辿りついた瞬間、葉月ら軽騎兵は馬首を巡らし、脱兎の如く逃げ出した。統制を失った朝廷軍が追いつける訳がない。野分《のわけ》が去った心地で呆然とするのみであろう。

「よし。引き上げてゆくぞ」

上から全てを見下ろしていた桜暁丸は上機嫌であった。大軍を相手取る今、緒戦はどうしても勝っておきたかった。それも鮮やかであればあるほど良い。ここでの戦況は逐一京へと報告される。手強いと知れば、和議推進派も息を吹き返す。また負傷兵は後方へ送られるはずで、いくら負けを隠蔽しても、それらは噂となってこの国を駆け巡る。善戦するほど、こちらに有利に働くはずであった。

翌日、朝廷軍は三岳山の麓、野条《のさし》まで退いて陣を固めた。ここは大江山と烏ヶ岳を結ぶ点であり、京へと続く丹波路も交わる。兵法で謂うところの衢《くち》地に当たる場所である。ここに駐屯して両方に気を配りつつ、弱小の烏ヶ岳砦から攻めるつもりなのだろう。

「山を知らぬ京人の考えそうなことだ」

それを聞いた星哉は鼻で嗤《わら》った。桜暁丸も同意見である。

「やつらは道あるところが道だと思っている。道なきところに道を生む苦労を知らぬ。人の生き方も同じよ」

山に暮らす者にとってはそこが道だと思えば、木々の僅かな隙間、断崖絶壁、川の中でも道なのだ。それを後に易しく行けるようにするため、大地を均《なら》して木々を切り、縄を垂らし、橋を架けているに過ぎない。

「山野を駆けて背後を衝いたとて、夜襲を警戒していることには変わるまい。小勢ではすぐに立て直されて反撃を受けるぞ」

忠告する虎前に、欽賀は静かに応答した。

「先ほど頭には申しましたが……」

欽賀の話を聞き終えて虎前は感嘆した。星哉は膝を打って笑っている。

「兄者は昔から汚いことを思いつくからなあ」

「馬鹿を申すな。これは策というもの。亡き曾祖父、国栖《くにす》様も被害を減らすため、様々な策を巡らせておられたという。お主は真っ直ぐなところだけ、父上に似よって……」

「ありがとうよ」

鼻の下を指でこする星哉は、褒められた訳でもないのに嬉しそうである。それを見て桜暁丸は微笑ましく思った。そうした心の余裕があるほど事は順調に進んでいる。

その晩、大江山に天を焦がすほどの松明《たいまつ》が掲げられた。数百、数千を超える灯りは必ずや頼光らの目にも映っているはずで、すわ夜襲と考えるはずである。

「掃いて捨てるほど薪《まき》はある。どんどん焚け」

桜暁丸はそう皆に告げてある。しかし軍は動かさない。

翌日も同じく山を灯りが包み込んだ。その翌日も、さらに次の日も同様である。山に焰の化粧を施して四日目の夜、野条の陣を急襲した。山林から湧き出てくる様は武人の戦術とは程遠く、野盗の仕業に近い。選りすぐりの二百で、欽賀、星哉の兄弟に加え、桜暁丸自らも加わった。大江山に夜雀の技を伝えた師は桜暁丸である。全軍を指揮する大将でありながら、奇襲において最も優れた武人である。星哉は曲刀で撫で斬りにしながら叫んだ。

「兄者、我らが突如現れたものだから、魂消《たまげ》ておるな！」

「三日も続いて何も起こらなければ、驕りや弛みも出よう」

欽賀は腰の袋をまさぐっては、鋲を撃つことを繰り返した。

「俺はこれで十七人目だ！　兄者は？」

「二十五……二十六、二十七」

「嘘つけ！　多く見積もっているだろう」

戦禍の中に身を置き続けた兄弟は、まるで飯を何杯喰《く》ったかのように自慢し合う。奇襲を受けた側の朝廷軍からすれば、この会話は気が狂《ふ》れたように聞こえよう。

「口よりも手を動かせ！」

桜暁丸が叱責すると、二人ともばつが悪そうな顔になる。その間も休むことなく手は敵を殺めているのだ。顔面蒼白の敵兵の口から悲鳴に混じり、鬼や童という蔑称が飛び出す。それで桜暁丸は改めて己らがそう呼ばれていることを思い出した。

——何とでも呼ぶがいい。それを決めるのは我らの生き方だ。

桜暁丸は心で唱えながら宙を舞い、正面から敵兵を斬った。奇襲があると思わせただけで十分な戦果で、これ以上長引かせればこちらも被害を蒙《こうむ》る。敵が松明を用意して辺りを照らし出した今、潮時だと感じた。

「そろそろ退くぞ！」

号令を発した矢先、目の前に一本の矢が豪速で迫って来た。身を捻って何とか躱したものの、あと一息気付くのが遅ければやられていた。

「蔵人、あの野郎は素早い。矢では仕留められぬと申しただろう。それに飛び道具で殺すなど、艶《つや》のないことだ」

　桜暁丸は舌打ちして身構えた。碓井貞光である。矢を射かけたのは、身丈六尺はあろうかという堂々たる体軀の男。三年前に洛中で問答を吹っ掛けてきた蔵人である。だが桜暁丸はその後ろに控える男のほうに注意を奪われた。

「お主の申した通り、今宵、山の方から来たな。御屋形様の命を無視し、季武と揉めながらも来た甲斐があった」

「何となくそう来るだろうと感じただけよ」

　渡辺綱である。黒々としていた髪は白く染まり、松明の灯りを受けて白金の如く輝いている。だが声は昔から程よく錆《さ》びており、ようやく容姿が追いついたかのように思える。

　どの者も強者には違いないが、綱だけは別格の強さである。

「あいつは厄介だ！　欽賀、星哉退くぞ！」

　桜暁丸は姿の見えぬ二人に向けて大声で叫んだ。

「桜暁丸……いや、酒呑童子。すまぬな」

　意外にも綱は詫びてきた。過日の上洛でのことを言っているのだろう。桜暁丸は一《いち》瞥《べつ》して撤収の命を下す。綱は心苦しそうに続けて話した。

「だが、雁字《がんじ》搦《がら》めに絡まった憎悪の糸は、容易く解けはしないらしい。ならば……」

「断ち切るしかなかろうな！」

横目で見ながら応答する。綱は意を得たりと大きく頷いた。

「蔵人、綱。悪いが、こいつを仕留めるのはこの碓井貞光と決まっておるのだ！」

貞光が猛進してくる。あまりに突然のことに、残された二人は毒気を抜かれたように突っ立っている。貞光が開いた口は、薄闇に咲く曼珠沙華《まんじゆしやげ》のように見えた。退却の機を逸する。かといってこの三人を相手取って上手く逃げおおせる自信もなかった。かつてならば無心で眼前の敵に向かったが、今の己の双肩には夜襲隊二百の命がかかっているのだ。

貞光が太刀を振り上げたその時、一匹の蛇が闇を裂いてその腕に喰らい付いた。桜暁丸にはそのように見えた。目を凝らせば畝火の投げ分銅、微塵である。腕を引かれよろめく貞光を白刃が襲う。貞光は敢えて引かれる方向へ目掛けて飛び退いて難を避けた。

「この地で名乗るとは豪気なことだ！　兄者、引き倒せ！」

星哉の曲刀が止むことなく迸《ほとばし》り、貞光は受けようとするが、その度に腕を引かれて思うままにならず躱し続ける。

「わが父を討ったと喧伝しているらしいな。お陰で仇を見つけられた」

欽賀は諸手で縄をぐんぐん引き、星哉はそれを追撃する。

「土蜘蛛兄弟だな」

大口を開けて笑いながら、二人を相手取る貞光もまた途方もない達人である。

「厄介者を除けてくれて助かった。さて俺は介添えだ……」

綱は蔵人の腰をそっと押して前へ出した。そして自らも太刀をゆっくりとかまえる。

蔵人が駆け出した。得物は金時の遺品である長板斧である。振り下ろされたそれを横飛びで避けると、桜暁丸は神息《しんそく》で斬り上げた。蔵人は屈んで頭上でやり過ごし、膝を伸ばしながら回転し、長板斧を振り抜いた。背中を汗が伝う。受けては飛ばされると見て、今度は桜暁丸が屈まねばならなかった。金時の息子と言うだけあって、並々ならぬ怪力である。

殺気を感じて闇雲に転がった。元いたところに綱が太刀を突き刺している。気配を感じたのは一瞬のことであった。やはり綱は衰えてなどいない。

「二人とも退くぞ！」

桜暁丸は刃を交えながら呼び続けた。三度目でようやく答えたのは欽賀である。

「ここを逃しては父に顔向け出来ません！」

「馬鹿者！　毬人《まりと》はそのような男ではないわ！」

桜暁丸の額を綱の太刀が掠める。溢れ出た血が流れ込んで右目を潰した。

「わかりました……星哉退くぞ」

「先に行け。これであの朴念仁まで駆け付ければ取り返しがつかん」

「朴念仁！　季武が聞けば怒るぞ」

微塵から解き放たれた貞光は抱腹している。どうした訳か蔵人は神妙な面持ちで、先ほどまでの熱気は感じられない。それに綱も気付いたようで複雑な表情である。それでようやく桜暁丸にも思い当たった。

「此度は退く。俺は迷う者には殺されぬ」

そう言うと、蔵人はぴくりと肩を強張らせた。視線を横に滑らせると綱は小さく頷いた。

次の瞬間、桜暁丸は踵《きびす》を返すと森に向かって走り出した。欽賀や星哉の姿もすでになく、味方は先を走っている。

山林の生む闇は墨を撒き散らしたように黒く、異界への入り口のようにも見える。もし己が京人だったならば、そこへ消えゆく者を恐れるかもしれない。そんなことを考えながら、桜暁丸は右目を荒々しく拭った。

夜襲を仕掛けてより小競り合いはあったものの、本格的な攻防は起きていない。大江山の鉄壁の守りに加え、夜が来るたびに夜襲を警戒せねばならず、交代で何人かの兵に寝ずの番をさせているため、疲弊していることも原因である、
戦が始まって二十日が過ぎようとした時、朝廷軍は大きく動いた。半数を大江山に備えて残し、残り半数で烏ヶ岳砦に猛攻を開始したのである。

——やはりそうきたか。

これも想定内ではあった。七千の軍勢を誇る朝廷軍は、半数でも大江山の兵よりも多い。細心の注意を払って守りを固められれば、烏ヶ岳救援のために打って出ても、そう容易くは破れない。これに気付かれるのは時間の問題と考えていた。この局面を迎えることを予測し、予め葉月にはある指示を出している。

——矛を交えず烏ヶ岳砦を放棄せよ。

と、いうものである。烏ヶ岳砦の東方を下れば綾部《あやべ》と呼ばれる地に出る。南下すれば能勢《のせ》に通じ、その先はかつて葉月が蟠踞した摂津国である。そこで昔のように摂津の郡衙を挑発し、京を窺う構えを見せる。見せるだけで実行には移さず、解散を命じていた。この戦いに勝利した後で、また合流すればよい。だが万が一の時にはそのま

ま野に潜むことを命じた。逃走経路の各所の山に兵糧を隠してある。身軽な形《なり》で逃げれば被害は皆無であろう。

しかし烏ヶ岳砦への攻撃が始まって二刻が経過したが、脱出したようには見えない。それどころか山の方々から立ち昇る煙が、三里離れた大江山からも目視出来た。

「なぜ葉月は逃げぬ」

桜暁丸は口内の肉を嚙みしだいた。その訳は烏ヶ岳から上がった狼煙により間もなく明らかとなった。

――東方に敵あり。

狼煙で伝えられる情報には限りがある。だが、それだけで事態は呑み込めた。大部分を烏ヶ岳砦攻略につぎ込んでいる。しかし迂回《うかい》してまで東から攻めることに戦略的にさして益はない。ならば考え得ることは、

「一人も逃さず皆殺しにするつもりだ……」

桜暁丸の喉仏が大きく動いた。何とかして救い出さねばならない。しかし敵はそれも織り込み済みで、万端整えて待ち構えていよう。無情にも時は流れ、烏ヶ岳砦は逼迫していく。何の方策も立たぬまま夕刻を迎えた。今日は何とか乗り越えられても、明日は必ずや陥落するだろう。陽があるうちに一つの決断を下さねばならない。

「狼煙を上げろ……明日、日の出と共に出撃せよと伝えるのだ」

それだけ聞けば無謀にも思える。だが狼煙ではそれ以上詳しいことは伝えられない。

――葉月……俺を信じろ。

夜が更けると支度を命じた。夜明けとともに朝駆けし、救い出すつもりである。危険は承知の上である。妻を救いたいがためではないかなどとは誰も言わなかった。それが如何なる者でも同じようにすると、皆解ってくれているだろう。

「虎前、万が一の時は頼む」

「任せておけ。その時は這いつくばって命乞いし、鉄を叩いて余生を過ごす」

虎前は呵々《かか》と大笑して胸を叩いた。

作戦はこうである。まず虎前率いる鉄騎兵を繰り出し、群がる敵を粉砕する。そして縦横無尽に駆け回り注意を引き付け、頃合いと見れば引き上げる。その間に桜暁丸が率いる救出部隊五百が烏ヶ岳を目指すというものであった。

「俺だけでやる」

桜暁丸は口に紐の端を咥《くわ》え、無造作に髪を結びつつ言った。欽賀と星哉は口々に反対する。

「これはこの戦始まって以来の難局。将兵を出し惜しむべきではありません」

欽賀は額から汗を流しつつ滔々《とうとう》と語り、桜暁丸も遂には折れて兄弟の参加を認めた。

まだ辺りが薄暗い早朝、朝靄《あさもや》の中を突っ切って出撃した。まずは虎前が陣頭に立ち、敵の前衛を崩してゆく。散々に暴れ回っている脇を抜け、南東三里先を目指した。追い縋ろうとする一団は、虎前が見事に排除してくれ、敵無き山野を駆け抜けた。

烏ヶ岳まで一里を切った時には東雲《しののめ》が光を帯び始めていた。

「突き崩せ‼」

ここで初めて鬨《とき》の声を上げ、朝廷軍の背後に攻め掛かった。同時に砦からも出撃する。四千近い軍勢とはいえ、山をぐるりと囲めば必然的に包囲は薄い。前後から挟まれた朝廷軍は滑稽なほど浮足立った。

「桜様《おうさま》！」

向かって来る葉月が叫ぶ。諸手に握られた対《つい》の剣は、休むことなく流動していた。

「無事であったようだな」

「申し訳ございません。馬は東に向けて放ちました」

「却って邪魔になる。でかしたぞ。大江山まで退く」

放たれた馬は東の陽動になったであろう。褒められた葉月は微笑を浮かべ付き従った。

ここからが真の難局である。後ろからは追われ続け、大江山の麓は塞がれている。葉月の手勢と併せても七百余、死にもの狂いで棲家を目指した。

「葉月殿、寄せ手の将は誰であったか御存知か」

欽賀が息を弾ませながら尋ねる。

「あの戦好きがいたことは確かだ」

「あやつか。正面切っての戦には向いている将だが……止められんでもありません」

欽賀は前を見据えて呟く。隊の後方から悲鳴が上がる。その中に貞光特有の甲高い笑い声が微かに聞こえた。敵の追撃は予想以上に速く、そして苛烈を極めている。

「どのように――」

そこまで言い、桜暁丸は欽賀の意図を察して息を呑んだ。

「私が手勢の百と共に止めます」

「駄目だ！　兄者は畝火の総領を継がねばならぬ」

いち早く怒鳴ったのは星哉であった。

「お前がいる。俺は実はお前の方が適していると考えていた。お前は人に好かれる。それに何も死ぬつもりはない。単純なあやつには私がもっとも相性が良い」

言い争っている時は残されていない。桜暁丸は数日前に言い放ったことを再び口にしようとした。

「毬人はそのようなことを――」

「父上ならば必ず同じことをなさるはずです」

最後まで待たずに言い切った欽賀の横顔は、清々しいものであった。貞光の追い上げは峻烈で、このままでは壊滅の恐れがある。他に策はないように思われた。

「星哉、帰るまで無茶はするなよ」

「はい……」

「桜兄、酒の用意を頼みます。今宵は呑みましょう」

「瓜二つの顔をしおって」

目を細めて微笑む欽賀は、毬人の生き写しであった。

「欽賀隊！　今より踏み留まる。畝火の意気地を見せんとする者は付き合ってくれ！」

足の回転を緩める者がちらほらと現れ、自然百名ほどが後方に残った。星哉は振り返らない。眦をつり上げ、歯を食いしばりながら先を見据えていた。

＊

「菱《ひし》を撒いて下がれ！」

それぞれ竹筒を取り出し、中の菱を撒き散らした。鬼菱《おにびし》と呼ばれる種を乾燥させると極めて硬くなり、これを踏めば激痛を伴う。このような時のためにと採取させていた。

菱は草鞋《わらじ》を突き破り、跳ねて馬脚を傷つけ、追撃者は混乱に陥った。

「網、布いてなお下がれ！」

今度は投網を布きながら下がった。菱の間を潜りぬけて来た者たちが、網の中央まで差し掛かった時、一斉にそれを引きながら走らせた。網が人馬の足を取り、横転する者が続出し、それがさらに後続の邪魔をする。

「微塵、垂らせ」

今度は分銅が付いた縄、微塵を垂らしながらさらに走らせる。百の微塵が長い尾のように引きずられた。

「ゆくぞ！　縦波‼」

皆の足が同時に止まり反転すると、鞭を鳴らすかのように縦に振った。地を這う微塵は無数の大蛇《おろち》の如く撓《しな》り、馬腹を打ち、人の顎を撥ね上げた。

「鋲、ありったけ撃ち込め！」

雨あられと鋲が撃ち込まれ、朝廷軍は絶叫する。欽賀は振り返った。先に行かせた本隊は豆粒のように小さくなっている。今少し時を稼げばもう追い付かれることはない。しかし作事隊の武器はただ一つを残し、もう尽き果てていた。

「剣を抜け……突貫！」

喊声を上げながら百の軍勢が向かってゆく。倒れた馬を踏み、人頭を蹴り、乱戦となる。

三千を超える敵に対し百。勝ち目など端《はな》からなかった。それでも僅かな時を得るために欽賀は剣を振るった。味方はあっと言う間に目減りしてゆく。

「貞光！　こちらだ」

馬上で太刀を振るう貞光は、にんまりと笑うと馬を降り、悠然と歩み寄って来る。

「土蜘蛛の息子か。父はこれを残したが、お前は何を残す」

貞光は手で左の頬をさすった。そこには抉られたような傷痕がある。

「二度と戦が出来ぬようにしてやる」

もう味方は殆どいなかった。敵兵が欽賀に向かってくるのを、貞光は一喝して止めた。

「殺すというか。それは楽しみだ。だが仇のために戦う者は腕が鈍る」

「誰が父の仇のためと申した。己のためだ」

貞光は太刀を肩に背負いつつ首を傾げた。欽賀は片笑みながら続けた。

「惚れた女に袖《そで》にされた怨みだ」

穂鳥の安否をずっと気に掛けていた。それを知ってか桜暁丸は包み隠さずに全てを語ってくれた。貞光は低く不気味に笑い、やがて腹を抱えて笑った。

「気に入った」

欽賀は剣をかまえて突っ込んだ。剣技にかけては父よりも劣る。ならばそれを討った貞光には勝てるはずもない。この構えを見てこの奇人も興醒めであろう。案の定、欽賀の渾身の一撃は虚しく宙を斬った。

「冥府の父が嘆くな」

「剣で勝てるなど思っておらん」

欽賀は剣を捨てると、素早く懐に手を差し入れた。手に握られているのは小振りの瓶子《へいし》である。貞光の太刀が肉に食い込んでいく感触が走る。不思議なことに痛みは少しも感じなかった。

「余生をゆるりと暮らせ」

言うと同時に眼前に突き出し、両の掌で叩き割った。中に詰まっていた黒粉が飛散する。錆びた臭いに包まれ、貞光の凄まじい叫び声がこだました。

「何をした！　何も見えぬ！」

　中に仕込んでいたのは、程よく錆びさせた鉄粉と銅粉である。目に入れば突き刺さり、やがて光を奪うという代物であった。

　ようやく痛みが湧き上がり、両膝を大地へと落とした。欽賀も同じく闇の中を覗いていた。

　葛城山の春夏秋冬が巡る。

　煌めく景色の中、何故か思い出したのは子どもの頃の弟の姿だった。昔は弱虫だった弟は、膝を擦りむいた、毛虫に刺されたなどと事あるごとに泣いていた。

　そんな時、決まって竹を削って竹蜻蛉《とんぼ》を作ってやる。すると弟は涙を拭いて、器用に動かす手を覗き込んできた。

　出来上がれば掌《たなごころ》に挟み、擦るように回す。鱗雲をなぞるように天に向かう竹蜻蛉を見つめ、弟は満面の笑みを浮かべていた。

　兄とは詰まるところそのようなものではないか。

　その思い出も闇に吸い込まれた時、座り込んだ欽賀は、拝むように手を合わせて微笑んだ。

由良川を一気に渡河し、大江山の麓に近づく。目の前に待ち構える朝廷軍は三千余。より山に近い敵の左翼の突破を試みる。桜暁丸は猛々しく吠えた。

「目を抜き、腸《はらわた》まで喰らい尽くせ！」

勝手に鬼と呼んだのも彼らであれば、そのような印象を植え付けたのも彼らである。それを逆手にとって恐怖を煽った。ぶつかり合うと大江山軍は刀で切り開き、敵の肩をよじ登り、背を踏みつけて突き進んでいく。桜暁丸は背を踏んで跳び上がり、周囲を見渡した。

長蛇の列を成して山道を下ってきている一団が見えた。虎前が援護に駆け付けているのだ。

「虎前、早く来てくれ！」

心の中で祈ったつもりが思わず口を衝いて出た。いくら気焔を吐いたとて、敵は五倍からなる大軍である。疲労の限界を超えた味方は次々と討たれていく。何とか切り抜けたがそれでも敵は猟犬のように追ってくる。

「山へ向けてひた走れ！」

ふと目をやると葉月の顔色が優れない。顔面蒼白で短剣を振るっていた。

「あと少しの辛抱だ」

葉月は足元も覚束ない。明らかに様子がおかしかった。桜暁丸は腰に左手を回して支えながら共に駆けた。

「実は……嬰子《ややこ》が宿ったようなのです」

「何だと――」

果たして古今東西、この報告を戦場で受けた者がいるであろうか。心中を表す言葉が見あたらず苦笑する他なかった。

「ならば尚更死ねぬぞ」

励ますものの、葉月の足取りは重く皆から取り残されてゆく。振り向いて血の気が引くのを感じた。馬蹄を轟《とどろ》かせ迫る綱と蔵人の姿が目に入ったのである。

「星哉、先に行け！　皆を頼む！」

こうなれば策も何もない。ただ走るしかなかった。躰中の血が駆け巡る。馬の息づかいまで聞こえる。人馬の影が頭を追い越した時、桜暁丸は体《たい》を開いて今一度振り返った。こちらを見下ろした綱は、葉月を目がけ太刀を振りかぶっている。

「葉月‼」

思い切り左手を前へ突き出し、葉月を押しやった。次の瞬間、奇妙な感覚が手を覆ってゆくのを感じた。葉月は蹌踉めきながらも懸命に脚を動かす。桜暁丸は身を低くし、右手で神息を馬の腹に突き刺した。崩れ落ちた馬から綱は投げ出される。

「葉月、振り返るな！　ただ前を見よ！」

叫ぶや否や長板斧が襲って来る。今度は馬脚を切断し、蔵人は崩れる前に先んじて馬から降り立つ。桜暁丸は全身で息をしながら、山を背に立ち上がった。背後から重々しい馬蹄の音が聞こえてくる。虎前が間もなく駆け付けるであろう。

「蔵人と申したか……覚悟を決めたか」

「この愚かな戦を終わらせる」

蔵人の表情に一切の曇りはなく、先日とは別人のようであった。蔵人は父の仇とは言わなかった。金のためでもなく、土地のためでもない。人が勝手に作った境界に、自らが振り回されているだけなのだ。言い得て妙、確かに愚かな戦であろう。

「お主らが始めた戦だ……」

綱が一歩進み出る。その表情は険しいものであった。

「分かっておる。だがお主は大きくなり過ぎた。それを摘むしか収める術はない」

「互いに解っていて止められぬか」

右手で神息を突き出して構えを取った。

「よく立っておられるな」

「たとえ首だけになっても喰らいついてやる。鬼とはそういうものだろう?」

「蔵人。間に合わぬ。今日は退くぞ……」

すぐ後ろまで救援の鉄騎兵が迫っていることを感じていた。綱と蔵人は従者に差し出された替え馬に跨ると、自陣に走り去っていく。

「桜暁丸‼」

虎前が呼びかけながら馬を寄せて来た。

「深追いは無用だ。葉月は?」

「無事だ。そこに乗せた。それより……」

葉月は青い顔をして鉄騎兵の一人の後ろに乗せられている。

「桜様……腕が――」

葉月の目から止めどなく涙が零れ、ついに手で顔を覆って嗚咽《おえつ》した。

綱の一太刀から庇った時、左手の肘から先が落ちた。滴る血が大地を染め、小さな池を作っている。

「今頃になって喜びが込み上げてきた。これで父と認めてくれるかな」

葉月は咽《むせ》び泣きながら何度も何度も頷いた。いつの間にか高くなった陽を見上げ、桜暁丸は誇らしげに微笑んだ。

その晩、桜暁丸は椅子に座ったまま眠ることはなかった。卓には酒の入った瓶子と、二盞《さん》の杯《さかずき》が並んでいる。

皆が躰に障るからと床に入ることを勧めたが、それでも姿勢を崩すことはない。時折、女が訪れて左腕の晒布を替える。巻いたそばから赤く滲んでくるので、随分苦労を掛ける。葉月は自分がやると言い張ったが、腹の子を想えと説得して眠りにつかせた。

酒が満たされた杯を見つめていた。そこに朧《おぼろ》げに映る顔は、泣いているのか、はたまた怒《いか》っているのか。己でも解らずに曖昧《あいまい》な鏡面を覗いている。

桜暁丸はただ一言、細い声で洩らした。

「早く帰って来い……」

鳥の囀《さえず》りが朝を告げた時、桜暁丸はゆっくり立ち上がると、新しい明日へ踏み出した。

烏ヶ岳砦が陥落して二十日が経った。朝廷軍はその余勢を駆って大江山にも攻め掛かってきたが、こちらでは散々なまでに打ち破った。

大江山の士気は頗《すこぶ》る高い。欽賀を失った穴は、桜暁丸と虎前が交互に埋めた。

星哉は冷静さを欠いてしまうかに思われたが、まるで欽賀が乗り移ったかのような慎重さで用兵を行い、時に元来の激情を見せて配下を鼓舞した。葉月は体調が優れぬ日々が続いたこともあって、極力前線には出さなかった。

——間もなく冬が来る。

葉を落とす木々が冬の訪れを告げていた。風の中にも棘を感じるようになった。米に加えて、麦、粟《あわ》、稗《ひえ》と兵糧は十分にある。他にも何年も溜め込んだ干した猪肉などもあった。それでもまだ心許なければ、山で鹿や猪を狩り、団栗《どんぐり》をかき集めればよい。

対して七千もの兵を動員している朝廷軍はそうはいかない。京から運ぶには丹波は奥深く、雪が降ればそれはさらに難儀を極める。あと一月も経れば京まで退かざるを得ないだろう。そうなれば事実上の勝利といっても過言ではない。厭戦の気運も高まり、和議を望む廷臣もまた息を吹き返すだろう。

丹波に初雪が降った。雪はまだ薄く山を覆うだけで、二、三日もすれば溶けてなくなるだろう。だがもう少し待てば、豪雪に見舞われる日が来る。勝利は目前まで来ていた。

そんな時、突如として事件が起きた。兵の多くが強烈な腹痛や吐き気を訴えて倒れたのである。それは普段は山裾に住まい、戦が始まった今、共に山に籠もっている兵の妻子にまで及んだ。山には薬草の知識が深い者もおり、薬師を務めさせている。

「これは何と謂う疫病か……」

尋ねる桜暁丸の顔も紙のように白い。眠れぬほどの腹痛と嘔吐に耐えている。一瞬でも気を緩めれば吐き気が襲ってくる有様で、気力だけで立っている状態であった。

薬師も床に横臥しながら苦しげに答えた。

「不甲斐ないことに原因は解りません……ほとんどの者が患っていることから、恐ろしいものであることは確かです」

桜暁丸は皆がほぼ同時に倒れたことに着目した。通常の病であるならば数日に亘って広がっていくはずである。若干の差こそあるものの、たった一日の間に皆が同じ症状になったのはおかしい。

――中《あた》ったという訳でもあるまい。

稀《まれ》に傷んだ物を食べ、一家同時に倒れることなどはある。しかしこの度、大江山の民や兵の七割が訴えているのだ。皆が同じ物を食うなどあり得ない。何より昨晩、己と葉月は同じ物を食べた。それなのに葉月には症状は出ていない。そこまで考えた時、桜暁丸はあることに思い当たった。ただ一つの違いを見つけたのである。

桜暁丸は重い足を懸命に動かし、兵糧の管理をしている者の元へ急いだ。

「昨夜の水はいつ、誰が用意した！」

「毎日、組ごとの輪番で二瀬川《ふたせがわ》に汲み上げに」

兵糧番の顔色は悪くない。数少ない無事だった者のようである。

「昨日の当番は何か言っていなかったか」

「いえ……皆寝込んでおります。訊いてみますか？」

案内されるがままその者が休んでいる場所を訪ねた。頭が突如現れたことで身を起こそうとするが、それすら難しいようである。

「昨日、水汲みで変わったことはなかったか。どのような些細なことでもかまわぬ」

「丹後《たんご》から大和を目指しているという六人の行者と出逢いました……当山は戦の最中と告げると、おろおろと取り乱して引き返し……一時《ひととき》のことですので失念していました」

「犬神だ……汲んだ水に毒を仕込まれた」

話を聞いていた兵糧番の顔が蒼ざめた。

「ならば何故私は立っていられるのですか？」

「白湯《さゆ》、もしくは湯冷ましを呑んだのであろう」

「何故それを……」

「熱すれば消える。世にはそのような種の毒がある」

子どもの頃に父に聞いたことがある。鰻《うなぎ》などは火を通すからこそ食えるのであって、生で食せば躰を蝕《むしば》む。他にもそのような毒があっても何らおかしくはない。

「しかし……毒を仕込むならばなぜ死に至るものを用いないのです」

「自らの手で殺さねば京への聞こえが悪い。大方そのような訳だ」

二人の配下は絶句した。桜暁丸は下唇を強く嚙みしめるが、身が震えてそれすら思うように力が入らなかった。


翌日、初めて人が死んだ。五つになったばかりの子どもである。大人の命を奪うほどではないようだが、幼い者や老人ならば同じ末路を辿る者は出るかもしれない。子どもに縋るようにして泣き咽《むせ》ぶ両親を見て、桜暁丸は胸が締め付けられた。

今一つ暗い報せが入った。二瀬川が薄紅色に染まったのである。二瀬川は山の中腹を水源としており、水で困ることは一度もなかった。

上流を探索させると、各所に得体の知れない赤い実が入った網状の袋があり、それが川を染めたようである。これも頼光が放った犬神の仕業かもしれない。犬神の暗躍を警戒していたとはいえ、井戸とは異なり、水量が多い二瀬川は毒の警戒を怠っていた。

桜暁丸は赤い物体を手に取った。やはり何かの実の残骸であろう。原形がなくなるほどすり潰され、握り飯のように固められている。鼻を近づけ嗅いでみたが、悪臭はせず毒はないのではないかと思う。とはいえ言い切ることも出来ない。また色が消えたところで水は清らかと言えるのか。考え出せばきりがなく、この日の水汲みは諦めざるを得なかった。

桜暁丸は虎前を呼び、眼下に陣を布く朝廷軍を眺めていた。

「虎前……何人が戦える」

「生水《なまみず》を飲まなかった兵が八百と少し。今は水を飲めずに苦しんでいることには変わりない。後はお主や俺のように、一際丈夫な者が百と少し」

「千にも満たぬか……明日、来るな」

「ああ。間違いなかろう。そして防ぐことは出来ぬ」

総攻撃が始まればもう抗《あらが》う術はない。桜暁丸は連なる山々を見つめていた。先ほどの親子の姿が頭から離れずにいた。今己が出来ることはただ一つしか残されていない。

「降ろう」

「それしかなかろうな」

虎前は反対しない。己の心境を最も理解してくれているのは心優しきこの男ではないか。

「しかし惨《むご》いことをするものだ……」

虎前は視線を落として付け加えた。

「戦とはそういうものよ。ましてや奴らにとって我らは人ではない」

「汚らわしき鬼か。わざわざ大江山まで来ずとも、我が心を覗けば滅ぼせるものを」

向かい風が虎前の零れ髪を漂わせる。その横顔は息を呑むほどに哀しげであった。


降伏する旨を伝えたのはその日の夕刻であった。

葉月や星哉を筆頭に反対する者もいたが、こればかりは譲ることはなかった。今ならばまだ皆を救うことが出来る。消えゆく命を見過ごせないことは、今も昔も変わりはない。

大江山を明け渡し、反乱の首魁、酒呑童子の首を差し出す。代わりに他の者には手を出さず下山させてくれと伝えた。しかし朝廷軍からは何の返答もなかった。

「酒呑童子だけで足りぬなら、虎熊童子も差し出せばよい」

虎前は髭を指でぴんと弾いて言った。止めても無駄であることは解っている。桜暁丸は目を瞑ると深々と頭を下げた。

「茨木童子、星熊童子もと言われたならば……その者には申し訳ないが、死者の面に鉧《けら》をかけ、誰か解らぬように潰して差し出す」

鉧とは熱く溶けた鉄のことを謂い、鍛冶の工程で生まれるものである。

しかし翌日、その覚悟は見事に裏切られた。朝廷軍は総攻撃を開始したのだ。

「桜兄……降ることは認めぬとよ。奴らは根絶やしにするつもりだ」

星哉はそう言い残して、弱る躰に鞭打って前線に繰り出していった。星哉のような者は決して多くはない。皆、極めて体調の悪い今、蓋の閉じた栄螺《さざえ》の如く守りを固め、高所から矢で応戦するのが精一杯であった。

総攻撃は一両日続き、動ける兵の三分の一以上の四百人が討死した。最も被害が多かったのは旧欽賀隊であった。彼らは矢尽き、刀折れても礫を投げて防戦した。欽賀の想いが乗り移ったかのような奮戦ぶりであった。

日没、桜暁丸は再度降伏の使者を立てた。やはりいくら待っても使者は戻らない。

――このままでは全滅する……。

未だ下痢や嘔吐が続いている者は多い。川の濁りは収まったが、念のため水を煮たたせた上で飲ませてはいる。子どもや老人、怪我人の中にはそのまま逝く者もいた。

「もう一度、使者を出す」

桜暁丸は虎前、葉月、星哉を集めてそう宣言した。皆の顔に悲愴感が漂っている。

「京人は我々を受け入れる気はございません……」

珍しく星哉は一言も発せずに首を横に振った。

「虎前。頼めるか？」

「付いてゆけばよいのだな」

かくなる上は二人で山を下り、先に首を差し出すつもりであった。

「お待ちください！　今ならば山中を北に走れば助かります」

葉月は椅子から立ち上がって制止した。

「病人、怪我人を置いてゆけるか‼」

桜暁丸が怒声を上げた時、配下の一人が慌ただしく部屋に飛び込んで来た。

「山道を上ってくる一団が！　篝火《かがりび》も焚いておりません」

「夜襲か⁉」

「いえ……それが十人ほど。また二瀬川を狙っているのかもしれません」

桜暁丸はすっくと立ち、走り出した。続こうとする葉月を一喝し、虎前と星哉を伴って山道を目指した。報告のあった地点に近づくと、確かに蠢《うごめ》く人影が見えた。

「犬神がまた川を狙いに来たか」

「酒呑童子……いや、桜暁丸殿にお会いしたい！」

驚くことに影はそう返した。月明かりは仄かであったが、ようやく目も慣れてきた。

「俺がその桜暁丸だ」

「そうか……話したいことがある」

男は手を挙げて背後の者を立ち止まらせると、ゆっくりと歩み寄ってきた。初めて逢う男である。しかし何故だか、どこかで逢ったような懐かしさを感じた。

「肥後守《ひごのかみ》、藤原保昌。お主には袴垂《はかまだれ》の兄と申したほうがよいか」

先程受けた感覚の正体が解った。目の前にいるのは寄せ手の副将であり、亡き保輔《やすすけ》の実兄である。動揺を悟られぬように静かに話しかける。

「その肥後守殿が何故《なにゆえ》このような夜分に」

「和議は成らぬ。皆を連れて逃げよ」

保昌の驚きの発言に、桜暁丸は虎前と顔を見合わせた。

「しかしそれが出来ぬことは、そちらが御承知のはず」

「寄せ手を退かせてみせる。猶予は丸一日。それが限界だ。その間に退いてくれ」

保昌はぽつぽつと語り出した。鬼など三日もあれば退治出来る。そう大言を吐いて京を出立した頼光は相当焦っているという。三日の期限はとうに過ぎ、四天王の一角である貞光も再起不能に追い込まれた。

「兄者があいつを……」

星哉がぼそりと呟いた。欽賀は命を賭して役目を成し遂げたのだ。それを改めて知り、皆に哀愁が漂った。

「故に頼光殿は犬神を用いてあのようなことを……」

保昌の握り拳が震えていた。やはりあれは毒であった。川を染めたのは翌日も水を飲めなければ兵は弱り、一気呵成に攻め滅ぼせると考えたからである。

毒を用いるなど帝の威光を傷つける。保昌は徹頭徹尾反対した。それでも頼光は独断で下知を下した。さらに頼光は絶対降伏は受け付けぬと宣言した。これにも保昌は無用な戦は避けるべきと進言したが、取り付く島もないという。

「分かった。だがいかにして頼光を説得なさる」

「偽書を作る」

偽書を作り、大江山からの密使を捕らえたとして頼光に差し出す。山陽道、山陰道の童がこぞって播磨に進出し、丹波の口を塞ぐ。すでに目と鼻の先まで来ており、大江山と日を合わせて挟み撃ちにするため、連絡を取り合っていると思わせるというのだ。

「それならば六里は後退せねばならぬ。夜雀を先に走らせたとしても、露見するまで少なくとも丸一日は稼げよう。臆病なほど慎重な男だ。必ずや後退する」

保昌の顔には自信の色が滲み出ている。だがまだ気掛かりなことがあった。

「罠ではないとどうして言い切れる。疑う訳はお分かりだろう」

「お主は捕らえた我が軍の者を無傷で帰してくれた。それに……保輔の願いを叶えたい」

腕を組もうとしたが、右手はするりと落ちた。腕をなくしているにもかかわらず、未だにこのようなことがままある。桜暁丸はそんな己を嗤って溜息をついた。

「承った。どうせ他に術はない」

「これで黄泉《よみ》の弟、そして妻に小言を言われずに済む」

「妻？　なぜ北の方が小言を零される」

「妻は奔放な女でな。えらくお主を気に入っている。そのような京人もいるのだ」

保昌は初めて笑った。幾分歳は食っているが、その顔は保輔にそっくりであった。

翌日、果たして保昌の言う通りになった。朝の内から朝廷軍は徐々に後退し、陽が高くなった時には姿が見えなくなった。しかし明日には誤報であると知り、また舞い戻って来るであろう。この僅かな猶予の間に撤退しなくてはならない。

桜暁丸は正殿前に皆を集めた。重大な内容であると通達し、病状の重い者を除いて全ての者が集まった。正殿前の馬場だけでは収まりきらず、山道に列を成し、森の中の大岩に乗ってこちらを見ている者もいる。桜暁丸は大きく息を吸い込むと、ありったけの声を絞って叫んだ。

「皆の者！　我々は落ちることとなった。全て我の至らぬ故である。すまなかった……」

皆は口々に話し始め、喧騒が山を覆ってゆく。桜暁丸は右手を挙げて静まるのを気長に待った。静寂を取り戻すと再び口を開く。

「京人は我らを鬼と呼ぶ。土蜘蛛と呼ぶ。そして童《わらわ》と呼び、蔑む。理由などない。己が蔑まれたくはないから誰かを貶める」

彼らは無言で耳を傾けた。目には熱が籠もり、固唾《かたず》を呑んで見守ってくれている。

「胸を張ってくれ。我らは何も汚れてなどいない。父母を想い、妻を想い、子を想い、仲間を想う。我らは誰よりも澄んだ心を持って生きたはずだ」

涙を流す者がいた。拳を握りしめている者もいた。一人一人が頷くのが見える。

「生きるのだ。何があろうと生き抜け。そして愛しき人と子を生《な》し、我らの心を紡いでゆこう。たとえ好いた相手が京人であったとしても、裏切りなどとは思うなよ。人を分けて考えれば、我らも同じになってしまうではないか」

そこまで話すと桜暁丸は大笑した。それに誘われてくすりと笑う女もいた。しかし皆の頬には一様に涙が伝っている。

「我らの純なる心は京人と混じって宿る。百年……千年後、この国の民の中で目覚めることを信じよう。俺は人を諦めない。それが我らの戦いだ」

演説を終えるとそれぞれが頷き、胸に手を当て、涙を拭った。歓声は上がらなかった。だが皆の目は、桜暁丸の背後に広がる大空を越え、確実に明日を見つめていた。

大急ぎで支度を始め、翌日の早朝より大江山に籠もる数千の民が移動を開始した。まずは北を目指して海へ出る。そこから西へ、東へ、あるいは何があるかも知れぬ大陸を目指すことになる。

桜暁丸はいつ戻るかも知れぬ朝廷軍を警戒しながら、脱出を差配した。持てるだけの兵糧、金目の物は全て分け与えてある。

「葉月、お主は皆を率いて先んじて山を下りよ。俺は万が一朝廷軍が戻れば、一当てして時を稼がねばならん。心配せんでもすぐに行く」

「信じてよいのですね」

「俺が嘘をついたことがあるか」

桜暁丸は破顔した。そして残った手で葉月の腹をさすり、宿る子に話しかけた。

「お前は父や母と同じく夏の生まれになるな。誰かに似て激しい子になってくれるなよ」

「まあ、酷い仰りよう」

「俺のことだ」

桜暁丸は笑いながら頭を掻いた。

「では……先に行きます」

「皆を頼むぞ。お主にしか任せられぬ」

葉月の率いる第一団が下り、続いて星哉率いる第二団、最後に虎前が第三団を連れて下り、陽が傾く頃には大江山は蛻《もぬけ》の殻となった。

この大きな山に己一人。桜暁丸は遠く広がる雄大な景色を眺めていた。山間に僅かに見える大地に砂が煙っている。朝廷軍が戻ってきたのだ。半刻もすれば再び囲まれるだろう。

桜暁丸は顔を擡げて空へと目をやった。桜暁丸は昔から沈む陽と共に、激しい美しさを放つ西の空ではなく、薄く染まる東の空を好んだ。それは嫌いな者にそっぽを向いて駄々をこねている子どもに似ていた。

己はどこから来てどこへ行くのか。長い旅を経たが、幼い頃に抱いたその問いに答えは出なかった。それは千年後を生きる人々が知っているのかもしれない。

感傷的になった己を嘲笑うかのように鼻を鳴らした。責を負うなどと崇高なことは思っていない。綱が言ったように、己が生きていれば朝廷軍は躍起になって追いかけてくるだろう。皆の安全を考えればこれが最良であった。

それでもただ頭《こうべ》を垂れて首を落とされるのは癪《しゃく》に障る。やつらが与えた酒呑童子の像そのままに大いに暴れて、かつて味わったことのない恐れを与えてやる気でいる。

「行くか……」

「そうだな」

背後から声が掛かったので驚いて身を翻す。そこにあったのは虎前、星哉の姿である。さらにその後ろに百人ほどの男が立っており、どの者も目元が笑っていた。

「案ずるな。葉月殿や皆はもう丹後に入ったはずだ。ここにいるのは妻子を亡くした者、一族の誇りを示したい者、お主が好きな者……まあ、そのようなところだ」

虎前の説明に後ろの百名も銘々同意してみせた。

「俺はまだ勝つつもりでいるがな」

星哉は鞘に納まった曲刀をぽんと叩いて白い歯を見せた。

「行きついたのはここだったかな……」

桜暁丸はぽつんと呟くと、顎から滴り落ちそうな一つの滴を拭った。

「らしくもない。不敵に笑え。それがお主に似合っている」

虎前が投げかけた声に弾かれ、桜暁丸は再び天を見上げた。そしてゆっくりと頭を下げると、皆を見据えて言い放った。

「行こう。童《わらべ》がいかなる者かを見せに」

桜暁丸は颯爽と馬に跨ると、片手で手綱を絞り山肌を駆け下りた。後ろに続くは粛慎、畝火、滝夜叉、そしてこの地に一時築かれた安楽の地に流れ着いた各地の童、併せて百騎。

蹄の音を揃え、一つの塊になって疾駆する。

「逃げたことに気づかれたようだ。早速来るぞ。いかがする？」

虎前の問いかけに、桜暁丸は迷いなく答えた。

「突破する。ただただ頼光を目指す」

桜暁丸は鐙《あぶみ》に踏ん張り、股を締めると手綱を放す。そして神息を抜き払うとすれ違いざまに突き伏せた。虎前は金棒を振り回し、星哉は曲刀で薙いでゆく。その勢いに朝廷軍は耐えきれず、間もなく突き抜け、二瀬川沿いに山を下りてゆく。

「桜兄！　また来るぞ。綱だ！」

敵の先頭を来るのは剛勇を鳴らす綱であった。

「あれは容易くは抜けぬ。山を駆け上がり迂回せよ！」

大江山の軍馬は木々の間を抜け、山肌を走れるよう鍛えてきた。山中を走り抜けるのもさして難しいことではない。

「待て！　金時のためにも、お前はここで止める！」

迫ってくる綱が声高に叫んだ。

「金時のためにも行かねばならぬ！」

桜暁丸が叫び返すと、綱は微かに笑って頷いたように見えた。

「全ての童《わらべ》のためか」

桜暁丸も口元を綻ばせた。恐らく綱は、我らを「わらべ」と呼んだ初めての京人になるだろう。

「足場が悪い！　馬は入れられぬ。山中を進む季武に託すぞ」

桜暁丸は遅れて山へと馬を入れた時、綱が配下を制止している声が聞こえた。太刀を腕のない左脇に挟むと、桜暁丸は巧みな手綱捌きで再度先頭へと躍り出た。

「山を来ている者もいるようだ。将は卜部季武」

「卜部……あの手堅い男か」

虎前は記憶の中から探すように答えた。

行く手の奥に兵の影が見えた。剣を振りかざし、木々の隙間を縫って向かってくる。

「数が多い。こちらも容易くは抜けられそうにないな」

「桜暁丸、初めて逢った時、京人に屈することを厭《いと》わんと言ったのを覚えているか？」

並走しながら話す虎前は、前だけを見据えていた。

「ああ、そうだった。巻き込んでしまったな。すまぬ」

「飯を喰らって眠り、好きなことに明け暮れる。人はそれだけでも十分に美しい。そのために土を舐めてでも生きねばならぬ」

その言葉が桜暁丸の胸に突き刺さった。平身低頭していれば虎前は、粛慎は戦うことなく生き残れたかもしれない。大江山に戦禍を持ち込んだのは正しく己であった。

「だが……人は立って死なねばならぬ時もある」

虎前は金棒で敵兵を吹き飛ばすと、こちらをちらりと見て微笑んだ。

先に一丈（三メートル）ほどの高さの、一際大きな岩がある。その上に立って指揮を執っている男、卜部季武である。

「あれを討たんとすれば、全ての兵を引きつけられる」

「行ってくれるか」

「ああ。束の間の別れだ」

虎前は馬速を上げて大岩へ向かった。

「粛慎の男よ。熱き血を滾《たぎ》らせよ！　狙うは卜部季武ただ一人！」

二十数人の男たちが雄叫びを上げながら虎前に続いた。その咆哮は天を衝き、山を揺るがすほどに思われた。将を討たせせんとして兵がそちらに集中してゆく。

桜暁丸ら七十余騎はその後ろを走り、徐々に脇に逸れてゆく。

虎前は早くも大岩に迫ると、馬から飛び降りて金棒を振り下ろした。それが降り立った足場の岩を抉り、礫が飛散する。取り囲まんとする敵兵の幾人かがそれを受けて倒れた。岩の上の季武は眉一つ動かしてはいない。

「その岩に粛慎の名を刻まんとするか」

「ようやく名を覚えたるか。心なき京人らしく最後まで鬼と呼べばよい」

「ならばこれはさしずめ鬼の足跡か」

いかなる時も無愛想面の季武が僅かに笑ったように見えた。そのようなやり取りを横目に見ながら桜暁丸は疾走する。

視界を外れると振り返ることはなかった。背後から幾つもの鉄が重なる音が耳に届いた。それはたたら場で鉄を打つ音に似ていた。慈しみと厳しさの入り交じった眼差しで、鉄に向かう虎前を思い起こしながら、桜暁丸は前へ進んでいく。

木々の中を抜けると裾野である。山の前に陣取っているであろう頼光まではそう遠くはない。

「桜兄、あれが最後の壁だ」

後ろから星哉が呼びかけた。裾野を塞ぐように兵が散開しており、その中央に長い得物を持った男が仁王のように立っていた。坂田蔵人である。

「旗を掲げよ！　駆け抜けるぞ！」

桜暁丸の下知で「童」の字が染め抜かれた一本の旗が掲げられた。待ち受ける人波に飛び込んでいく様は、上空から見れば津波に一欠片の石が投げられたかのように見えるだろう。

桜暁丸は無心で太刀を振るった。手綱を口に咥《くわ》え、右の手を躍動させた。乱戦の中、徒歩の蔵人が猛進してくるのが見えた。

「酒呑童子‼」

そう呼ばれることに抵抗はなくなっていた。今では何と呼ばれても己が己であることには変わりないと知っている。擦れ違い様、長板斧が桜暁丸の面を襲う。なびく赤髪がはらりと宙を舞い、夕日を受けて赤銅色に輝くのが見えた。

「悪いな。まだ少し向かわせてくれ」

身を鬣《たてがみ》に擦りつけて繰り出した一突きは、蔵人の肩を貫いた。

「待て！」

桜暁丸は馬首を返すと、肩を押さえ、膝を突く蔵人に向き直った。それを守らんとして敵兵が群がってくる。

「桜暁丸殿！」

叫びながら衆の中からいち早く飛び出してきたのは、あの麻佐利《まさり》であった。

「討って手柄とするか」

「御意」

下から繰り出された麻佐利の剣を難なくいなし、冑《かぶと》の前立てに向けて強烈な一打を見舞う。麻佐利はその衝撃で仰向けに倒れ込んだ。

「やはり勝てませんでしたか……穂鳥に伝えることは」

「何もない。お主の言葉で十分だ」

「お寂しいことを」

「代わりに頼まれてくれぬか。全ての京人へ伝えて欲しい」

次々に襲い来る敵兵を撥ね除けながら、桜暁丸は穏やかに話しかけた。まるで桜暁丸と麻佐利の間だけゆっくりと時が流れているかのようである。

「鬼に横道《おうどう》なきものを‼」

「承った！」

麻佐利は全身を震わせて返答した。桜暁丸はくすりと笑うと、馬首を転じて戦場を置き去りにしてゆく。

乱戦を突破できたのは己と星哉を含め僅か十騎ほどであった。

童の旗はまだ無事である。旗が風を切り、はためく音が耳に心地よい。目前には頼光を守る二千を超える兵が、雲霞《うんか》の如く野に満ち溢れている。

陽はもうすぐ山に隠れるほど低くなっているのか、桜暁丸の背を焦がした。喊声の膜が我が身を包み、腕を休みなく振りながらその中を泳いでゆく。

幾人目かを捉えた時、鎧の隙間に太刀が挟まり引き抜けず、そのまま駆け抜けた。

——神息、さらばだ。

涙した時も、苦しんだ時も、悩んだ時も、何も言わずにそっと寄り添ってくれたもう一人の兄弟に別れを告げ、桜暁丸は駆けた。

「頭……これを！」

旗手は全身に傷を負い、真紅の血を吐きながら、なおも旗を掲げていた。投げられたそれを受け取ると、旗手は安堵の笑みを浮かべ馬から滑り落ちた。

頬を巻くように流れる風が心地良い。風には季節ごとの匂いがある。今、鼻腔の奥を擽《くすぐ》ったそれは、まだ遠いはずの春の香りであった。

桜暁丸は旗を天に掲げてゆく。

「星哉、いるか」

「ああ。いるよ」

鞭の代わりに鐙を鳴らし、人海《じんかい》を割ってゆく。

「星哉、いるか」

「何度も訊くなよ。離れやしない」

星哉の軽妙な声が背を越えてゆく。

「星哉、いるか」

もう返事はなかった。喊声だけが鼓膜を揺らしていた。

己が望んだ世は、この軍勢の向こうに落ちている。そんな気がしてならなかった。

桜暁丸の目は、眼前の憎悪をもう捉えてはいない。

その先にどこまでも広がった、薄紅色に染まる東の空だけを見つめていた。

受賞の言葉

この度、第十回という節目に、角川春樹小説賞を賜りましたこと深く御礼申し上げます。また選考委員の御三方、本賞に携わられた全《すべ》ての方に感謝の意を表します。

そもそもの始まりは「童《わらべ》」という一字でした。三年前まで子どもに教える仕事をしていたこともあり、何気なく字の成り立ちを調べたのです。今と同じ「子ども」を表す他に、「奴隷」と謂《い》う意味で使われていたことに愕然《がくぜん》としました。それと同時に気になったのが、何故《なぜ》、いつ頃《ごろ》から、私たちが知っている「子ども」の意で使われ始めたのかということ。史料に当たると、どうやら平安から鎌倉に掛けて今の意味とほぼ同様に使われるようになったことが分かりました。

そしてこの「童」の字を冠した彼の名が目に入った時、私の脳裏に全ての物語が一気に流れ込んできて、冗談のようですが、暫《しば》しの間、涎《よだれ》を垂らすほど茫然《ぼうぜん》としていたのを覚えています。

選考会直前、彼の首塚に参りました。「お前はそこにいるか」という私の問いに、木々が騒《ざわ》めき、「俺は皆の中にいる」と答えてくれたような気がします。この作品を読んで頂いた方の中にも、彼が生きてくれれば本望です。

二〇一八年　夏

今村翔吾

文庫版あとがき

この作品を執筆するに至った原点はどこにあるだろうか。

あとがきを書くにあたってよく考えてみた。すると、案外昔のことで二〇〇五年、私がまだ二十一歳だった頃に遡《さかのぼ》る。

それ以前から大江山《おおえやま》を巡るこの物語のことは知っていたのだが、当時、改めて物の本で読んだ時にふと疑問が湧いてきた。何故、鬼たちは源 頼光《みなもとのよりみつ》たちに殺されねばならなかったのか。貴族の若い姫君をさらっていったなどと書かれているが、それ以外にはほとんど触れられていない。一方、頼光の「退治」の仕方は、変装、酒に酔わせるといったもので、とても正々堂々とは呼べない。彼は最後に「鬼神に横道なきものを」という科白《せりふ》を吐いたのだが、頼光を善玉として勧善懲悪で終わらせようとするならば物語から削除すべきところである。にもかかわらず脈々と描き続けられている。このアンバランスさに酷く違和感を持ったのを覚えている。ただ、その時はそれで終わりであった。

それから時が流れ、物語の構想を持ったのは、二〇一六年の夏のことだった。まだ作家デビューもしておらず、数々の新人賞に応募していた時期である。その年の秋、「酒呑童子伝説」の舞台にもなっている大江山に取材に向かった。最後に桜暁丸《おうぎまる》が見下ろした景色を私も見て、作品となる確信を得た。

その後、二〇一七年三月にいわゆるメジャーな新人賞を経ずにデビューすることが決まったが、それでもプロアマ問わずの新人賞に投稿は続けていた。その年の夏頃には執筆の依頼が来るようになり、応募作品を書く余裕がなくなって来た。ならばこの物語を最後にしようと決め、秋に締め切りだった角川春樹小説賞に応募したのである。こうして生まれた『童の神』は、私を作家として大きく押し上げてくれた。

私は小説の中では、これは史実、これは創作などとは敢えて書かないことにしている。たった一文の史実を幾万の言葉に膨らませ、まるで自分が見て来たかのように描くのが小説家だと考えている。

この『童の神』は全て創作だと思っている読者が特に多い作品である。題材自体が伝説や御伽草子であるため、そもそも単純に史実とは断定できない部分も多いが、彼らにまつわる「諸説」を少しだけ紹介しておく。

まず酒呑童子の生まれは近江説、越後説が有力であり、本作ではその両方に関係するように描いた。連茂《れんも》と謂う謎の僧が安和《あんな》の変に加わり、佐渡《さど》に島流しになったのは史実。袴垂《はかまだれ》という盗賊が京を騒がせ、その正体が藤原保輔《ふじわらのやすすけ》だという話は当時から語られていた。坂田金時《さかたのきんとき》は伝わっている生没年が二つあり、早いものを採用してしまうと、大江山討伐の時にはすでに死んでいることになってしまう。故に私は父の名を子が継いだのではないかと考えた。大江山では発掘調査で大きな建物があったとされる柱の跡が見つかっており、戦いの最中に川が赤く染まったのは地元の伝承で伝わっている。他にも数多くの史実、物語、当時の噂、地元の伝承などを全て綴《つづ》り合わせた。何故、他作品と異なり、この場で私がこのようなことを語るかといえば、

——彼らは確かにこの国に生きていた。

と、いうことをお伝えしたいからである。

作中で桜暁丸が「千年後、この国の民の中で——」と語っている。勿論書いたのは私だ。この時に「千一年後、この国の民の中で——」などと書く訳にもいかず、私は本当に何気なく、ざっと千年という意味で書いた。だが、私が執筆を始めた時、酒呑童子が討伐された年からぴったり千年だったのだ。しかも単行本発売の直前までそれに気付かなかったのだ。私は彼らに書かされているという宿命に似たものを感じて身を震わせた。作中、桜暁丸は最後のシーンで多くの者に別れを告げるが、実はもう一人別れを告げた者、それが私自身だったのだと思う。彼は最後に、

――頼む。

と、私さえも置き去りにして雲霞《うんか》の如く迫る大軍に向かって行った。

千年後の今、桜暁丸はこの国をどう見ているだろうか。その答えは皆さん一人一人の心の中にあると思う。

最後にこの場をもって重要な発表をさせて頂く。私はまだこの物語を完結出来ていない。彼らにもう少しだけ書けと命じられているのだ。『童の神』は三部作の一作目とするつもりである。すでに構想は出来ており、タイトルまで決まっている。

『童の神』より前の時代、皐月《さつき》や安倍晴明《あべのせいめい》の若かりし頃、藤原秀郷《ふじわらのひでさと》、平将門《たいらのまさかど》が生きていた時代を描く「皇《すめらぎ》の国」。

そして『童の神』より少し後の世を描く「暁《あかつき》の風」。大江山唯一の生き残りとなった葉月《はづき》を主人公とする物語である。

ただあと数年、時間を頂きたい。日々の忙しさに追われているというのもあるが、それ以上にもう少し先の私にこそ書かせたいと思っている。桜暁丸から託された想いの全てを必ず形にすると誓い、このあとがきの最後とする。

二〇二〇年　春

今村翔吾

本書は第10回角川春樹小説賞の受賞作品（選考委員　北方謙三、今野敏、角川春樹）です。

二〇一八年十月に小社より単行本として刊行されました。

時代小説文庫
い24-7

童《わらべ》の神《かみ》

著者　今村翔吾《いまむらしょうご》

2020年6月18日第一刷発行
2024年6月8日第八刷発行

発行者　角川春樹

発行所　株式会社 角川春樹事務所
〒102-0074 東京都千代田区九段南2-1-30 イタリア文化会館

電話　03(3263)5247［編集］　03(3263)5881［営業］

印刷・製本　中央精版印刷株式会社

フォーマット・デザイン&シンボルマーク　芦澤泰偉

ISBN978-4-7584-4342-5 C0193　

http://www.kadokawaharuki.co.jp/［営業］
fanmail@kadokawaharuki.co.jp［編集］　ご意見・ご感想をお寄せください。

今村翔吾の本

ひゃっか！

「全国高校生花いけバトル」。即興で花をいける、５分の勝負。二人一組でエントリー。花をいける所作も審査対象。――高校二年生の大塚春乃《おおつかはるの》はこの大会に惹かれ、出場を目指していた。だが生け花は高校生にとって敷居が高く、パートナーが見つからない。そんな春乃の前に現れた転校生・山城貴音《やましろたかね》。大衆演劇の役者だという彼は、生け花の素養もあると聞き……。高校生たちの花にかける純粋な思いが煌めく、極上の青春小説。

今村翔吾の本

茜唄
（上・下）

歴史とは、勝者が紡ぐもの——。では、何故『平家物語』は「敗者」の名が題されているのか？『平家物語』が如何にして生まれ、何を託されたか、平清盛最愛の子・知盛の生涯を通じて、その謎を感動的に描き切る。平家全盛から滅亡まで、その最前線で戦い続けた知将が望んだ未来とは。平清盛、木曽義仲、源頼朝、源義経……時代を創った綺羅星の如き者たち、善きも悪きもそのままに——そのすべて。〈直木賞作家・今村翔吾が魂をこめて描く、熱き血潮の流れる真「平家物語」！〉

単行本